世紀末

臺灣文學地圖

古遠清◎著

序言：研究臺灣文學樂此不疲

　　從事世界華文文學研究不覺已有十多年了。這期間我曾偶涉大陸「文革」文學，還因此被研究對象余秋雨告上法庭。後來對方在上海法院的勸導下，自動放棄侵權指控和索賠十六萬元人民幣，因而這場官司並未從根本上影響我的學術研究，只是豐富了我的人生閱歷和增添了某種生活樂趣而已。在馬拉松式的訴訟期間，我還涉足東南亞華文文學乃至美華文學，但最鍾情的還是臺港文學尤其是臺灣文學研究。

　　如果說世界華文文學是一座五彩繽紛的錦簇花園，那臺灣文學便是散發著芬芳的一叢鮮花。同行在這個園地裏栽種過不少奇花異草，我本人十年前也出版過一本《臺灣當代文學理論批評史》，但總覺得這塊地還可再種植一些花木：我一直想寫一本比較有新意、且簡明扼要的關於臺灣文學概論的書，於是便有了這本《世紀末臺灣文學地圖》。

　　這本書為中華人民共和國教育部「十五」人文社會科學規劃首批立項課題，原題為《九〇年代的臺灣文學》，後聽了此書大陸版責任編輯譚振江先生的意見，將書名更改為《當今臺灣文學風貌》，分上、下兩篇，由江西高校出版社出版。這次出繁體字本，在文字上略加修改並刪掉「下篇」後，另名為《世紀末臺灣文學地圖》出版。

　　我從1980年代起，隨著大陸知識分子待遇的改善，有過三

次喬遷。記得2000年從武昌首義社區搬到洪山竹苑社區時，圖書整整拉了三卡車，尤其是臺港澳暨海外華文文學書籍裝幀考究，紙質厚實，顯得特別沉重，搬家公司還以為是圖書館搬遷。現在總算有了三處放書的地方：工作間放臺港澳暨海外華文文學書籍，客廳放大陸書，車庫放舊書。即使這樣，查找臺灣文學書仍十分不易。我有近二十個書架，每個書架都放兩層，尋裡層的書要拿著手電筒去找，有時找了半天竟迷失在茫茫書海中。書齋成了書災，家人難免有些抱怨，說我的書就是坐下來讀十年也未必讀得完，幹嘛還要不斷添新書？像去年底到臺灣佛光大學參加「兩岸詩學國際研討會」，我本來不想再買書，但一看到圖書超市擺放著許多大陸根本無法看到的有參考價值的書，便動起「奢侈一回」的念頭，一下子就擲出五千元新臺幣，完全不考慮大批買境外書的後果：會不會被海關扣留甚至沒收其中一部分？

曾記得我在吉隆坡出版的《古遠清自選集》運回國內時，被某機場海關安檢幹部質問「是不是法輪功的書？！」後查出沒有法輪功的內容時，又因讀不懂我書中的有關文章而給我扣上「此書內容太敏感，有嚴重政治問題」的嚇人帽子而勒令退還。我辯解說書中的文章全都在國內的大報如《光明日報》及《中華讀書報》發表過，可「秀才遇到兵，有理說不清」，只好眼睜睜地看著二百本樣書嶄新的被退回馬來西亞。有了這回海外圖書歷險記，我已有了新的過「關」方法，即帶著有關部門的證明回國，因而一路開綠燈，所購臺港及海外書全部安全運

回家。

　　我可以自豪地說，正因為坐擁書城，有這樣滿坑滿谷的臺港文學庫存，我才能稱心如意地寫作。這次修改《世紀末臺灣文學地圖》，剛上架的臺灣原版書全部派上了用場。看來，我今後還得買書，不斷充電，以免知識滯後。去年十一月，中央電視臺「海峽兩岸」頻道邀請我主講臺灣文學時，我就和他們戲言：要找我，不是在書店，就是在去書店的路上。

　　有朋友擔心，這本書會不會成為我最後一本談臺灣文學的書？本人已進入後中年時期，精力不如從前，還能找到新的學術生長點嗎？但我還不想退出這充滿挑戰性和誘惑力的學術舞臺，仍然有朝氣有幹勁開展我的研究工作。臺灣文學本是一座富礦，值得我窮畢生精力去挖掘、去鑽研。

　　從《臺灣當代文學理論批評史》到《世紀末臺灣文學地圖》，我已四次進入寶島實地考察。每去一次，從阿里山、日月潭帶來的寫作靈感，竟然到現在還未享盡。眼下，完成此書後，我又構思了一本自認為頗有新意的論述臺灣文學的入門書。應該承認，當下出版學術著作難於上青天，但我想海峽兩岸的出版家並非全是出版商，總還可以遇到像臺灣孟樊教授、江西高校出版社譚振江先生這樣的知音，因而有信心把它寫出來，並爭取公開出版。人活著，總要快樂地活著，而買書評書寫書出書教書，是我生活快樂的最重要源泉。就這樣一直地寫下去吧，至於對彼岸文壇能否造成影響，那就只好聽天由命了。不可否認，我和對岸的某些學者無論是在意識形態還是學

術觀點上均有較大的分歧，他們還爲此召開過以炮轟所謂「南北雙古」（另一「古」爲中國社會科學院古繼堂先生）爲主旨的「研討會」。俗話說得好：「不批不知道，一批做廣告」，他們的批判只當是爲我的書做義務宣傳。使我特別感動的是，他們多次批判我均對事不對人，當然更談不上彼此對簿公堂，其中有的論敵後來還成了「相逢一笑泯恩仇」的朋友。這也是我樂此不疲研究臺灣文學的一個動力。

古遠清
於湖北經濟學院藝術與傳播學系

目錄

Cultural Map

第一章　文學制度

　　文學制度通常是指文學社團的組織機制、報紙雜誌的傳播機制、文學獎勵機制、文學教育體制和作為制度保障的文藝政策的制定。它屬於無形的巨手，在指揮著作家應該寫什麼，不應該寫什麼；文學的發展方向應往那條道路走，而不應該往別的道路走。

　　臺灣的文學體制在1945年後，從日本殖民體系被轉換為中國文學的現代傳統，到1949年與大陸分離後，逐步形成不同於大陸的文學體制，如解除戒嚴以前，中國現代文學在教育體制裡長期缺席，臺灣文學研究在中文系裡同樣失語；外文系成了引進西方文學觀念和批評標準、方法的一個重要策源地；現代主義的引進比大陸早得多等等。但再怎麼不同，也沒有脫離中華文化這一母體。由於受相近的文化所制約，因而有不少平行發展現象，如兩岸知識分子都承襲傳統士大夫的憂患意識，捲入左右翼意識形態的碰撞，而到世紀末，臺灣則演變成統獨鬥爭。臺灣1950年代後期「橫的移植」與大陸新時期大量引進西方現代主義思潮，均有驚人的相似之處。

文藝政策：由主導轉向輔助

　　國民黨於1949年退守到臺灣後，吸取了過去不重視文藝導致失守大陸的教訓，認識到執政者不能光靠武力，還必須加強社會民生建設和知識分子的思想控制，才能確保臺澎金馬的安

全，因而在二十世紀1950年代制定了以「反共抗俄」為主要內容的文藝政策，並通過下面兩個系統貫徹：一是由蔣經國領導隸屬國防部的「總政治部」，這個部在1951年發表〈敬告文藝界人士書〉，號召作家們「到軍中去」，以便把文武兩條戰線結合起來。二是在「中宣部」任卓宣（葉青）的主持下，由張道藩出面組織「中國文藝協會」，通過這個官方色彩甚濃的組織「鞏固文藝陣營」，向廣大作家灌輸作戰意識，並要求文藝家們主動向當局表態，進行效忠宣誓。

張道藩憑藉自己的政治強權，把作家們個個訓導為「反共鬥士」，並把文藝當作對大陸進行心理喊話的工具。儘管兩岸在意識形態方面針鋒相對，但就視文藝為階級鬥爭工具這一點來說，表現出驚人的一致。

到了張道藩不再被重用的1960年代，文藝政策貫徹的管道便只剩下「總政治部」。1966年，國民黨第九屆三中全會通過「加強戰鬥文藝之領導，以為三民主義思想作戰之前鋒案」，制定「強化戰鬥文藝領導方案」。1967年，國民黨第九屆五中全會再制定「當前文藝政策」，在當局體制中設立隸屬於教育部的「文化局」，將國民黨的文藝政策正式納入行政體系的運作之中，「形成了黨政軍三聯合的集團文化改造運動」，[1]將「戰鬥文藝」運動推向高潮。

1970年代後期，王昇任「國防部總政治作戰部」主任。他在這時取代了張道藩的臺灣「文藝總管」角色。在1978年召開

的國軍文藝大會上，他所作的〈提筆上陣，迎接戰鬥〉的報告，成了闡述國民黨「戰鬥文藝」政策和點名批判「工農兵文學」的最後一篇文獻。

1980年，相當於大陸「文化部」的「行政院文化建設委員會」（簡稱「文建會」）在臺北成立。在陳奇祿的領導下，這個委員會不再像過去那樣急忙制定文藝政策、舉行全島文藝會談、推行國軍新文藝運動，而是把創設地方文化中心和保存、發掘臺灣民俗放在重要位置，使臺灣的文藝政策由過去以批判、破壞為主，轉入以建設為主。1982年，國民黨文工會主任周應龍批准在文工會內成立文藝資料研究及服務中心，並創辦《文訊》，這是國民黨的文藝工作從政策指導轉型為服務型的一個重要措施，這個轉變適應了時代的要求。本來，面對本土化的熱潮，國民黨發號施令的地方只有官方、黨方控制的文化產業，已很難對進入市場的媒體進行管制。在這前後左右文運的是強勢媒體，如《聯合報》、《中國時報》的文藝副刊，帶動了鄉土文學的崛起和報導文學的興起。

進入1990年代後，隨著李登輝的登臺及經濟體制和兩岸關係的變化，這時原由蔣介石制定的文藝政策已不再具有影響力，基本上進入了一個無為而治的時代。當然，任何執政黨都不可能完全放棄文藝這塊陣地。面對戒嚴令的解除和社會的大幅度變遷，國民黨不想光為文藝家提供服務，而企圖再將文化工作轉型為黨的文宣部，尤其是成為選舉作戰機器。但走回頭

路是沒有出息的，故官方這時再想主導文藝，至少有點力不從心。如1996年元旦正式運轉的「國家文化藝術基金會」，該會每年拿出一億元新臺幣獎助文藝資產，含文學藝術及廣播電視媒體等八大類。這個基金會與1950年代出現的「中華文藝獎金委員會」功能完全不同，即它不是指導作家如何炮製「戰鬥文藝」作品，而是接辦民間文化藝術相關的輔助業務。該會執行會長陳國慈表示：「基金會不會以補助經費來牽制、主導藝文團體的發展方向，甚至對申請補助的審核，也只作條件式的資格審查和背景分析，而由各類專家組成的評審會來決定是否補助」。這種以服務與協助取代規範與控制的做法，是尊重文藝規律的表現，深受作家們的歡迎。

臺灣的文藝政策之所以會從「主導」轉向「輔助」，其原因有下面兩點：

第一，作家們均十分厭惡1950年代用高額獎金催生出來的有「戰鬥」無「文藝」的作品，這類作品大都落入「牛伯伯打游擊」的公式。這種大鍋菜式同質性的模式化文藝，嚴重窒息了臺灣文藝的發展。此外，他們還厭惡因整肅不同文藝聲音所帶來的弄虛作假的文風，如眼看反共戲劇的創作無人問津，便只好走捷徑，把原來大陸作家陳白塵諷刺國民黨的《群魔亂舞》，改編成諷刺共產黨的《百醜圖》，把沉浮諷刺戰時重慶社會的《重慶二十四小時》，篡改為《臺北一晝夜》。右翼作家居然把左翼作品當作臨摹、「學習」的範本，這是對「反共文藝」

的絕妙反諷。

第二，隨著黨外運動的蓬勃開展與多黨制的登臺，以及隨蔣介石來臺的外省作家垂垂老矣的狀況，「中國文藝協會」的權威已被解構，再加上經費的限制，官方已無能力主導文藝運動。在這種情況下，作家和媒體均不願受政權利益的制約而改由服膺讀者的口味和市場的需要。正因為這樣，哪怕由國民黨文工會出資主辦的《文訊》，也不得不儘量淡化官方色彩，而那些由民間文藝界人士創辦的雜誌，堅持不給官方收編，努力尋找臺灣文學的歷史座標，推動臺語文字化和臺語文學的寫作，盡可能把文藝的資源和工作空間做大，並回過頭來批判官方文化，掀起一連串的「回顧」、「定位」、「體檢」、「重建」運動，使官方再也無能力像過去那樣壟斷和操控文藝。

體制內與體制外的文學社團並存

組織文學社團以推動文學運動，早在日據時代就出現過。隨著國民黨在大陸丟失政權和敗退到臺灣，創建新的文藝團體成為他們反思歷史教訓、控制知識分子以及文學生產的一個重要手段。最能顯示官方的政治意圖和鬥爭策略的是1950年代初成立的一批文藝團體。

這類團體有完整的組織系統及會員的詳細檔案，有較固定和充裕的活動經費。其中作為文藝團體龍頭的「中國文藝協

會」，於1950年5月4日在臺北成立，這是臺灣最大、且有辦公地點和少量專職幹部的文藝團體。發起人張道藩和陳紀瀅均具有立法委員身分，且有充分從事三民主義文運的熱誠，他們給這個民間群眾團體塗上一層濃濃的官方色彩。事實上，國民黨也常常從政治上、政策上、方針上給這個組織下達指令。該協會會章寫道：「團結全國文藝界人士，研究文藝理論，從事文藝創作，發展文藝事業，實踐三民主義文化建設，完成反共復國任務，促進世界和平爲宗旨。」這就把作家們納入了「反共復國」爲核心的體制化管理。正是這種寫作體制，使「文協」會員獲得了創作資本和高於普通作家的話語霸權。反過來，他們在聽命當局的政治指令時，又強化了文學的制度力量。

這種政治高於藝術的團體，到了1980、1990年代已被蓬勃開展的黨外運動和商業利益沖得元氣大損，不再具有話語霸權。經費的嚴重不足，使「中國文藝協會」連一個刊物都養不起。但該會始終堅持一個中國的立場而與分離主義文學思潮取向不同，故他們舉辦的「作家下午茶」等活動，出席者通常是外省作家居多。1990年代後期改選理事長，詩人王吉隆（綠蒂）當選。他雖不是大陸人，但他不贊成臺獨，願意與大陸作家往來，因而這個團體經常邀請祖國大陸中國作家協會組團來臺訪問，並多次組織臺灣作家訪問大陸。這個團體在臺北舉辦過「兩岸詩學座談會」、「兩岸作家臺北對話文學」等會議。

「中國文藝協會」在1950年代初成立後，由於見解上的爭執

和開展活動上產生的分歧，劉心皇等人便另立山頭，於1953年8月2日成立了隸屬於「中國青年反共救國團」的「中國青年寫作協會」。當大陸提出「一國兩制」解決臺灣問題後，為適應兩岸文化交流需要，救國團將「反共」二字去掉，接待大陸作家時也不用「救國團」而改用「中國青年大陸研究文教基金會」的名義。該團主辦的以青年讀者為對象的《幼獅文藝》不斷革新，到1990年代仍堅持出版。由於這個組織不斷有新血注入，又不限定某種籍貫、某種成分來組成，故使它顯得生氣勃勃，充滿了青春活力，在培養青年作者和研究當代臺灣文學方面，動作最大，表現得最投入和認真。其中在林燿德於1989年起連續六年擔任秘書長期間，協同理事長鄭明娳努力開發資源，將一個鬆散的民間團體改造為具有凝聚力的單位。他們一方面規劃小說／散文創作研究班，另方面還主辦了一系列世紀末臺灣文學專題研討會，並邀請大陸知名學者參加，因而成為1990年代前期成功主辦研討會的功臣大將。鑑於新感官小說和表現情慾的現代詩紛紛問世，新任理事長林水福還適時地於1996年主辦了林燿德生前策劃的「當代臺灣情色文學研討會」，並結集為《蕾絲與鞭子的交歡—— 當代臺灣情色文學論》出版，在突破文以載道的傳統觀念和以泛道德攻訐「情色文學」方面，起到了一定作用。

　　文學團體對作家有規範和引導作用，但好的作品絕不可能靠團體催生出來。於1955年6月成立，現任理事長為曹又方的

「中國婦女寫作協會」（前身為「臺灣省婦女寫作協會」），比起「青協」來它顯得平庸。1962年，郭良蕙在《心鎖》[2]中描寫了年輕人的性心理活動，被老作家蘇雪林、謝冰瑩視為誨淫誨盜，後將郭良蕙開除會籍，故「婦協」留在人們心目中的是守舊和僵化的印象。到了1990年代，它沒有與時俱進，其宗旨仍為老一套的「促進婦女的知識與才能，從而團結婦女的力量，提高婦女的地位」，與女性主義毫無關係。不過該會面對強大的本土化思潮，仍「以發揚整體中華文化」為己任，這是難能可貴的。該會在培養女性創作人才，提升藝文風氣，特別是把「寫作」擴充到「文化」的全方位層次上，下了不少功夫，收到了一定的效果。

依內政部規定：全國性社團均需冠上「中華民國」，因而在臺灣以「中華民國」或「中華」為起頭的文藝團體有許多：如成立於1967年、現任理事長為王吉隆的「新詩學會」，成立於1970年、現任理事長為姜龍昭的「編劇學會」，成立於1973年、現任理事長為邱貴芬的「比較文學學會」，成立於1976年、現任理事長為王賢忠的「青溪新文藝學會」，成立1976年、現任理事長為蔡中村的「傳統詩學會」，成立於1983年、現任理事長為楚崧秋的「專欄作家協會」，成立於1984年、現任理事長為林文宏的「兒童文學學會」，成立於2000年、理事長為龔鵬程的「中華武俠文學學會」等等。以「中國」為名的團體則有成立於1979年、現任理事長為李立信的「中國古典文學研究會」，成立於

1989年、現任理事長爲王賢忠的「中國作家協會」，另有成立於1952年、會長爲劉眞的「中國語文學會」。該會在1996年出版了臺灣惟一的《中國現代文藝理論》季刊，遺憾的是學術水準不高，缺乏嚴格的學科意識，刊登的文章比較蕪雜，再加上經費不足，只好於2000年底停刊。

　　以上學會除由國防部主管以「聯繫退除役文藝作家活動」爲宗旨的「青溪新文藝學會」帶有軍方色彩外，其餘團體專業性強。他們所開展的不同類型的活動，給文壇帶來了生機，但也有人借此搞小宗派，結黨營私；或借學術爭鳴，宣揚自己的政治主張；或招搖撞騙，借機斂財；或在學會中撈個一官半職藉以炫耀而不開展任何實際性的工作，使少數學會陷入停頓狀態或形同自行解散。

　　如果說上述組織是主「內」的話，那以促進國際文化交流爲目的的「中華民國筆會」，則就是主「外」的了。此會成立於1930年，後由陳西瀅建議於1957年在臺北復會，先後任會長的有張道藩、羅家倫、林語堂等人。該會暮氣沉沉，一度曾停止過活動，後於1980年重新恢復，可是因爲「中華民國」不被聯合國所承認，再加上大陸已加入了國際筆會，故他們開展國際交流時，受到諸多的侷限。余光中從1990年起連任兩屆會長，現任會長爲臺灣大學外文系教授朱炎。該會活動不多，與《中華日報》合辦過第八屆梁實秋文學獎和舉辦過余光中作品研討會。會員人數也有限，參加者必須通曉外文，且與國際文壇有

交往。1972年創刊的英文筆會會刊,在1990年代出版時仍固守精英路線,他們還常組織有名望的翻譯家將臺灣文學翻譯成外文出版。

臺灣地區以對外交流為主的組織還有成立於1981年的「亞洲華文作家協會」。1992年,在「亞華」的基礎上又成立了「世界華文作家協會」,該會共分亞洲、歐洲、北美洲、南美洲、大洋洲、中美洲、非洲七大洲際分會,召開過四次會員代表大會。除1984年創刊的《亞洲華文作家》雜誌作為該會會刊外,又於1992年5月在《中央日報》國際版開闢了《世界華文作家》週刊,已出版四百多期。世新大學還於1999年成立了「世界華文文學典藏中心」,該會首任會長為黃石城,繼任會長為前文建會主任林澄枝,實際操作者為總會秘書長符兆祥。該會雖然以「認同中華文化,熱愛華文寫作而聯繫結盟」,但實際上是為提升臺灣的國際地位服務,帶有一定的政治色彩,難怪大會成立時,李登輝曾親自出席祝賀和頒獎。這個組織代表性較差,不少分會的會長在該地或該國均缺乏號召力和權威性,尤其是沒有大陸代表參加,使這個華文作家協會成為封閉的意識形態共同體。

在官方文藝團體日益衰微的情況下,為適應文藝多元發展和兩岸文學交流的需要,1990年代又出現了一些新的民間文藝團體。如由尹雪曼發起的「中國作家藝術家聯盟」,曾組團訪問大陸和邀請大陸作家訪臺,並主辦有《文藝新聞》。1994年由文

曉村、王祿松等人發起的「中國詩歌藝術學會」，是「葡萄園」、「秋水」等弱勢詩社的組合，其目標並非是打造偏激的小圈子，而是追求另一種風格的志同道合，以聯合起來對抗以「創世紀」詩社為龍頭的《年度詩選》的話語霸權。他們除舉辦詩歌藝術獎和兩岸詩刊學術研討會、兩岸女性詩歌學術研討會外，還編輯了多本為弱勢者揚眉吐氣的《中國新詩選》。

　　解除戒嚴後，整個臺灣社會大幅度轉型，開放作家申請和成立社團，使文學活動出現了結構性的變化。官方在1950、1960年代為了打擊臺獨勢力，不允許以「臺灣」兩字命名的文藝團體出現。鄉土文學論戰後的1977年，衝破了這種禁忌，成立了以李升如為會長的「臺灣省文藝作家協會」。1980年代後的政治改革帶來了社會改革和文學制度的革新，以「臺灣」（而不是「臺灣省」）為名的文藝團體終於出現並多了起來，如1996年成立的以提倡母語寫作為宗旨的「臺灣臺語社」，1999年成立的以「建立屬於臺灣的文學理論及觀念」為宗旨的「臺灣文學協會」。其中最著名的是1987年2月15日成立，以楊青矗為會長的「臺灣筆會」，另設有鹽分地帶等分會。這個筆會不再是執政黨通過社團形式調節和監控作家文學生產的一種組織形式，而是逃避作家體制化，具有主體性與獨立性的社團。它一成立就沒有得到官方文學制度的認可，這便進一步促成了它的所謂「在野」的反抗性格。他們反國民黨、反體制、反獨裁，提出「政治民主化，經濟合理化，文化優質化」作為臺灣社會理想和憧

憶。在該會秘書長李敏勇執筆的〈臺灣筆會成立宣言〉中，提出下列八點改革措施：

1. 確保作家創作自由；反對以任何方式壓制言論自由。
2. 維護作家尊嚴；反對黨、政、軍對文藝團體的籠絡和鉗制。
3. 促進出版、影視、戲劇的發展；反對任何不當的檢查、查禁、查扣。
4. 開放一切文學藝術資訊；反對一切阻礙思想交流的措施。
5. 解除對所有大眾傳媒體的限制；反對報紙、電視、電臺及其他資訊的壟斷。
6. 尊重臺灣本土歷史、文化；反對任何扭曲、篡改。
7. 尊重臺灣地區各種母語，實施雙語教育；反對一切妨礙母語傳播的實施。
8. 增加各級學校臺灣歷史、文化課程，並設立臺灣文學藝術研究機構；反對忽視臺灣本土的教育政策。

在民進黨還未上臺的年代，臺灣社會和政治生態不允許本土化運動走得太遠，因而第七條用了「臺灣地區」而不是具有特殊政治涵義的「臺灣」，也沒有極端地主張用臺語取代中文，而是強調「雙語教育」。不過，這八點其核心是「臺灣本土化」，以及藏在字裡行間不便寫進宣言內的「去中國化」。如該

會一成立，就急於得到國際文藝界的承認，申請參加國際筆會，可是國際筆會認為臺灣已有了一個「中華民國筆會」，不能再有第二個筆會參加，要參加也只能以個人名義。臺灣筆會便以該會不是以華文而是用臺灣話寫作為由，說明他們不屬中國或中華筆會的一種，再次強烈要求申請加入該會。後來國際筆會經過慎重研究後，答覆他們說：臺語也是中文的一種方言，與海峽對岸的福建話大同小異，因而仍拒絕接納他們。

臺灣筆會成立後，緊鑼密鼓配合民進黨開展臺灣本土化運動，他們先是於1995年5月24日聯合十八個文化團體連署發起〈臺灣文學界的聲明〉，強烈呼籲臺灣各高校應成立「臺灣文學系」，又於1999年聯合六個本土文學團體，召開「搶救臺灣文學記者招待會」，強烈抨擊臺灣文學經典評選用的是「中國文學」而非真正的「臺灣文學」標準，並另行選拔臺灣本土十大好書。繼任會長李喬，不僅是小說家，還是陳水扁的國策顧問，可見此會的政治色彩不同一般。

總的說來，1990年代的文藝社團突破了以往「黨、政、軍對文藝團體的籠絡和鉗制」而演化和分化，出現了體制內與體制外、多種文學社團並存的局面，在一定意義上引進了競爭機制，在管理科學化、經營企業化的原則下促進了業務的發展。但由於這些社團與同業工會和各類財團法人基金會不同，限於條件無法開展營利性的文化產業，因而缺乏充足的財源，經常處於「饑餓」狀態，連專用會所都沒有，舉行會員大會或改進

理監事會時出席率很低，因而能維持下去完全有賴於對文學熱忱未息的理事長和秘書長的傻勁或曰無私奉獻。

宰制文壇的文學獎

臺灣的文學獎在肯定文壇先進的成就、推出文學新人和形成文學創作風氣方面，有積極的作用。每年文學獎的公布，爲臺灣文壇增添了喜慶氣氛與新的活力，而文學獎的啓動與改革，既顯現出文學制度的逐漸完善，同時也導引著文學潮流的發展。

臺灣早在1950年代就建立了宰制文壇的文學評獎制度，具體表現在由蔣介石在陽明山制定並委託張道藩執行的「中華文藝獎金委員會」。這個「文獎會」繼承了抗戰時期的右翼文化傳統，是張道藩「三民主義文藝論」的具體實踐。

獲「文獎會」獎勵和從優得稿費的作家計一千多人，作品計萬件。這個用高額獎金所主導的文學方向、建構的文學典範、肯定的文學風格均爲「反共文藝」，大多數是政治說教，藝術性非常欠缺，再加上自由主義者胡適認爲文學不能由政府輔助或指導，因而這個「文獎會」於1957年7月結束運作。代之而起的有「中國文藝協會文藝獎章」、「國軍文藝金像獎」、「文藝金環獎」、「國家文藝獎等」。這些官方或半官方的文藝獎在解嚴前也是爲推廣「戰鬥文藝」服務的，因而得獎的作品無不

是政治大於藝術，能流傳下來的幾乎沒有。

　　爲了突破官方的壟斷，本土派作家另立山頭，於1969年創建了由本土小說家吳濁流命名的文學獎。在這個獎的帶動下，另有1978年掛牌的「吳三連文藝獎」、1979年出現的「巫永福評論獎」、1982年問世的「洪醒夫小說獎」，均秉承文學理念獎勵佳作。這些以私人名義主辦的民間獎項，其作品的評判標準多半以「臺灣意識」爲主，與官方主辦的獎項無論在價值判斷上還是社會效果上，均有質的不同。

　　文學獎牽涉到資源的分配、文學讀者的審美趣味及文學傳播的功能問題。當黨營的文藝團體因社會的多元化而權威解體，文學評獎制度的革新也就提上了議事日程。正是在文學制度與文學權力關係鬆動的情況下，臺灣兩大強勢媒體《聯合報》、《中國時報》文學獎先後於1970年代中期宣告成立，蔚爲文壇一大盛事。在強調文學創作的中國特色和引導文學潮流、培養新進作家方面，兩大報文學獎爲文學制度注入了新的活力，其影響力至今不衰。眼看文學獎成爲傳媒的最好廣告，其他報紙雜誌也聞風而動舉辦文學獎，占了目前臺灣文學獎的半壁江山。其中影響最大者爲《聯合文學》小說新人獎，它從1987年起創辦，到現在已辦了十多屆。邱妙津、王文華、駱以軍、裴在美、賴香吟、蔡素芬、郝譽翔等備受注目的新世代小說家，都先後由這個「一朝得獎天下知」的獎項推出。這個獎項只限於中短篇小說，徵文對象不侷限在臺灣，還包括大陸及

海外地區。其新人的涵義是指不曾單獨出過集子，或作者參選的文類不曾獲省級首獎。按這種遊戲規則，就難免有不是「新人」而未出過集子的著名作家獲此殊榮。對此，《聯合文學》總編輯初安民解釋說：「這並不違反遊戲規則。對知名作家而言，需要更多勇氣與新人一較長短，反而是一大挑戰。當然，我們更希望『徹底的新人』參加。」[3]事實上，該刊得獎者「徹底的新人」居多，平均年齡不到三十歲。最初得獎者多為寫實主義作家，後來得獎者受到後現代影響，這類前衛作家逐漸多了起來。其題材有駁雜的都市生活及情慾書寫，還有女性的自我追尋等等。只要哪位作家在《聯合文學》小說新人獎上了榜，下一屆就有人模仿，以便希望審美趣味相似的評委們能給他們評獎。這就難怪參賽作品不是題材雷同，就是文體相似（如散文小說化），其中後設小說以及法律、偵探、情色、魔幻、鬼魂等意象和情節交錯的作品占了相當大的比例。

文學獎的設立是一種出版創作形態的改變，是眾多文學雜誌所運用的一種商業競爭手段，小說家和書商經常以得獎文章作為書名，就是一例。這就難怪在臺灣各大獎中，對包裝、形象、行銷的商業機制缺乏瞭解的校園作家很少參與。這種缺陷，除《明道文藝》一直在主辦全臺灣文學獎的高中組得到彌補外，又於1998年開辦了全臺灣地區的大專學生文藝獎。此獎有傳統的小說、散文、新詩門類，另新增了文學評論獎、劇本獎，擔任評審的委員不只是作家，還請了不少學術界人士參

與，首屆獎由臺灣大學主辦，以後由各院校輪流辦。

在臺灣，儘管純文學在走向式微，讀者越來越少，但另一種反常現象是各種名目的文學獎越來越多，除官方文學獎外，還有民間社團文學獎、法人機構文學獎和以私人命名的文學獎，另有一大項是世紀末各地方政府新增設，文化局所舉辦的以地域性的鄉鎮書寫為主的地方文學獎。這種獎項的產生，與「愛鄉愛土」為號召和本土意識的高漲有一定的關係。它以發現吾土吾鄉民情風俗為主要特色，和鼓勵當地民眾寫作為主要徵文宗旨。

從1993年南瀛文學獎問世以來，臺中、花蓮等八個縣市也創辦了自己的文學獎。據吳德偉在《地方文學聲聲響》[4]中稱，1999年為臺灣地方文學獎「發燒時期」，應該肯定。臺灣的地方文學獎是一項重要的文學資源，無論是貢獻獎還是創作獎，在表彰當地的資深文化工作者和帶動文學風潮方面，均起了重要作用。

在原本就屬小眾的文學走向邊緣之後，文學獎不再是單純的文壇入場券，作者所看中的是利大於名。數十萬元的「花紅」，可讓中年以上的作家度上一段幸福的時光，數額少一些的獎金，也可幫少年郎更換時髦的手機或買輛機車。在獎金意義大於作品價值的情況下，知名度高的作家對文學獎不屑一顧，認為得過獎不等於在文學史上有了地位，因而不願降低自己的身價和那些少男少女一起進入新秀競技場，因此從前「少年郎」

和張大春、朱天心、陳黎、張啓疆、蘇偉貞等一起中獎的情況不再出現。在版面壓縮、獎金縮水的情況下，一些非權威性的文學獎反而能出現優秀作品，如臺北市公車暨捷運詩文獎的一首小詩《學會三件事》，就讓《中央日報》副刊主編林黛嫚過目難忘。

在一些人看來，文學獎的「名」與獎項的「利」多少有關，即獎金越豐厚，作品的價值便越高。這種看法便催生出1990年代以後的不少獎項均以百萬臺幣作號召，如「自立報系百萬小說獎」舉辦了八年，多次空缺，一直到1990年，才由凌煙的作品《失聲畫眉》獲得。1993年《中國時報》設立的「時報文學百萬小說獎」，是為了改變臺灣文學以輕、短、薄著稱的風氣，用以鼓勵長篇小說創作。鑒於臺灣從事長篇小說創作的人很少，本著寧缺勿濫的精神，頭兩次只好空缺。後來朱天文的《荒人手記》和蘇偉貞的《沉默之島》，所得的也只是時報推薦獎。《文學臺灣》雜誌舉辦的「臺灣文學百萬小說徵文」，所強調的是本土文學的主體性，而實學社舉辦的以一百萬獎金為號召的「羅貫中歷史小說獎」，頭兩屆均頒發給臺灣地區以外的作家，由湖北作家獲得。

不管是官方還是民間文學獎，其所代表的均是權威人士對作家作品價值的肯定，這種肯定制度，多半從競爭中產生，另有以獎的形式追認作家的成就。一般說來，從眾多的來稿中選拔的做法最受社會注目而具有活力。如1990年委託臺灣藝術館

辦理的「教育部文藝創作獎」，採用自由報名的方式，事後還公布評審委員的名單，就很受歡迎。這種獎項更多的是來自媒體的年度活動。由於媒體是靠自己的雄厚資金運作，不帶官方色彩，因而具有比官方更大的公信力。為了更好取信於文學界，官方文藝獎不得不避免政黨色彩，從官辦轉向民辦。如1975年創立的「國家文藝基金會」開始由國民黨文工會操辦，後改由教育部辦理，1981年轉交給文建會管理。鑒於這個獎是臺灣最高獎，且獎金不薄，故它能喚回社會對文學家及其創作的重視，如「周夢蝶居住『孤獨國』多年，終於獲得國家文藝獎；黃春明在沉寂多年之後獲得國家文藝獎，也使他走入學院成為駐校作家；鐘肇政、葉石濤、白先勇等臺灣文壇大老也都因國家文藝獎的『後肯定』再度受到社會的注目。我們可以說這是國家文藝獎的權力形式的具現，但是從更根本的本質看，若無這些大老堅持一生的創作成就和早已累積的典範，國家文藝獎的分量和地位也將遭到質疑，因此，獲獎者反而擁有更大的權力，是他們獲獎，才榮耀了授獎的單位以及評審。」[5]也正因為這個獎具有極大的權威性，常常出現擺不平的情況，因而無論是評審制度還是推薦方式及執行過程，均屢遭質疑，如立法院質疑補助不應由當局主辦，又由當局監督，因而為了改進評獎方法，便決定將「國家文藝獎」下放，另於1996年1月設置了官資民營的「財團法人國家文化藝術基金會」。此基金會的獎項有文學、美術、音樂、舞蹈、戲劇五類，每項每年只設一名，金

額爲六十萬新臺幣。參選方式有自由申請、名家推薦和提名委員會提名等方式。爲了照顧生活有困難的老作家，文建會又於1993年制定了「績優文化藝術人士急難補助作業」，對長期抱病或意外傷害者，每年以補助二十萬新臺幣爲限。至於作品出版補貼，1990年起由文建會和臺灣省教育廳聯合補助各縣市作家作品集的出版。這個補助範圍較寬，連大陸遷臺作家也可以視爲當地本土作家而獲得補助。

文學獎的社會效果取決於評審制度是否合理。一般說來，評審委員態度端正，不徇私情，便能起到關鍵的作用。但相當於終身成就獎的「國家文藝獎」做得並不理想，其評審委員多半是老面孔，再加上他們又多年不從事創作，對文學現狀隔膜，所用的標準離不開「文以載道」的老傳統，對新的表現手法常常流露出一種拒排態度，因而時有落選者向主辦當局抗議的事件發生。

評審對象是匿名還是具名，評審過程是黑箱作業還是公開，也是一個牽涉到文學獎能否發揮更大功能的問題。財團法人主辦的文學獎，提交的作品或專著均已出版過，雖然採取隱去作者姓名的方式，但由於評審委員均是圈子中人，他們一看就知道是誰的作品，故匿名往往徒具形式。本來，匿名可減少評審者的人情因素，但也會限制參選者作品的品質。報刊雜誌的評獎和傳統做法不同，他們公開評審委員名單和披露評審內容，這增加了評獎的透明度，有利於輿論監督，但因公布了某

一評審委員批評某位作家作品的內容,這也容易造成評委與被評者的矛盾。為了吸取這個教訓,官方和財團法人主辦的一些文學大獎,從來都是黑箱作業,也不允許作者去查會議紀錄。

在臺灣有一位得獎專業戶,他重複出現在各類文學獎的名單中,乃至被某些人稱之為「獎棍」,這就是英年早逝的青年作家林燿德。他前後得到的獎項主要有:金鼎獎主編獎、新聞局優良電影劇本獎、文協文藝獎章、中興文藝獎章、國軍新文藝金像獎、《創世紀》三十五周年詩獎、優秀青年詩人獎、時報文學獎、梁實秋文學獎、國家文藝獎。他將各種獎項幾乎一網打盡,這並不是因為他善於打通各種關節,而是他以自己有創造性和前瞻性的作品得到評審諸公的青睞。雖然他得獎過多也惹來了非議,但他以匿名身分問鼎從民間到官方的文藝獎,這是不爭的事實。這說明,臺灣的評獎總體說來還是比較公正的,尤其是得獎者出現了世代交替現象,這一方面說明文學社團結構在新陳代謝,另方面說明幾大報副刊徵文時有主題的方針頗富號召力。

相對於社會上經常舉辦的某些「大拜拜」型的活動,尤其是和明星走秀與選舉時政黨的互控比較,文學獎是一種有助於精神文明提升的公益活動。它對激勵新世代作家寫出有創意的作品,從而增添文藝新軍,有很大的作用。但文學獎存在問題也不少:

第一,文學獎名目儘管越來越繁多,但由於發表作品環境

的改變，新人的成長空間並沒有加大，尤其是新人寫作的同質化現象頗為嚴重。

第二，後續工作沒有人做，得獎的作品多半不能結集出版，常常是某個獎項捧出了一顆明星，可後來得不到繼續扶持而消聲匿跡，如曾得「《聯合文學》小說新人獎」首獎的李若男，其參賽便帶有玩票性質。

第三，文學獎偏離了舉辦的主旨而成為某些人進入文壇的敲門磚，或成了主辦單位尤其是媒體透過市場機制來促銷文學的一種方式，因而得獎與作品暢銷形成一種因果關係，這就難怪得獎者常常在作者簡介上突出獎項這一條，以顯出自己的文壇資歷。

第四，由於流行文化的滲透，世紀末風行的後設小說、同志文學、旅行文學和遊記大行其道，這便成了參賽者寫作的樣板。在文學獎宰制文壇的情況下，非主流文體不受青睞，文學多元化和創作自由的心態在萎縮。

第五，評審者過分固定，不是文壇大老、大學教授，就是幾位有影響的中生代作家或媒體守門人。這些「評審團」不超過三十人，他們像轉盤一樣輪番出現，差不多包辦了全臺灣地區的文學獎。在某種意義上說，評審結果是這些評委的文學觀的組合排列及其審美趣味的折衷得出的結果。正如《張老師月刊》總編輯呂政達所說：「與其說評審是一場選擇，不如說更接近『賭局』——賭這次比賽找來的評審，喜不喜歡你這類文

體。」[6]通過評審，他們既獎掖了後進，同時又鞏固了自己的文學權力，成了文壇後進仰慕和崇拜的對象。由這種「評審團」依序封賞，有點像不公開的選美競賽，其所標榜的「公平」充其量只是官樣文章。不過，這種不公平的公平，也許正是文學獎最值得期待的樂趣所在。

慘澹經營的文學雜誌

文學雜誌作爲文學傳播的載體，是作家與社會最直接聯繫的一種方法。鑒於文學期刊能在文壇上呼風喚雨，製造各種不同的文學思潮，文學刊物和文學社團一樣同是權力體制控制文藝創作的一種特殊形式，這體現在1950、1960年代的刊物大都爲黨、政、軍、團所壟斷，如《文藝創作》的經費來自當局，國防部則辦有《新文藝》，救國團經營有《幼獅文藝》。正如李瑞騰所說：「這些刊物通常編列有預算，常有一個明顯的契合出資者意圖的發刊宗旨，它們通常比較少市場壓力，於是就可能會有一種『理想性』。」[7]但問題恰好出在這裡：官方用體制化的方式導引或干預作家的創作和文藝理論家生產的品質，造成這些主流刊物缺乏鮮明的藝術個性，可讀性甚差。它們的最大殺手不是市場而是預算：一旦官方不給錢，這些刊物就得關門。《新文藝》、《中華文藝》、《文藝月刊》這三個或多或少與軍方有關的刊物，正是在軍中文藝路線的轉向下停刊的。但

《幼獅文藝》並不因政治情勢的急變而休克或死亡，而是通過改版或主編更換新人，再加上它面向青年的方針不變，有較大的市場，故生存了下來。

1990年代最值得重視的黨營刊物是屬中國國民黨文工會的《文訊》。它創刊於戒嚴令還未解除的1983年7月。這時的《文訊》，還有「戰鬥文藝」的火藥味，如為1950年代反共文藝樹碑立傳的〈文學的再出發——1949年至1960年的文學回顧〉專號。[8]即使到了1990年代，它打上的政黨烙印也無法消除掉，如1995年出版的總一〇九期《宋楚瑜、黃大洲、吳敦義的文化理念與實踐》，便成了選戰文宣的一環。由於是黨辦刊物，故它一碰到經濟危機，便要接受政黨的呵護：在1997年，《文訊》被納入國民黨中央機關刊物《中央月刊》之中，作為「別冊」形態面世。到了1998年8月後，又恢復單獨出版，這意味著它開始從政黨挾持中解放出來，恢復它以人文關懷、緊扣文藝脈動和整理文藝史料的特色。《文訊》一直在風雨飄搖中前進。隨著國民黨成為在野黨而導致經費拮据，便於2003年1月2日宣布停止對《文訊》的經營，後《文訊》轉為由「臺灣文學發展基金會」捐助出版。這更利於《文訊》作者隊伍的包容性和主事者努力超越意識形態侷限，以文化服務身分去策劃各類專題，使它成為二十年來研究臺灣文學最完整最豐富的資料庫。正因為《文訊》沒有完全聽命於政治的需要，故它是國民黨所辦刊物中，少數能在民進黨認同人士中仍獲推薦的，他們也刊登些持

臺灣意識觀點的學者的文章,它還「在國民黨內部漸成人事與
經費的糜耗。雖歷年所辦,著見績效,亦僅成為無助於鞏固政
權之物,食之無味,棄之則可惜」。[9]

在臺灣整個政局擾嚷不安、社會亂象暴現和權威解構的年
代,最活躍的文學傳媒不是公辦而是民營雜誌。民營刊物有傳
媒機構作支撐最為理想,如希代出版社的《小說族》、林白出版
社的《推理》、前衛出版社的《臺灣文藝》。其中由聯合報系於
1984年創刊的《聯合文學》,是當下臺灣印刷最精美、最專業的
大型純文學雜誌。它走的是前衛路線,稿源來自兩岸三地乃至
海外,名副其實的立足臺灣,胸懷中國,面向世界。它從創刊
伊始,就抱有將臺灣最優秀的作品一網打盡的強烈使命感。雖
然目標定得過高,無法向讀者兌現,但它對臺灣的當代文學發
展確實產生過重大影響。在1990年代後期,許多有創意的作品
均在該刊亮相。它透過小說新人獎與巡迴文藝營吸引青少年作
家創作出好作品。在世紀末,統派和獨派的代表人物陳映真、
陳芳明,在該刊開展的如何編寫臺灣新文學史的「雙陳」大
戰,給該刊增添了亮色和發行量。

文學雜誌既是文學賴以生存的方式,也是作家生存狀態的
一種展示。要使生存狀態往良性發展,一些刊物充分利用起學
校的有限資源,將雜誌交由學校主辦。如臺中明道中學創辦的
《明道文藝》,面向中學生,幾十年來一直保持著較好的聲譽。
由淡江大學中文系於1999年贊助復刊的《藍星詩學》,堅持抒情

傳統，在校園文化中獨樹一幟。在當代文學史上有地位的是創刊於1972年、由臺灣大學外文系主辦的《中外文學》。它創作與研究並重，打破了學院派刊物不登作品的慣例，同時又保持學院派的學術水準，所刊論文註釋十分有規範，注意與國際接軌。該刊1990年代的文學人脈，不再是《現代文學》後期的遺老，或以顏元叔為龍頭的「新批評」家，而是鍾情於後現代、後殖民、酷兒理論的新世代。該刊不斷強化現代文學理論與西方文學理論對話的內容，僅1993年就推出過「法國女性主義」、「聖經與後結構主義」、「電影與文化結構」等專輯，這對臺灣文學界借鑒他民族之經驗，多有助益。

民營刊物面臨著市場的壓力，常常不能長壽，如1990年6月創刊的《臺灣文學觀察雜誌》，本是「知識人的自立救濟，小媒體在對抗日愈庸俗化的大傳媒體」[10]的一種勇敢行動。它繼承了學院派嚴肅厚重的學風，使1990年代前半期文學評論的重鎮轉移至該刊。雖然仍是由李瑞騰做總編輯，但由於刊物分工不同，《臺灣文學觀察雜誌》遠比《文訊》更有理論的自覺。再加上它沒有《文訊》與官方合作的色彩，故只要打開刊物，一股學術研究的空氣便迎面撲來。但由於沒有辦公地點，編輯也全是義工，印數低到幾百冊，無法打開市場，只好於1993年向讀者告別。後繼者有張良澤主編的《臺灣文學評論》、政治大學中文系印行的《臺灣文學學報》。這兩個刊物在「臺灣文學」的旗幟下，對本土文學的研究進行了動員，為低迷的文學研究界

添了一些溫暖。但這兩個刊物讀者面甚窄，發行管道又不通暢，估計也會像《臺灣文學觀察雜誌》那樣化作騰空的煙火，瞬息即滅。

文學社團辦刊，在物慾橫流的臺灣顯得過於奢侈和浪漫。一般說來，社團最好有自己的園地，以便形成流派和風格，如1992年12月創刊的《臺灣詩學季刊》，一上場就令人耳目一新。它在「挖深織廣，詩寫臺灣經驗。剖情析采，論說現代詩學」[11]方面成績斐然。該刊特點是老將與新秀合流，歷史與現實兼顧，創作與詩論薈萃，相對過去曾有過的一百五十多種詩刊，尤其是元老級詩刊的集團性格，它帶有整合色彩，是臺灣詩壇傳播功能日趨疲乏時的一支勁旅。正如向明所說：「相較於1940、1950年代的老詩刊，它的包袱最輕，它的活力最旺，它的同仁陣容最堅強，它的目標最長遠。」[12]它製作的各種專題，始終使人感到該刊保持著蓬勃的朝氣，給海內外讀者提供了臺灣詩壇發展最真實的地圖。要瞭解1990年代臺灣詩壇的創作風格與思潮演變軌跡，此刊是不可忽視的。作為最具凝聚力詩社「創世紀」所辦的同名詩刊，在1990年代仍不失為對「現代詩投入最積極、衝刺力最強的一群」。[13]女詩人涂靜怡辦的《秋水》詩刊，仍保持著唯美的風格。

社團辦詩刊，走的無不是精英取向的小眾途徑。它不像《聯合文學》還可以拉到廣告緩解發行壓力，而完全是靠幾位同仁苦撐著。它們在產銷方面無法走上軌道，但均有穩定的讀者

群。

臺灣與大陸的不同之處,是辦刊不需要審批。在他們那裡,刊物沒有什麼「中央級」與「地方級」之分,呈多元競爭的特色。由同仁集資募款與興辦的本土化刊物《臺灣文藝》(1964年創刊,發行人巫永福)、《文學臺灣》(1991年創刊、發行人鄭炯明)、《臺灣新文藝》(1995年創刊、發行人何春木)、《笠》(1964年創刊、發行人黃騰輝),按理說是「地方級」刊物,可是越邊緣,他們越想改變現狀,建立自己的文學中心。這些本土刊物所走的是一條反抗專制、反抗霸權的路線,其作者包含了「跨越語言的一代」、「戰後成長的一代」、「自力更生的一代」。老中青三代詩人真誠地凝視社會現實,突破文學思想模式的守舊侷限,鼓勵參與母語創作,用各種不同方式批判官方對本土派的壓制,表達了在野作家的共同反抗心聲。進入1990年代後,他們把以往的隱性抗爭明朗化,普遍以自己不屬於中國的「臺灣作家」為榮,以開創脫離中華母體的「臺灣文學」的格局為志業,顯示了「南派」文學雜誌不同的政治取向,與「北派」的《人間》叢刊、《聯合文學》、《幼獅文藝》大相徑庭。還有介於「南派」與「北派」之間的《新地》月刊,它創刊於1990年,停刊於1991年,共出了九期。雖然壽命不長,但主編郭楓是民族主義者,既熱愛中國又擁抱臺灣,與右統余光中勢不兩立,在刊物上登了不少本土意識根深蒂固的作家的作品。

　　從上面的敘述中，大致可瞭解到臺灣文學雜誌慘澹經營和多元競爭的狀況。這種情況的造成，主要是面對市場經濟，文學商品化成了最明顯的取向，淪為花瓶身分的嚴肅文學在經濟浪潮的衝擊下，就顯得無足輕重，這就是《臺灣新文學》因長期負債與虧損只好在2000年出至十六期宣布停刊的原因。另方面，電子聲光媒體的衝擊，使咬文嚼字、注意文字技巧的文學創作優勢喪失，靜態的小說、詩歌、散文遠不及漫畫和電視能引起人們閱讀的興趣。但即使這樣，像郭楓主編的《新地》月刊旋生旋死、轉瞬無聲後，文學雜誌仍前仆後繼，代有傳人。

走向沒落的臺灣文學副刊

　　副刊是「五四」新文化運動的產物。1920年代臺灣出版的報紙受大陸的影響，如《臺灣新民報》就設有刊登文藝創作的副刊。相對新聞報導來說，副刊的內容比較輕鬆，題材也是五花八門，這種附張、附頁、附刊對正張刊登的國內外大事和本地新聞，起了一種補充和調劑的作用。

　　副刊有廣義和狹義之分。狹義的專指文學副刊。半個世紀以來，副刊對臺灣文學的發展起了重要作用。在1970年代中期到1980年代中期的十年間，大牌報紙的副刊幾乎取代了文學社團和文學雜誌的作用，而成了文壇的同義語。副刊所討論的重大話題或掀起的文學論爭，常常造成轟動效應，引起文壇的整

體思考。新進作家的崛起,往往通過報紙副刊的提攜。只要中了這些報紙的大獎,便可以一舉成名。這種現象,在兩岸三地中均是罕見的。

報紙副刊比文學雜誌最大的優勢是發行量驚人。臺灣的大報早在1990年代初就有三百萬份的讀者。副刊的閱讀人口雖然沒有這麼多,但減去三分之二,也還有一百萬。在二、三十種副刊中,其中最著名的是背後有龐大財團支撐的《中國時報》「人間」副刊、《聯合報》副刊。高信疆於1973至1983年執掌的「人間」,系人文精神的副刊典範,對社會發展的重大事件和文化上引人矚目的事情均積極參與。它改變了從前副刊 「既與新聞無關,又與人生無涉,更談不上激動人心、傳承歷史、創造文化等等的旨趣」 的呆板形象,[14]從而走出了舊有的「文藝」格局,開創了嶄新的「文化」天地。它扮演的是煽風點火的角色。而 弦所執掌的《聯合報》副刊,繼承的是「五四」以來的純文學傳統。它不似「人間」副刊那樣前衛而顯得較為沉穩。這種 「文學的、社會的、新聞的」 與文化副刊的不同風格,形成了各自不同的讀者群,如年輕人喜歡「人間」副刊的蓬勃向上,中年人則覺得《聯合報》格調高雅,有大家之風範。

由高信疆與 弦分別執掌的兩大報副刊,可謂是棋逢對手。這個「副刊高(信疆)」與「副刊王(慶麟)」聚合了來自不同民間的社會力量,形成「臺灣最具代表性的文化公共領

域」。[15]兩大報或宣導報導文學，或鼓吹極短篇小說、政治文學，使副刊守門人由此成為文化界的風雲人物，其副刊也成了「文學傳播的權力磁場」。[16]

1980年代中期以後，副刊的文學霸權不斷被新興的文化雜誌、政論雜誌及出版社所建立的消費系統所剝離，因而不再成為主導文壇權力的競技場，臺灣報紙副刊也不再是兩大報的天下。在媒體權力重新分配時，本土思潮的興起，使《自立晚報》副刊形成了反宰制言說的陣地。從1982年起，詩人向陽接編的《自立晚報》副刊，扮演了宣揚與「中國意識」相對立的「臺灣意識」的角色。

如果說，1970年代後期兩大報副刊是商業較勁的話，那到世紀末則轉型為「本土的」、「臺灣的」副刊與「中國的」、「兩岸的」副刊相互衝突的狀態。前者以《自立晚報》、《自由時報》、《臺灣時報》、《民眾日報》四報副刊為代表，後者的代表則為《聯合報》副刊、《中央日報》副刊等傳統上的右翼陣容。[17]

副刊一般說來是「大眾傳播運作的媒介工業」，[18]但有時編者不願做傳統的花圃園丁，而願做媒體英雄，因而副刊淪為編者文學或文化主張的實驗園地。如小說家張大春1988年出任《中時晚報》「時代」副刊主編，便提倡「新聞預設小說」，並親自動手寫了《大說謊家》，解構了「新聞反映現實」這一合理性。「探親文學」、「返鄉小說」，也是那些具有統派意識的編

者透過《聯合報》副刊、《中央日報》副刊投向文學市場的。

「社會解嚴，副刊崩盤」。1988年宣布報禁解除後，報紙大面積擴版，由過去的三大張加至八大張，由過去的十二版膨脹為三十二個版。副刊除文學專版外，另增加了繽紛、兩性、休閒、旅遊、寶島、鄉情、醫藥等版面。1990年代作為「忙碌的現代人最後的一塊心靈淨土」[19] 的文學副刊開始走向式微。1997年初，在《自立早報》還未關門時就盛傳該報副刊停刊，以及《自立晚報》「本土」副刊縮水，《中時晚報》「時代」副刊「休克」，《大成報》沒有副刊，《聯合晚報》「天地」副刊停刊等消息，這些事實均說明1990年代是副刊走向沒落的年代。為適應這種形勢，不少副刊改變編輯方法，如在文學界一直享有盛譽的《中國時報》「人間」副刊，除照顧文學性外，還兼及世界性、社會性、政治性。梅新主編的《中央日報》副刊，也不走小眾路線，而標榜「副刊是屬於大眾的，我要編的是大眾副刊」。[20]

各種促銷競爭手法進入報界的時代，必然重視企劃。儘管副刊守門人多半為詩人或小說家，但不得不檢討與反省過去的精英文化路線，朝庶民化方向發展，因而只好逃避文學，由純文學的小副刊走向文化的大副刊。這樣做的目的是為了適應社會風氣的改變和為了吸引讀者的眼球。從前的戒嚴時期，生活單調，不像1980、1990年代讀者忙著要賺錢應酬，打開報紙副刊尤其是看到適合自己閱讀的文章，可看得「三月不知肉味」。

如今臺灣由意識形態掛帥走向商業主導，休閒除了看電視外，還有KTV、卡拉OK、股票、錄影帶、電動遊戲機，純文學副刊的讀者由此流失掉。為了彌補這種缺陷，副刊轉向文化評論，並關注大眾欣賞趣味。這樣一來，冷副刊便變成了熱副刊。按照荻宜在《變革的副刊》中的說法，「冷副刊指的是傳統的副刊，編輯不必出太多的點子，只要坐在編輯臺上，細審來稿即可，優秀的留用，不合適者璧還，偶爾也出個主意，讓作者、讀者動動腦。傳播媒體的奧妙，在於它無遠弗屆的傳播功能，和彼此震盪的擴散效果。編輯只要擬定一個與文學相關的題目，就有連鎖效應，足夠奇花異卉探出頭來，爭奇鬥妍一番」。「熱副刊是指一個企劃性極強的新潮園地，與社會動脈緊密結合，偶有超前的後現代之勢，編輯置身劇變的時代中，不時有新的點子、新的主意。除基本的文學外，尚包括政治、文化、學術、經濟……熱副刊主編，像節目主持人，常要發號施令，或勤快揮動他的指揮棒，快節奏的、慢節奏的、歡樂的、抒情的、知性的……他的園地需要什麼人來唱什麼歌，他指名點唱，歌手一一登場，把節目唱得熱鬧有趣，把園地調理得五彩繽紛，這個副刊的確夠新潮、夠熱門了」。[21]蔡文甫主持的《中華日報》副刊，便是冷副刊的典型。1990年代初的《中時晚報》「時代」副刊，企劃性很強，內容也很前衛，常為讀者提供現代資訊和開拓國際視野。《中國時報》「人間」副刊為適應市場化的需要，亦以明星化、資訊化、雜碎化、話題化的方式出版，

是所謂熱副刊的代表。《新生報》副刊主編劉靜娟所走的是一條不冷不熱的路線,在大眾化、生活化、本土化方面,不比兄弟報刊遜色。該副刊沒有過多的企劃,內容以文藝為主,如「原住民創作徵文」,但並不因此就忽略作品的社會性。

解嚴以後,兩岸文化交流頻繁,大量的大陸來稿也是觸發副刊變革的一個誘因。大陸來稿不少屬上乘之作,但也有魚龍混雜的情況。為了防止大陸來稿擠壓本地作者,不少副刊均酌情選登。本來,刊登這類作品有助於兩岸文學借鑒互補,但《聯合報》文學獎不時被大陸作家拿走,這引起某些本地作家不滿,為了保持生態平衡,報紙副刊只好儘量減少刊用對岸來稿。

在多媒體與網際網路等傳播科技迅猛發展、平面媒體的經營空間嚴重受挫的情況下,為了探討報紙副刊存在的問題和未來發展的走向,行政院文化建設委員會和《聯合報》副刊於1997年初舉辦了「世界中文報紙副刊學術研討會」。該會從文學、傳播學、政治學、社會學、新聞學等多重視角,檢討中文報刊的堅守與面臨的困境。會議充分肯定了臺灣報紙副刊在宣導文類、改進文風、獎掖新人、普及文學所起的重要作用,同時也指出1990年代副刊走向「可有可無可缺可棄」的末路並不是媒體的過錯,而是政經社會結構整體改變造成的:「當整體社會對於文學的需求,不再如農業時代的人們那麼強烈時,作為大眾傳播媒體的報業,自然也不可能再如以往一樣,把副刊

視爲報業經營中不可或缺的一頁」。[22]在解嚴前，副刊的存在與文學的前途有很大的關係，但多元化的今天，發起和推動文藝運動、促銷樣板作家、提倡某類文體的任務，不必完全靠副刊承擔。文學雜誌、出版社及其他媒體的運作，均應視爲文學傳播的一環。如這樣理解，那文學副刊的沒落不等於文學的沒落；文學副刊的式微，也不等於嚴肅文學已走到窮途末路。

臺灣文學系和研究所的成立

取材於臺灣土地和人民的臺灣文學，在戒嚴時代，一直是研究禁區。當局爲了防止臺獨勢力滲透，不許有「臺灣」命名的社團出現。在這種情況下，如果有誰提「臺灣文學」，會被認爲不贊同「中華民國文學」，就會被安全部門過問，因而各大學根本不敢設立臺灣文學課程。直到政治民主化、經濟自由化的1990年代，尋訪臺灣文化根脈的呼聲高漲和本土思潮迅速占領各種陣地之際，情況才有所改變。1995年5月，「臺灣筆會」與「臺灣教授協會」等十八個團體聯合發表〈臺灣文化界的聲明——大學文學院不能沒有臺灣文學系！〉，並邀請一批文化界人士和民意代表，到立法院舉辦公聽會、記者會，強烈要求教育部門允許在各大專院校建立「臺灣文學系」。緊接著是本土化媒體一哄而上，如《自立晚報》在1995年6月發表了分三天登完的〈大學文學院應設臺灣文學系〉的文章。

世紀末臺灣文學地圖

　　儘管建立「臺灣文學系」的呼聲從南到北彼此互應，給人印象是勢不可擋，但仍然有人不斷提出下列疑問：「臺灣有文學嗎？即使有，可以設系或值得設系嗎？」、「臺灣文學夠格成立一門學系嗎？教些什麼呢？師資在哪裡？」[23]還有人認為：「臺灣文學只有三百年，而中國文學有五千年，臺灣文學作為選修課開還可以，單獨設系是人為的拔高」。的確，作為一門學科的建立，並未事先從學理上進行充分論證。這種由政治催生學科的做法，違反了學術建設的規律。也許是這個原因，素有臺灣第一高等學府之稱的臺灣大學中文系，當有人緊跟這股潮流，立即提議建立「臺灣文學研究所」後，幾經周折都未能付諸實踐。臺大中文系教授陳昭英還勇敢地站出來，先後兩次從電視到研討會，和主張建立「臺文系」者進行辯論。

　　在1950年代曾由「五四」新文學健將傅斯年打造、奠基的臺灣大學，其校訓的一個重要內容便是「愛國」。臺獨勢力要攻破臺大這個中華文學根基深厚的學府，談何容易，因而他們選擇弱勢學校進攻。果然不出所料，名不見經傳的私立淡水工商管理學院（後改為真理大學）被攻克，他們經過「七上八下」（七次上書，第八次獲批）終於1997年2月5日率先成立了全臺灣第一家「臺灣文學系」。由於成立「臺灣文學系」是臨陣磨槍，因而該系所開的課真正有關臺灣文學的並不多，教材的缺乏，是一大難題。儘管這樣，校方仍表示，「臺灣文學系」未來有五大發展方向，其中第五方向為「開設中國文學科目，以奠定

中文運用的基礎」。相對四大發展方向來說，這裡的中國文學科目只是聊備一格，由中心走向了邊緣。在這眾多的臺灣文學科目中，無不處處潛藏著逸出、叛離中國文化與文學的危險，這種顛覆，表現了主事者對中華文化的焦慮和恐懼。

淡水工商管理學院「臺灣文學系」負責人為了掩蓋自己的政治訴求，在創系記者招待會上說明該系的設立是為了文學，具體說來是確定臺灣文學的主體性。他們認為臺灣文學有三百多年的歷史，基本上「融合了中國新舊文學、日本新文學與臺灣本土文學的各個因素，相存共榮，並不互相排斥，這顯現了臺灣在歷史中的真正面貌」。這裡以「相存共榮」淡化中國新文學對臺灣文學的巨大影響，企圖以多元化模糊乃至割斷臺灣文化與大陸新文學的血脈。他們還強調「臺灣文學系的設立，不僅不會也不能排斥中國文學的研究與教學，同時更可以實事求是，包容來自歷史因素的日本新文學、來自臺灣本土的文學」。[24]如果說以前是中國文學包容臺灣文學，那現在是臺灣文學收編中國文學，這是真正的歷史顛倒。

在大學要辦好一個系，系主任人選是至關重要的問題。既然設「臺灣文學系」是為了適應本土化思潮乃至「去中國化」的需要，其首任系主任必須是能挑戰「中國文學系」並在文壇上有呼風喚雨能力的特異人物。因而該院院長遠赴日本東京，找到了在共立女子大學任教的張良澤。張氏1966年畢業於成功大學，赴日留學回成功大學任教時，編有《鍾理和全集》八

冊、《吳濁流全集》六冊。1978年因參加黨外運動和宣揚臺獨思想流亡國外，後寫有〈戰前在臺灣的日本文學——以西川滿為例〉等文章，為宣揚日本軍國主義的皇民文學翻案，受到陳映真的嚴厲批駁。[25]以他這種身分出任全臺灣第一個「臺灣文學系」系主任，在分離主義者眼中自然是再合適不過了。

教師隊伍的建設是關係到一個學科的發展方向問題。淡水工商管理學院為了把「臺灣文學系」辦成具有主體性、獨立性的系，網羅了一批具有臺獨思想的人任教。該系專任教授有六名，其中多數人贊同張良澤觀點和主張，如趙天儀還在1980年代末，就發表文章論證過「臺灣的文學不在大陸生根，沒有全中國的生活，如何可以說成是中國文學？」[26]另有多位臺獨派作家如葉石濤、李喬、彭瑞金、李敏勇被列入特別講座之林。以這樣的師資隊伍來從事教學工作，毫無疑問會扭曲臺灣文學的定位，同時會給中華文化在臺灣的發展帶來嚴重傷害和影響。

「臺灣文學系」的學生姐妹是1999年由成功大學成立的「臺灣文學研究所」。該所按理應在中文系名下，可是它獨立於中文系之外，而隸屬在文學院之下。這說明它和淡水工商管理學院的「臺灣文學系」一樣，「所」的設立隱含有臺灣文學不是中國文學之意在內。為了使臺灣文學儘快與中國文學脫離關係，該所開的全部是以「臺灣」而不是以「中國」命名的課程。這些課程的擔任者幾乎都是臺獨觀點的宣揚者和傳播者，其中葉

石濤還是臺獨文學的理論之父，其摯友林瑞明則一再鼓吹臺灣文學的源頭來自多方面，他還公開宣揚臺灣文學不算中國文學：「臺灣文學之整體性概念，從1930年代確立，到決戰時期，主軸上來觀察是極為明確的，未曾變動。當時環境，臺灣人是日本國民，但內在臺灣人則是被視為『本島人』以相對於『內地人』。」這種情況下，發展中的臺灣文學，是「無法被歸納為中國文學的」。[27] 以這種背離臺灣的歷史與現實的觀點講授臺灣文學，只會誤人子弟。這些論者篡改歷史的用心可謂良苦，其包含的政治企圖，卻不能不引起人們的分外警惕。

如果說，民進黨執政前國民黨還不敢大張旗鼓設立「臺灣文學系」，或認為設系就應該像1990年代中期靜宜大學向教育部申請時，只能在中文系之下設立臺灣文學組的話，那到了陳水扁上臺後，「臺灣文學系」的建立不再是下面請求，而是由上層鼓勵。2000年8月，教育部通令國立十九所大學籌設「臺灣文學系」和研究所。主政者十分明白：文學的作用雖然有限，但文學可以推動政治，有時甚至可以越位，走在政治前面。一旦將「臺灣文學系」與各大學中文系、外文系、日文系並列，具有特殊涵義的「臺灣文學」就不僅是為臺獨梳妝打扮的脂粉，而且是給臺獨張目、插向中國文學的一把利刃。為了使這把利刃磨得更加光亮，成立「臺灣文學系」的步伐在加快：2000年成功大學成立「臺灣文學研究所」碩士班，2002年8月成立「臺灣文學系」和博士班，陳水扁以總統身分親致賀辭，同時（臺

灣）清華大學、臺北師範學院成立碩士班，2002年靜宜大學成立「臺灣文學系」，今後將有更多的大學成立「臺灣文學系」和研究所。[28]

當然，從文學教育方面來說，如果不是設立「臺灣文學系」而是設立臺灣文學專業，它有利於臺灣各大學的中文系、日文系、歷史系的科際整合，有助於培養臺灣文學研究人才，有利於大學的中國古代文學與臺灣地區現代文學分流，有助於臺灣文學研究從邊緣走向專業，使臺灣文學研究、創作與教學成為文學院發展的一大特色。但「臺灣文學系」的設立宗旨是為了與中國文學分庭抗禮。只要「臺灣文學系」一成立，各大學一年級學生必修的「大學國文」就被廢止了，代之而起的是臺灣文學課程，這樣使學生減少了接觸以唐詩宋詞為代表的中國文化的機會。

研究臺灣文學，本應是大學中文系的題中應有之義，但由於臺灣在1950、1960年代實行白色恐怖，不許講授中國現代文學，再加上中文系長期以來厚古薄今，甩不掉國學的沉重包袱，致使許多人並不認為臺灣有文學，或認為有文學但成就很小，完全不值得研究，這便形成研究本地文學沒有學術地位的偏見，使臺灣文學一直無法進入高校講壇。即使在1990年代前有少數人研究，其研究對象也只限於臺灣傳統詩和漢詩。解嚴後，藐視、踐踏本土文學的臺灣高校，由於文化觀念的改變，老師不再輕視臺灣文學，學生也紛紛成立了「臺語社」、「臺灣

研究社」、「臺灣歌謠社」等團體。當中文系還在周邊打轉時，外文系的學者顏元叔、葉維廉、劉紹銘及後來的張誦聖、王德威，利用國外的講壇和研討會場合，大力宣揚和推廣臺灣地區文學。正是在他們感召下，臺灣本土出現了一支爲數可觀的統獨學者兼有的研究隊伍，其中鮮明地舉起統派旗幟的學者只有呂正惠等少數人。如果不改變這種研究隊伍結構，不加大培養統派研究人才的速度，臺灣文學詮釋權就會落入獨派學者手中。事實上，那些獨派學者一直將中國文學視爲外來文學加以排擠，並打算將其「擠」到外文系裡去。這說明「臺灣文學系」成立不是一般的學科建設問題，而是受政治左右，是爲了擺脫中國文學的「羈絆」，這將造成臺灣大學生不認同中國文學，並在族群和國家認同上出現嚴重偏差。這就不難理解爲什麼「臺灣文學系」和研究所的教授許多人志不在學術而在分離運動，以至有人認爲他們運動高於學術。[29]正如有的學者所說：「目前臺灣文學研究領域，一直是被『非學術論述』所壟斷。」[30]要改變這種情況，必須從根本上釐清臺灣文學的地位，強調臺灣文學是中國文學的一個重要組成部分，讓正在或即將獨立於中國文學之外的臺灣文學重回中國文學的懷抱。

「臺灣文學館」設立的南北之爭

關於臺灣文學館的設置，最早可以追溯到1967年11月國民

黨九屆五中全會所制定的「當前文藝政策」，和這一政策相配合的提案有籲請當局建立「中國文藝資料中心」。[31] 後來，有些作家、學者覺得不能滿足於「資料中心」，提出要建一個類似北京的中國現代文學館，用來負責自「五四」以後的現代文學資料蒐集、整理、保存、研究等工作。1990年11月，全臺灣地區的首次文化會議召開後，文建會終於提出了籌設現代文學資料館的計畫。1992年4月，此計畫獲行政院核可，作家們聽了後歡呼雀躍，《文訊》雜誌適時地製作了《現代文學資料館紙上公聽會》。文建會下屬的籌設小組，也於1993年成立。到了1995年，當局卻以財力不足為由，將該計畫併入「文化資產保存研究中心」。文建會和文學界人士，均不滿意這種做法，而力爭文學館獨立。1997年8月，行政院終於同意成立「國立文化資產保存研究中心籌備處」，負責籌備「文化資產保存研究中心」及「臺灣文學館」。就這樣，歷經多次的經費凍結、合併設館之議，終於在1998年11月由行政院審查通過獨立設置之提案。2003年10月17日，「千呼萬喚始出來」的臺灣文學館正式向社會人士開放。

在文學館獨立設置已明朗化之後，這個問題的討論已由「要不要設立」轉為「如何設立」。首先是名稱問題。先後有「現代文學資料館」、「國家文學館」、「國立臺灣文學館」這三種稱呼。「現代文學資料館」系文建會1992年規劃之初擬定的。可是「現代文學」應如何界定？廣義應指大陸、臺灣的當

代文學，其中包括日據時代的臺灣文學；狹義是指1949年以後的臺灣文學。只要定名爲「現代文學資料館」，那臺灣文學的地位只能是「在現代文學資料館中設一個專門的臺灣文學資料室」。[32]不滿於臺灣文學受官方「凌遲」的作家堅決反對這種做法。他們質問道：如果在中國現代文學名義下設臺灣文學組，那就是「在名稱上被人做了手腳，成爲『傳統文藝』之下沒有名份的小老婆」。又說：現代文學的「現代」既然不是指現代主義而是指當代文學，那就「應該叫現代臺灣文學或當代臺灣文學，不此之圖，顯然就要避用『臺灣』二字」。失去了臺灣的主體性，「必然出現有文學而無臺灣、有傳統而沒現代的『現代文學館』」。[33]爲了平息這些本土作家對「現代文學」看不順眼，或看到「中國」二字便要血壓賁漲的憤怒之情，當局便決定去掉蘊涵有「中國」之意的「現代」二字，因而有「國家文學館」的折衷方案。到了臺灣意識、臺灣精神在臺灣官方字典中不再缺席的年代，這個殘留有「泛藍」色彩的方案終於被「國家臺灣文學館」的名稱所取代。不過，同意這一名稱的作家學者，主要把「臺灣」看成是一個中性名詞或地理名稱，而「泛綠」派人士卻不這樣認爲。在他們心目中，「臺灣」一詞系相對「中國」而言。

　　和名稱相關的是文學館的定位問題。用馬森的話來說，「主要分兩派意見：一是成立現代文學資料館，以中國現代文學以迄臺灣現代文學爲主，凡五四以來的新文學，包括臺灣、大

陸的文學作品都在蒐藏範圍內；二是臺灣文學資料館，收藏清代、日據時代以至今日當代臺灣文學作品。考慮到範圍的大小，現在應設立的是大型的現代文學資料館。」[34]陳信元認爲不僅應該「以本世紀以來至今的臺灣現代文學爲收藏、研究中心」，而且「1919年至1949年的現代文學，1949年以後的大陸當代文學，以及二十世紀海外華文文學，都應納入收藏研究範圍，才能建立一個國際性的資料和研究中心。」[35]從馬來西亞移民到臺灣的陳大爲也反對把文學館定位爲臺灣本土，認爲應注意「各種大陸文學出版品，尤其當代的創作及理論方面的讀物，更值得關注。所以我反而希望在國家文學館中，看到一個規模宏大的大陸文學研究室。如何能有一個亞洲／東南亞華文文學的研究室更好，與其成天高喊亞洲金融或航運中心，不如先從亞洲華文文學中心開始做起，再加上星散於亞洲以外的幾十位華文作家，就是世華文學了。如果我們的『國家文學館』能致力於世界華文文學的研究與收藏，對臺灣人民的閱讀及研究視野而言，絕對是一個值得期待的事。」[36]陳大爲是典型的「立足臺灣，胸懷中國，放眼世界」。不過，他的調子定得過高，不切合臺灣學術界的實際。像大陸文學研究在臺灣早已萎縮多時。不要說「規模宏大的大陸文學研究室」，就是小規模的也無從談起。何況有人認爲，強調「世界」是爲了適應全球化的需要，而臺灣最要緊的是本土化而不是全球化。另方面，亞洲以外的華文文學著名作家很少，但陳大爲堅持認爲：「我們

最起碼要有一個亞洲視野,掌握並整理這個地區的華文文學。臺灣已經夠小了,不要老是本土,老是南瀛,老是花蓮。希望國家文學館能開拓我們實如井蛙的眼界,而不是替我們繼續把井往深處挖掘。」[37]本土化的政策的確使臺灣文學的道路越走越窄,「走向世界」或與國際接軌越來越難,陳大為的言論打中了某些人的要害,可惜他的觀點附和者不多。

　　不僅文學館的名稱會影響定位,而且館址的選擇也與文學館的定位有極大的關係。關於館址設在何處,一開始就有「南北之爭」。「北派」學者認為:「出版社80%都設在臺北,大部分的學校及研究人員也都在北部,史料放太遠不方便。且臺南舊市府的空間並不適宜,文學資料館需要很大的閱覽或展覽空間,若只做為典藏單位就失去意義。」[38]《聯合報》副刊主任陳義芝的看法也相同:「從資源運用的角度來看,設置在臺南有點可惜。任何時期都有其文學的重心,應按照自然形成的方法去設置,像是五四運動以來,幾個文學重鎮如北京、上海,都是自然形成的文學生態,才能做到運用之方便與功用之大。」[39]這裡的參照系是祖國大陸,加上《聯合報》又是統派報紙,故陳氏的看法有一定代表性。「南派」學者卻認為設館應注意文學生態的平衡,不能做什麼事都要以北部為中心。如新竹清華大學中文系呂興昌認為:「文學館的設館最早便由臺南方面人士提議,且臺南是臺灣文學的發源地,是個文化重鎮:臺灣文學研究者有許多在南部,南部的幾所大學對臺灣文學更是非

常重視。」[40]設館是否由南部作家首先提出，這還有待考證。但不管怎麼樣，不少外省作家均不同意這種觀點，如姜穆認爲：「文學館的設置，只考慮南北文學建設的平衡，這是平均主義……要說平衡發展，『國家文學館』應該設在花蓮、臺東，爲什麼獨厚臺南？」[41]陳大爲則直截了當地說：「設館於使用人口相對較少的臺南，根本上就是一種錯誤。這不是重北輕南的問題，而是北重南輕的現實考慮，大部分的文學研究人口及創作人口都在北臺灣，『國家圖書館』也在臺北，爲何不把文學資料集中在一地，讓想查詢的學者和學生可以省去更多的時間與車程，只要來臺北一趟就夠了，不必兩地奔波。」[42]不管陳大爲這些有眼光的學者如何呼籲，本土化趨勢勢不可擋，在臺南設館已成了事實，再爭議也無法改變這一現狀。

　　文學館是充滿詩情畫意的文學傳播場所，同時也是文學愛好者和作家、學者的心靈之家。爲了讓文學館能完成自己神聖的使命，不讓文學家們失望，首任館長人選是文學界極爲關心的問題。有人問：他「會是文學界人物？還是官場人物？或有更甚者，一個莫名其妙的人？這是我們第一要注意的。」[43]張默在〈誰是最適任的館長？〉[44]中也認爲：「首任館長極爲重要，他必備的條件是對文學史料的專業、對當代臺灣文學有宏觀與前瞻意識，更具有豐富的行政經驗與不可或缺的廣博與包容性」。這裡雖沒有提及意識形態的紛爭，但南北兩派心目中都有自己的人選。如鍾肇政就推薦曾爲「皇民文學」張目的張良

澤做館長。[45]「北派」眼看這時的文建會不再是國民黨領導而是民進黨主政，文學館不可能再設在臺北，也就不據理力爭了。果然不出所料，張良澤當了第一個「臺灣文學系」系主任後，和張氏具有同一文學觀念的林瑞明成了首任文學館館長。林氏雖然不是「官場人物」，更不是「莫明其妙」的人物，而是對臺灣文學有深入研究和貢獻的學者，但其行政能力和包容性還有待實踐檢驗。他的上臺，標誌著「南派」掌握了詮釋臺灣文學的主動權和發言權。

　　既然館名不再是「現代文學資料館」，它也不再「附屬在一個對『臺灣』有敵意的組織下」，其「重點是臺灣文學的主體性」，[46]故其整理文史各項，均以本土文學為主。除《楊逵全集》、《龍瑛宗全集》、《李魁賢文集》外，另有施懿琳負責的《全臺詩》，陳萬益主持的《臺灣文學辭典》，黃英哲負責的《日治時代臺灣文學史料編譯計畫》，林瑞明主持的《楊雲萍全集》，江寶釵主持的《黃得時全集》，彭瑞金負責的《葉石濤全集》。這十個委託研究方案，外省作家嚴重缺席，主持者絕大部分為「泛綠」色彩的學者。為了突顯這一特色，前面一個研究計畫還特地標明「日治」而非「日據」，由此可看出研究者的政治取向。這顯然蘊涵有省籍和統獨問題，但由於這個文學館是在南北文學界同仁不斷建議、呼籲和殷切期待下才設立的，且它畢竟是文學事業的一部分，故「泛藍」和「泛綠」兩派均沒有將爭論公開化。應該指出的是，上述項目儘管有遺珠之憾，

但畢竟對臺灣文學研究提供了較完整的資料，與大陸學者的研究也不重複，如《臺灣文學辭典》不偏重作家作品，還涵蓋原住民文學、民間文學、古典文學、日據時代文學、光復後當代文學、兒童文學及戲劇等七大領域，[47]這均有一定的創意。

人們期待臺灣文學館，不僅是蒐集、保存、展示文學資料的中心，同時也是文學研究中心。因文學館不等同於資料館，從事單純的典藏工作。其功能不是以「有」為榮，而是以「用」為榮。文學館與林語堂紀念圖書館、賴和紀念館也有區別，除其對象不是單一作家外，還因為其功能不是專供人瞻仰和憑弔。文學館主要是為研究者提供第一手資料。它在徵集與收藏時，還要整理與研究，乃至編輯與出版，因而臺灣文學館除設有典藏組，負責徵集手稿、日記、照片、版本、錄影帶外，還設有展覽組、推廣組，另設立了負責文學發展、文學專題、文學史料的研究譯述等事項的研究組。也就是說，硬體工程（包括臺南市府舊地古蹟修護及新建工程）2002年底完工後，將大規模充實包括研究在內的軟體內容。事實上，各項以南臺灣為主的研究、出版、展示計畫正在實施中，「北派」文學家的收藏、研究與出版則從中心走向了邊緣，陳大為們「最起碼的亞洲視野」[48]的期望由此成了泡影，這對「開拓我們實如井蛙的眼界」，[49]無疑不是福音。

註釋

1　鄭明娳，〈當代臺灣文藝政策現象〉，《現代散文現象論》
（臺北：大安出版社，1992年）。

2　郭良蕙，《心鎖》，（高雄：大業書店，1962年）。

3　莊宜文，〈文學新秀的舞臺——聯合文學小說新人獎〉，《文
訊》，1998年1、2月，第43頁。

4　吳德偉，〈地方文學聲聲響——對地方文學獎的幾點觀察〉，
《文訊》，2003年12月，第47頁。

5　向陽，〈海上的波浪——小論文學獎與文學發展的關連〉，
《文訊》，2003年12月，第39—40頁。

6　呂政達，〈一個評審學派的誕生〉，《文訊》，2003年12月，
第60頁。

7　李瑞騰，〈文學雜誌的困境及可能的出路〉，《臺灣文學觀察
雜誌》，1993年9月，總第8期。

8　文訊雜誌社編，〈文學的再出發〉，《文訊》，1984年3期，總
第9期。

9　龔鵬程，〈老驥伏櫪，期再壯志千里〉，《文訊》，2002年第6
期。

10　李瑞騰，〈編輯室報告〉，《臺灣文學觀察雜誌》，1990年9月
總第2期。

11　臺灣詩學季刊編輯部，《臺灣詩學季刊·稿約》，1995年6
月，第200頁。

12　向明，〈詩人也要靠行嗎？〉，《臺灣詩學季刊》，2002年12月。

13 向明，〈小談詩社詩選〉，《臺灣詩學季刊》，1997年9月。

14 高信疆，〈一個概念（副刊編輯）的兩面觀〉，《愛書人》雜誌，1979年12月1日。

15 陳義芝，〈副刊轉型之思考：以七○年代末「聯副」與「人間」爲例〉，《「世界中文報紙副刊學術研討會」論文》（臺北：國家圖書館，1997年）。

16 焦桐，《臺灣文學的街頭運動》（臺北：時報文化出版公司，1998年）。

17 18 向陽，〈副刊學的理論建構基礎〉，《當代臺灣文學評論大系·文學現象卷》（臺北：正中書局，1993年）。

19 隱地，〈副刊兩題〉，《文訊》，1992年8月，革新第43期。

20 21 荻宜，〈變革的副刊〉，《文訊》，1992年8月，革新第43期。

22 向陽，〈對當前臺灣副刊走向的一個思考〉，《文訊》，1992年8月，革新第43期。

23 29 應鳳凰，〈「臺灣文學「作爲一門學科」〉，《文訊》，2001年1月。

24 陳映眞，〈西川滿與臺灣文學〉，《文季》，1984年第一卷第6期。

25 趙天儀，〈論臺灣新詩的獨立性〉，《笠》，1988年11月。

26 李瑞騰總編輯，《1997年臺灣文學年鑒·淡水工商管理學院成立「臺灣文學系」》（臺北：文訊雜誌社編印，1988年）。

27 林瑞明，《臺灣文學的歷史考察》（臺北：允晨文化公司，1996

年)。

28 陳萬益，〈臺灣文學成為一門學科以後〉，《文訊》，2002年6
月。

30 應鳳凰，〈從《臺灣文學評論》創刊號說起〉，《文訊》，
2001年9月。

31 龔鵬程，〈「現代文學資料館」的工作與定位〉，《文訊》別
冊，1997年10月號。

32 34 38 39 40 轉引自湯芝萱，〈文學界對「現代文學資料館」的
建言與期待〉，《文訊》別冊，1997年10月號。

33 46 彭瑞金，〈臺灣文學館要獨立〉，《臺灣日報》，1997年4月
20日。

35 陳信元，〈北京中國現代文學館〉，《文訊》，1992年9月號。

36 37 42 48 49 陳大為，〈一個最起碼的亞洲視野〉，《文訊》，
1999年1月號。

41 姜穆，〈資料典藏應以運用為主〉，《文訊》，1999年1月號。

43 丘秀芷，〈誰來領引〉，《文訊》，1999年1月號。

44 張默，〈誰是最適任的館長？〉，《文訊》，1999年1月號。

45 鍾肇政，《臺灣文學十講》（臺北：前衛出版社，2000年）。

47 許素貞，〈「國立臺灣文學館」暖機起動〉，《2001臺灣文學
年鑑》，（臺北：行政院文化建設委員會，2003年）。

第二章　文學生態

　　就臺灣文學生態而言，無論是政治選情的一波三折，還是商業化、大眾消費、資訊科技引來的聲畫網路，都使文學承受了巨大的壓力。下面主要論述文學與政治、社會、經濟生態的相互關係，包括文學派別的形成及其地域分布、文學品種的繁榮與衰亡、臺灣選戰間接給文學造成的污染、文學會議主題的演變、兩岸文學的互動等等。

南北文學的分野與對峙

　　2004年3月的臺灣總統選舉，實際上是一場「南北戰爭」。即北部的泛藍支持者占多數，成了連（戰）、宋（楚瑜）的票箱，而南部的民眾大都是泛綠支持者，那裡是陳（水扁）、呂（秀蓮）的大票倉。這種南北分野的現象，早在二十世紀末的臺灣文壇就有所反映，當時出現了兩極分化現象：一是以臺北為基地，在城市現代化的導引下，延續中華文學的傳統，創作具有鮮明中國意識的作品和色彩繽紛的都市文學；二是以南部為主的《臺灣文藝》、《文學界》、《文學臺灣》為基地，延續鄉土文學的傳統，用異議和在野文學特質與帶有泥土味的「臺語」創作小說、散文、新詩，書寫他們的所謂「臺灣民族文學論」、「獨立的臺灣文學論」。

　　對此種現象，我們借鑒英國評論家雷蒙‧威廉斯在《鄉村城市》（1973年）一書中，拈出代表兩種人類社區經驗的「鄉村」

和「城市」名稱來詮釋十六世紀以降的英國文學及英國人觀念變革的做法,將臺灣文壇的分化用「城市／臺北的」和「鄉村／臺灣的」或「統派／臺北的」和「獨派／臺灣的」這兩組符號名之。[1]這裡所用的「城」／「鄉」符合對比意象,「臺北的」／「臺灣的」所顯現的則是政治、經濟及文化核心象徵意義,這些均成為當下臺灣文壇一組絕妙的原型性意象。

臺北是亞太經濟名城,它的文學有政治化、工業化、商業化的歷史情境。作為臺灣政治經濟文化中心的臺北,從1950年代起,蔣介石就一直恪守「一個中國」原則,把臺北當成防止臺獨勢力滲透、遏制分離主義思潮發展的樣板 —— 連臺北大街小巷的名字都由大陸的城市名組成,可見蔣介石將臺北徹底「中國化」的良苦用心。蔣氏父子一直認為,臺灣是中國的一個省,是中國不可分割的一部分;在文化上,中國的人文傳統一直規範著臺灣文化,中原文化為臺灣文學開啓山林,注入風韻。在強勢中國文化的支配下,「臺灣文學不是中國文學」作為主旋律在臺北難於演奏起來。即使到了1990年代,「臺灣文學」大有取代「中華民國文學」或「中國文學」的時候,臺北還有一些作家頑固堅持己見,認為只有「中國文學」沒有「臺灣文學」。如有,也是中國臺灣省文學。以特立獨行、見解不凡著稱的李敖,就持這種觀點。他不僅有理論,而且還有實踐。他完稿於1990年的長篇小說《北京法源寺》,表現了傳統政治文化的極端反動和落後,宣揚了知識分子的歷史使命感。在回答

中國應走什麼道路時，充滿了憂患意識，有著鮮明的中國特色。此外，設立在臺北的「中國文藝協會」的眾多外省作家也是統派或接近統派。儘管也贊同或使用「臺灣文學」一詞，但在他們眼中，「臺灣」是中性的地理名詞，不含政治內容。他們創作的「探親文學」，表現了對中華民族和祖國大好河山的由衷熱愛，是標準的統派作品。

國民黨的政策長期以來是重北輕南，對南部控制的放鬆致使那裡成了臺獨勢力的集結地。陳水扁2000年當選總統的選票，大部分由南部選民提供。但臺北市則不同。即使民進黨上臺後，臺北仍然是「藍色」而非「綠色」，仍是國民黨的天下。國民黨與民進黨無論是黨綱還是具體的政治實踐，均有重大的不同，這在一定程度上決定了臺北文學的政治色彩和作家隊伍的成分：以統派或堅持「中國意識」的作家居多。作為左統而非右統的陳映真，便是統派作家中的另類代表。他的中篇小說《忠孝公園》，以敏銳的嗅覺描寫了民進黨上臺後淪為在野的國民黨及其追隨者的震驚和憤慨，字裡行間貫穿著對獨派的嚴厲批判。臺北不僅統派作家居多，而且全臺灣的統派或具有中國意識的傳播媒體、出版機構、文學團體幾乎都集中在這裡。即使獨派勢力在不斷滲透，有些統派媒體也開始動搖甚至被招安，但臺北仍然是當下統派文學家的大本營。以棄筆從政的龍應臺而論，她在當臺北市文化局長期間，所營造的也是儒家文化而非褊狹的臺灣本土文化。正因為中原文化在臺北占上風，

且這裡享盡各種資源、資訊的優勢，故許多激烈的統獨鬥爭都選擇在這座城市的媒體上進行——如世紀末的經典文學之爭、《聯合文學》上演的「雙陳」（陳映眞、陳芳明）大戰。

臺北是移民城市，其移民以大陸人爲主。社會上流行的是以北京話爲基礎的國語，作家們的書寫工具也多半爲標準的漢語。「臺灣的」文學與「臺北的」文學另一個重要分野正在於前者挑戰國語，提倡用臺語寫作，並企圖用這種捨棄中文寫作的「臺語文學」去顛覆中國文學。從這種國語／臺語的語言分歧方面，可看出「臺北的」／「臺灣的」文學「不是因爲地理位置的城市與鄉土的區別，而是來自文化建構的臺灣與中國的語言分裂」。[2]其實，臺灣語言也是中國語言的一種。人爲地將其分裂，爲的是分割臺灣地區文學，即分裂中國語言的「臺語文學」與用標準漢語和中原意識書寫的在臺灣的中國文學。這兩種文學的對立，爲人們觀察1990年代臺灣文學的分化提供了另一個視角。

如果說「蔣家王朝」時代臺北過於政治化的話，那1980年代後的臺北卻過於商業化。本來，政治民主化及經濟起飛、商業繁榮、資訊發達是好事，但政商兩股力量的結合卻造就了相當功利的臺北文化及文學。臺北都市化的進程，還在1960年代就改變了臺北的文壇格局，它使嚴肅文學讀者市場縮小，出版維艱，而瓊瑤們的言情小說因出版社有利可圖，便占據了文壇的重要地位。從1980年代開始，文學出版被當成純粹的商品銷

售。這一現象到了1990年代一直有增無減。有極大廣告效應的誠品書店和金石堂廣場暢銷書排行榜，加速了圖書商品化，使作家們的創作要按市場行情運作。以流行的散文來說，讀者們要求字數要少，文意不能過於艱深，書中的插圖要多，題材要為讀者所熟知，表達方式要喜聞樂見。[3]正是讀者的這種消費品格促成了作家的功利性格，他們除大寫輕短薄的作品外，出書還講究包裝，甚至將自己明星化，把自己的名字與形象醒目地印在封面上。書出版後，請一些朋友寫些慶賀開張的花籃式書評。一旦收到這種廣告效應，印刷量就成倍增長。為了不花精力多賺錢，作家還會複製自己，大量製造相同或相似的產品，而文學的原創性和作家的使命感在這時已被拋到九霄雲外。這與講究社會批判功能和思想導向作用、以草根性著稱的南部鄉土作家的創作取向大為不同。

臺北是一個充滿希望和幻想的城市，正因為充滿幻想，臺北的作家們不再留戀過於寫實的田園模式的寫作，代之而起的是1990年代得到蓬勃發展的都市詩、都市小說、都市散文，這些冠上「都市」文類的作者，對資本主義的工業文明作正面肯定。作家們歡呼現代都市文明高速的發展與進步，努力表現都市環境的急遽變化和科技文明所激發的想像世界。林燿德等人的創作實績表明，都市文學已躍居為臺北文學最強勁的潮流之一。這些都市文學中的都市現實、都市意象和作者的都市意識，和都市本身一樣，都是迷宮的複合體。在高科技改變了讀

者的閱讀習慣和傳播方式的世紀末，都市文學不再具有鄉土文學的解讀形態，這些作品即使寫到村鎮，也是微型的城市或都市的近郊，他們或把城市當作人物的生活背景來處理，或表現作者對城市醜陋一面的批判。在臺北走向現代化過程中，都市起著促使作家拋卻田園詩而追求現代主義的作用，即使是都市文學的代表黃凡封筆、林燿德去世，仍有一批臺北作家尋求新的表現方式，他們把筆伸向都市的每一個角落，而極少有人向鄉鎮轉移。這種都市文學在製造五花八門的幻覺的同時，導引讀者如何辨識和演繹都市空間，其意義不在於給別人揭示城鄉對立的關係，而在於提供讀者與空間交談的可能性，此亦足見都市的生活在世紀末的社會中，遠比鄉村更有吸引力。

臺北文學另一特徵是後現代文學的興起。據後現代文學研究專家羅青觀察，從1986年起，臺北就進入了後工業社會。[4]這種後工業社會情境包括知識的傳承方式有重大革新，是所謂的「電腦資訊」；反映在文學藝術上，則是「後現代主義」。羅青所列舉的時代特色有：強大複製能力、迅速的傳播方式、商業消費導向、生產力大增、內容與形式分離等，並宣稱全速衝向資訊社會的臺灣，已與西方主要的經濟文化力量同步發展。[5]有了這幾點，羅青樂觀地預言後現代情景將會孕育「臺北學派」的誕生。這種學派雖然到現在還未出現，但已擁有一支研究後現代文學的隊伍，其中研究臺北後現代詩最有代表性的是孟樊。他認為，後現代詩的主要特徵有：(1)文類界線的泯滅；(2)

後設語言的嵌入；(3)博議的拼貼與混合；(4)意符的遊戲；(5)事件般的即興演出；(6)更新的圖像詩與字體的形式實驗；(7)諧擬大量的被引用，其他還有脫離中心（主題）、形式與內容分離、眾聲喧嘩、崇高滑落等特點。[6]當然，後現代是一個有爭議的術語，不同學術背景的評論家往往有不同的解釋，因而沒有必要把後現代看作是一個凝固的概念。但後現代文學如最活躍的文類後現代詩的確存在於臺北文壇。孟樊一類評論家探討臺北後現代詩的形成及其特徵，為的是說明後現代詩是臺北都市文學的一個重要組成部分，是為了激發詩人的創新意識，多寫些跨文類的耐讀詩作。

除後現代詩外，後設小說也是臺北都市文學的一個新景點。這類後設小說不像寫實主義那樣強調文學對現實生活的反映，而著重強調虛構的作用，強調小說家的主觀能動性，質疑傳統文類對虛構與真實之間關係的看法。有些作者一邊寫小說，一邊在作品中談論小說創作的特徵，談論如何虛構情節，如何塑造人物，如何運用語言。其所探討借助的媒介，是為後設語言。作家們正是用這種「評論另一種語言的語言」，[7]對作品本身情節、角色以及進行方式作出判斷。這類花樣翻新的作家有張大春、黃凡、林燿德、蔡源煌等人。[8]

由此觀之，如果有所謂「臺北的」文學，則「臺北的」文學應是陳映真等人為代表的以中國意識為中心的創作，及黃凡、林燿德等人為代表的現代詩的都市化、小說的後設化、散

文的速食化。

　　相對「臺北的」統派文學與都市文學，「臺灣的」文學更靠近鄉土文學。正如葉石濤所說：「前後大約十年之久的臺灣，1980年代文學的演變的確證實了有南北兩派的兩種文學主張。」又說，不是地域，主要是作家作品：南部凋蔽，農村、漁村及帶狀工業地帶，工業化、都市化未有北部集中，都市還擁有廣大田園腹地和勞動人民，所以一般說來南部沒有北部那種都市叢林高度物化、異化，民眾生活較保守、傳統。在這種環境下，扎根生活南部的作家顯得傳統，少用後設小說、超現實主義、意識流，屏東的陳冠學、曾寬，高雄吳錦發、許振江，鹽分地帶周梅春、陳豔秋，草根性強，以本土為主。北部作家以臺北市為中心發出來的是都市叢林文學，以國際性著稱……9南部作家也不完全排斥前衛作品，同時創辦以本土性為號召的文學期刊，大力推廣文學本土化運動，讓文學生根於社區，提倡文學與民間生活相結合。10總之，他們不滿足於鄉土，而從鄉土出發將「臺灣意識」逐漸演變為臺灣本土意識——臺灣自主意識、臺灣獨立意識、臺灣民族解放意識。這種排斥中國意識的所謂具有主體性的路線，對「臺北的」文學主要從兩方面進行攻擊：攻擊戒嚴時期文學政治化的傾向和解嚴後文學中存在的「中國結」；攻擊解嚴後因工業文明過度發達而導致人文精神喪失的「物質巨人，精神侏儒」的物化傾向。

　　葉石濤長期居住在南部的左營，是臺灣鄉土文學理論的奠

基者。他在1970年代研究本土文學時，由於政治的禁忌，只好將臺灣地區文學名之日「臺灣鄉土文學」。這裡的「臺灣」是表示籍貫地，「鄉土」是概括作品的題材和內涵，以便把這種以南部作家為核心的「鄉土文學」與臺北發源的反共懷鄉（「鄉」指大陸）文學區別開來。作者在論述「省籍作家」作品特徵時，常常模稜兩可，但字裡行間仍透露了作者對臺灣歷史意識和對臺灣文學的「鄉土」而非「都市」特色的強調。通過他的論述，人們不難看到從1980年代開始的「臺北的」與「臺灣的」兩條文學路線之爭：已不完全是「城」與「鄉」的對立，而上升為「中國結」與「臺灣結」的矛盾衝突。即「臺北的」文學，由國民黨文化霸權所主宰，而廣義的「臺灣的」文學，卻力圖擺脫這種主宰。它強調臺灣的鄉土性、歷史性與特殊性，認為臺灣文學有不同於中國大陸的特色。不過，這種強調仍是在中國性的框架內進行，如葉石濤在《文學回憶錄》中就說：「在臺灣的中國文學，以其歷史性的淵源而言，毫無疑義的，是整個中國文學的一環，也可以說是一支流。」[11]到了執政黨南進政策日益明確，不再高喊統一中國，在實行背統趨獨的1990年代，葉石濤就不再講臺灣文學是中國文學的一支流了，而改稱為臺灣文學的特殊性決定了它不同於中國（而不是中國大陸）文學：「無論在歷史上和事實上，臺灣的文學從來都不是隸屬於外國的文學。縱令它曾經用日文或中文來創作，但語文只是表現工具，臺灣文學的傳統本質都未曾改變過。」[12]甚至說：

「臺灣人既不是日本人也不是中國人，臺灣是一個多種族的國家。」[13]「臺灣和中國是兩個不同的國家，制度不同、生活觀念不同、歷史境遇和文化內容迥然相異。」[14]葉石濤的這種論述，通過對中國的所謂「霸權」解構而獲得了他的所謂「臺灣的」主體性。這是他過去未敢明言的內心話，同時也是他臺獨思想的大曝光。

如果把非常「鄉土」和「臺灣」的葉石濤的這種言論放在文學地域中去考察，就會發現這類打有臺獨記號的言論其附和者大都出自南部，如2001年開始主編《臺灣文學年鑑》，並讓其來一個大變臉，即由泛藍色彩改造成泛綠色彩的左營的彭瑞金在1990年代初就說：「1980年代的臺灣文學多元化業已證明臺灣文學的本土化理想，已經先期於臺灣人的民族解放或政治的獨立建國達成。」彭瑞金還認為：臺灣文學應該自我期許，去創作「國家文學位格」的文學。[15]把臺灣文學「國家化」，讓文學為「獨立建國」服務，這正是「臺灣的」文學年鑑與《文訊》雜誌為代表的「臺北的」文學年鑑質的差別。

還在1980年代，高雄和臺北作為城鄉關係中的新隱喻在完成，至少已有南部與北部各屬不同文學派別的說法。1982年3月，當時還在美國居住，曾為美麗島事件被捕作家向蔣經國說項而聲名大振的陳若曦，應《臺灣時報》的邀請回臺，主持南北兩派作家座談，試圖找出南北兩派作家的爭議點化解矛盾，可是這種調解未能成功。因這不是一般的文學流派之爭：如鄉

土文學與都市文學之爭，或寫實主義與後現代主義之爭——這些爭論確實存在，但在爭論背後隱藏的是天南地北兩個極端性派別的政治立場的差異，即以陳映眞爲代表的北派／統派和以葉石濤爲代表的南派／獨派之爭。需要指出的是，臺北一度出現政治「抓狂」現象，政壇和社會陷入多元、無序、無理性狀態。面對著這種嘈嘈雜雜的政治喧嚷，與政治密切相關的文學論爭，也就難於或者根本不可能調解了。

當然，所謂「北派」／「南派」或「統派／臺北的」和「獨派／臺灣的」文學之分，並不是絕對的，兩者時有交叉。如北部也有泛綠支持者，也有人在寫或宣揚「臺灣的」文學，像住在北部龍潭的鍾肇政援引「日本臺灣學會」的觀點，稱臺灣文學爲「複合文學」或「越境文學」，[16]即由唐山來到臺灣的居民均由華人及各種族共構而成爲複合新興民族，其文化亦爲多元複合之新興文化。臺灣文化已不同於中華文化，臺灣文學更是一種「越」中國之「境」而具有獨立性的文學。這種觀點，只能模糊臺灣作家對國族的認同。這與陳映眞的〈在臺灣的中國文學〉的論述，可謂是南轅北轍。同樣南部也有泛藍支持者，也有統派力量，如高雄文藝家協會理事長周嘯虹就不是獨派。對都市的批判而言，「臺北的」與「臺灣的」作家則表現了同質性，所不同的是批判武器有「城」與「鄉」的差別，如「臺灣的」作家以階級論和鄉土文學精神對都市的各種痼疾進行刮骨療毒式的批判，而「臺北的」作家對都市的文明質疑採取

的是人文主義態度，是人性與物性、物質文明與精神文明的視角。我們將兩者分開談，並不是說明任何一個作家的創作傾向與美學追求均可徹底歸入某一檔案夾中。且不說同一作家在不同時期有不同的傾向，就說同一派別的作家在不同階段也會出現思想追求的轉捩和藝術風格的差異。

現代詩瀕臨死亡？

1988年12月，著名新銳評論家孟樊發表了〈後現代之後：瀕臨死亡的現代詩壇〉，[17]認為隨著科技革命的到來和經濟的繁榮、物質生活的豐富，民眾對文字的閱讀愈來愈冷淡，看影視的興趣遠遠超過了讀文學作品，再加上現代詩本來就是小眾的藝術，到了世紀末必將「邁向死亡的境地」。

面對高科技和新媒體的威脅，嚴肅文學的確有瀕臨死亡的跡象。以小說而論：中篇小說改成短篇小說，短篇小說再壓縮成極短篇，可是讀者仍不買賬。現代詩也曾想通過圖案詩、漫畫詩等途徑去接近大眾，可是收效甚微。後來，又有臺北市政府舉辦的「公車詩」活動，即把較適合大眾欣賞的詩張貼在公共汽車上。1997年5月，還有由杜十三、侯吉諒、須文蔚三人主持的「臺灣現代詩網路聯盟」掛牌成立，這也只是小補之哉。另有洛夫發起的「詩的星期五活動」，吸引了不少聽眾，可是那些新新人類仍在手操電玩、眼控聲光中虛擲大好時光，「化小

眾爲大眾」的美好願望已成泡影。這就難怪有些詩人改行轉業，去搞廣告或到歌詞、影視領域顯身手。

孟樊對有關現代詩瀕臨死亡的看法，畢竟過於偏激和刺激人，故引發過一些零星炮火的攻擊。也有人反過來認爲臺灣現代詩不但沒有死亡，而且正在成長壯大成爲巨人，這又太過誇張。事實上，現代詩正在矮化。因爲隨著解除戒嚴後社會的轉型，統獨之爭的相持不下，加上黑金、特權等現象混雜其中，人們的價值觀和文化心態必然會做出相對的調整。原先奉爲圭臬的信條可能會放棄，原有的主流觀念會向非主流觀念轉變，乃至執政黨也會異化爲在野黨。作爲精神追求的現代詩，更會被立委、總統等政治選情所淹沒的媒體及消費型社會拋向邊緣的邊緣。

現代詩是否會死亡，一直是熱門話題。1994年8月，《臺灣詩學季刊》登載了向明翻譯的〈詩死了嗎？〉，認爲美國詩不景氣倒是有的，但並未死亡，其潛臺詞是臺灣詩亦應作如是觀。1996年5月，《臺灣詩學季刊》又製作了〈詩與死亡〉專輯。許多作者均認爲：臺灣現代詩的確有病，但並未病入膏肓，仍活蹦亂跳地生存著、發展著。它雖無時無刻被死亡陰影所籠罩，但也無時無刻不在超越死亡、戰勝死亡。以詩刊而論，在1990年代，除老字號的詩刊《創世紀》、《笠》、《葡萄園》、《秋水》顯示著堅韌的生命力外，還有新詩刊在產生，如1997年11月藍雲創辦的《乾坤》。《掌門》詩刊在停刊十年後，也於1997年12

月復刊。另有以女性爲主體的「女鯨詩社」成立。旋生旋死，又旋死旋生，本是臺港地區詩刊成長的規律。再以九歌出版社贊助多年的《藍星》爲例，它在1991年出至第三十二期停刊後，到了1999年又奇蹟般地死而復生。這些新老詩刊的成員，在物慾橫流的社會所關注的，不是豐厚的物質享受，感興趣的也不是以娛樂性著稱的文化形態。他們所追求的是精神生活的高雅和永恆。正是依靠他們的努力，在一片晦暗的現代詩天空下，才有星星在閃耀著光芒。雖處大雪壓青松的季節，但有紅梅在綻開；儘管青黃不接，總還有一絲綠意吧。

在彼岸，不少論者常把臺灣現代詩史，等同於詩社、詩刊史，這是片面的，不過，臺灣詩刊、詩社確是構成現代詩史的一個重要方面。對某些名牌詩刊來說，它不僅是發表作品的園地，而且是形成流派或曰拉幫結派的陣地，在論戰時還是製造火藥的倉庫。近年來這種功能不僅沒有淡化，反而在某些方面有所強化，如上述1992年12月創刊的《臺灣詩學季刊》，設有「詩戰場」專欄，從創刊時起就炮聲隆隆：一場爭論接著一場爭論，一場批判接著一場批判，甚至動用了「詩漫畫」武器，向海峽兩岸詩評家和詩刊開火，這使它贏得了臺灣最「亮」的詩刊的美譽。實事求是地說，該季刊確是臺灣詩刊走向混沌後的一線光明，是詩壇疲軟後的一支勁旅，它有很強的可讀性、包容性和史料性。

除詩刊不斷的關門和開門外，臺灣現代詩並未死亡還表現

在眾多的研討會的召開上。較重要的有《文訊》雜誌於1995年主辦的「臺灣現代詩史研討會」，出現了一些高水準的論文，[18] 為本地學者寫臺灣現代詩史奠定了基礎。

當然，臺灣現代詩沒有死亡並不等於沒有問題。問題——且是嚴重的問題之一，是詩脫離時代，脫離大眾。那些在標榜後現代風格的咖啡廳、茶藝館裡離群索居、言不及義的雅痞式詩人，寫詩完全是孤芳自賞，不關心窗外發生的大事，用洛夫的話來說是「做夢的仍在做夢，虛無的仍在虛無」。這些雅痞式詩人在《現代詩》等處以寫別人完全不可解的詩為榮。權威的臺大外文系主辦的《中外文學》雜誌，亦是怪詩的大展臺，如該刊發表的《碑拓之》，就似天書那樣難猜，尤其是「成石卵舍利於左右上下書寫之負空間裡進出混沌是以背面之背面仍是背面」這一句，恐怕連該刊的責任編輯也難解其中味。這種風氣也蔓延到兩大報——《聯合報》、《中國時報》的詩獎，其中不少得獎作品的作者，所恪守的是「搞怪就是前衛」的信條，寫的詩無異是國王的新衣。可是評審委員假裝看到並拍手稱頌。原來這是「一種共同舞弊現象。即『詩評者杯弓蛇影，詩人噤若寒蟬，詩界裝聾作啞，極度縱容，任由彼等橫行無阻，儼然是現代詩界的紅衛兵』」。[19]

年度詩選：權力的分配與爭奪

　　要研究臺灣現代詩，最便利的方法是讀選集。臺灣各大詩社差不多都有自己的詩選，只不過那是小圈子的產物，可以參考但不宜全面引用。要找權威選本，也許就數「年度詩選」莫屬了。

　　所謂「年度詩選」，從1982年起由張默、蕭蕭、向明、李瑞騰、向陽、張漢良等六位編委輪編，至1991年共出十集。進入1990年代後，爾雅出版社由於經濟上無法支撐，只好在李瑞騰編定《八○年詩選》後宣布停辦。到了1992年秋，　弦、向明、梅新三人向行政院文化建設委員會申請贊助，「年度詩選」得以恢復出版，到1999年總共出版了十九本（包括《九○年代詩選》）。它們和「年度小說選」、「年度散文選」乃至「年度文學批評選」一樣，像一件件藝術品，鑴刻著每一年度的文壇風景，為臺灣文學的發展留下了鉛華隱現的軌跡。

　　「年度詩選」的功能首先在於鼓勵創作。臺灣現代詩是一種寂寞的聲音，詩人們每出版一本詩集，就好像將一瓣玫瑰擲進大峽谷，等待迴響，可是冰冷死寂的峽谷竟毫無反應。在兩岸三地的詩刊中，臺灣所有詩刊從未有過稿酬，這是大陸詩友感到很驚奇的一件事。現在「年度詩選」在茫茫詩海中打撈他們的詩作，對長期默默無聞寫作的詩人來說，無異是一種肯定和

鼓勵。「年度詩選」的另一功能是普及詩藝，保存史料，前者主要體現在詩選的導言和詩後的評點中；後者李瑞騰下功夫尤多，如他編的詩選後面附有詩壇大事記，詩集、詩刊出版記載，新詩作品發表調查報告等，簡直具有「年鑑」的功能。

「年度詩選」光亮度大，發行量廣，是愛詩者和研究者必不可少的案頭書，但不少寫詩者卻認為選家們在強勢媒體運作的基礎上，以集團的力量統攝派系，這是一種典型的坐大心態。以這種心態再挾其資源與管道的優勢，必然人為地生成典律。尤其是在主流附和乃至認可的條件下，它幾乎成了詩歌排行榜的重要座標，在文化資源的分配與爭奪上，形成一種文化霸權。編選者儘管標榜客觀公正，可他們利用手握的生殺大權，搞權力平衡和利益均沾的遊戲，多選他們的親朋好友和故舊門生的作品。他們的主觀偏好外加「球員兼裁判員」的身分，「詩選」難免陷於固步自封的境地，導致入選者都是常客，極少新面孔。這種篩選機制無法做到地域性的比例均衡、族群性的比例均衡和知名詩人品質兼優的原則。對不同詩學主張和審美趣味的作家，他們少選以至長期不選，連敬陪末座的位置都得不到，這樣便有「年度詩選」爭霸戰的產生。最早是1980年代前期爾雅出版社推出《七十一年詩選》的同時，非主流的本土派不甘心在文化生產與消費上被人主宰，推出由李魁賢主編的《1982年臺灣詩選》。接著是浩浩蕩蕩的推出，企圖主導另一種風潮，掌控另一片詩歌領地，從此正式宣告「年度詩選」進入

權力爭奪的諸侯割據的戰國時代。

不管由何種詩歌團隊編撰的詩選，由於價值權力惟我論和中心論作祟，因而都會受到來自各方面的攻訐。渡也就曾不客氣指出前衛版詩選有「主題、意識掛帥的偏頗」、「很深的門戶之見及惟我獨尊的觀念」、「選錄多首壞詩，有諸多佳構成為漏網之魚」等缺陷，[20]《葡萄園》也發表文章加以撻伐。[21] 1983年還出現了三種「年度詩選」：蕭蕭編的爾雅版《七十二年詩選》、吳晟編的前衛版《1983年臺灣詩選》、郭成義編的金文詩人坊叢刊《當代臺灣詩人選1983年卷》。

金文版無論在編輯陣容還是發行管道上，都不是爾雅版的對手，因而很快退出，前衛版在詩歌的權力爭奪中也告敗陣。《1985年臺灣詩選》編委會大換血後，一反前三本詩選的作風大選特選三大報——《聯合報》、《中國時報》、《自立晚報》的作品，這便是導致前衛版提前死亡的一個重要原因。他們偃旗息鼓後，又有「中國詩歌藝術學會」主編的《中國詩歌選》從1994年7月開始面世，前後主編者有王祿松、周伯乃、王幻、文曉村和潘皓、秦嶽和金築等人。和失焦的準星爾雅版「年度詩選」專選主流詩社的作品做法不同，他們把詩選的文化秩序顛倒過來：如第一本「詩選」，有意冷落以詩壇龍頭自居的《創世紀》，只選其三首，從來榜上無名的《葡萄園》破例選了四十首，《秋水》也有十五首。這種「翻燒餅」作風引起爾雅版執牛耳者的強烈反彈。某編委化名為「司馬新」，在〈打開天窗說

眞話——對1997年詩壇某些現象之檢驗與省思〉[22]中，嘲諷《中國詩歌選》是從「一大堆爛詩刊，不及格的詩集」中選來的爛詩選，是「有人眞的在放水，爲一大批不事創作的平庸詩人護航」。被批評者也不甘示弱，其中文曉村發表了〈欲蓋彌彰司馬「心」〉，[23]認爲「年度詩選」的編者是閉著眼睛在選詩，是公器私用，已淪爲特定詩歌集團用來爲自己樹碑立傳的工具，「有一隻看不見的」司馬新一類的「黑手或殺手」在操縱。

　　乍看起來，作爲臺灣詩壇一大特色的詩選氾濫現象，是詩社之間爭霸的產物。其實，這裡有複雜的政治背景與社會因素。國民黨的文化政策長期是「重北輕南」，這種地域性的歧視也反映在爾雅版「年度詩選」中：多選臺北《聯合報》、《中國時報》、《自由時報》三大報副刊的作品，而南部的《臺灣時報》、《臺灣日報》、《臺灣新聞報》副刊詩作那怕數倍超過北部報刊，也只能聊備一格，這當然遭到南部詩人的強烈反彈。另方面，還有意識形態上的大中國派與本土派的分歧，前衛版詩選，便是本土派對大中國派詩選的一種反撥。當然，詩歌審美趣味的差異也是一個重要原因。一些本土意識鮮明的詩人所組成的前衛版編委會，崇尚寫實路線，看不慣一些喜愛寫意的外省籍詩人，總是在抒發虛無的情緒，從不認同臺灣土地和人民，故他們的選材偏重在《自立晚報》、《笠》、《臺灣詩季刊》、《臺灣文藝》、《文學界》等與官方主流對抗的在野報刊。至於「中國詩歌藝術學會」主編的詩選，則是大中國派兩

極化的詩觀分歧造成的,即文曉村們主張新詩應走明朗、健康的中國路線,爾雅版的編委選詩則以前衛性、實驗性的晦澀詩為主幹。再加上爾雅版編委與主流媒體打得火熱,故他們選詩除多取向三大元老詩刊《創世紀》、《藍星》、《現代詩》外,便大量選《聯合報》、《中國時報》副刊外加《中外文學》、《聯合文學》等主流媒體的詩作。如此各據山頭,壁壘分明,「頗有爭奪『武林盟主』的態勢」,[24]這就難免出現黨同伐異的喊殺聲,正如林於弘所說:「年度詩選」「不僅真實地記錄了1980年代前期新詩版圖征戰的刀光血影,同時也反映了主流與非主流間的衝突與抗衡,此外更見證了新舊世代詩人的崛起與沉落」。[25]

票選成風所造成的生態污染

從1990年代中期起,臺灣的報章、電視媒體已為立委、總統等政治選情所淹沒。善於跟風的文學界也不甘落後,他們把政壇競選手法帶到文苑裡。尤其是在世紀末,各種票選活動在不同媒體紛紛出籠,如《中國時報》文化新聞中心僅1998年就有「十大國片」、「十大爵士音樂」、「十大外國電影」的評選活動,《聯合報・讀書人版》、《中國時報・開卷版》也有「十大好書」的評選。當然,爭議最大的是「臺灣文學經典」的三十本評選活動,它使人感受到在二十世紀即將結束的時候搶奪

文化詮釋權的重要性和緊迫性。一個追求藝術享受和技巧之上的文學園地裡，在這種政壇選風影響下被污染、被庸俗化，由此構成了臺灣文壇的一道獨特景觀。

　　當然，不能完全否認票選的社會功能。在標榜民主的社會裡，票選在一定程度上可抵制政治強權的入侵，可解構高度集中的長官意志。如果票選結果與民意相差甚遠，則能看出某種文化／文學體制的諸多弊端。以臺灣最具影響力的金石文化廣場爲例，它是臺灣首家製作年度十大的單位，每年底都要推出「十大出版新聞」等三個票選活動，具複合式書店風格的誠品書店也有排行榜。他們所票選出來的作品雖然不見得都有很強的代表性，但由於採用逆向方式票選，如注意品味的「誠品」，以銷售量來決定排名，而注意市場走向的「金石堂」卻請專家來決審，均可看出「經營者希望曲高和『眾』的努力」。[26]

　　必須指出的是：有些暢銷書的排行榜摻了假，如出版社故意派店員把書大批買回來，以製造暢銷的假象。這樣一來，不僅其代表性、權威性、公正性、真實性大打折扣，還會使人覺得排行榜注入了水分，其產生的方法變成一種投機取巧的行爲，以至成爲可以人爲操縱的東西。這樣一來，排行榜就不再是選書和買書的嚮導，即是說這種票選與作品本身關係不大，而更多的與金錢、商業、炒作、吸引眼球等等掛鉤。在市場經濟條件下炒作小說、散文似無可非議，但把作家作品進行商業性評估，其必要性就值得懷疑。

在1990年代，較早進行文學票選的是新詩界。他們於1994年4月舉行「1990年代前期臺灣十大詩事」票選，從三十二件詩壇事件中選出《臺灣詩學季刊》製作《大陸的臺灣詩學》專題，引起極大的爭議等十件詩壇大事。這種事件不僅詩人所關心，而且還引發文藝界廣泛注意與參與。[27]

在臺灣眾多票選活動中，最受爭議的則是通過票選產生的「臺灣文學經典」。此「經典」的產生分三個階段：

第一階段 —— 初選：由美國哥倫比亞大學東亞系王德威教授、臺灣大學學務長何寄澎教授、中央大學中文系李瑞騰教授、詩人向陽、中央研究院文哲研究所彭小妍研究員、國立藝術學院戲劇系鍾明德教授，以及小說家兼《聯合報·讀書人》主編蘇偉貞等七位委員，各在小說、散文、新詩、戲劇、評論領域中推薦和討論後，圈選出一百五十三本書。

第二階段 —— 邀請九十一位票選委員，不侷限於各種文體，在一百五十三本書中，圈選出三十本「臺灣文學經典」。問卷於1998年11月底寄出，至12月14日共收回六十七份回函。經過統計，選出五十四本。

第三階段 —— 決選：七位委員第一次投票時每類都要圈選，總數不得少於也不得多於三十本。投票時先不考慮是否會同一位作家在不同的文類中重複出現。為了對神聖的一票負責，評委必須簽上自己的名字，首先得票超過半數的計有二十八本。其中決選委員王德威的評論集《小說中國》入圍。為避

免「球員兼裁判員」的尷尬，王德威主動要求剔除自己的著作，這樣便離三十本還差三本。經過三小時的馬拉松式的討論和三次投票，決選委員們最後才將經典的評選工作大功告成。28

這種票選方法，對作品來說，是一種去粗取精的遴選；對讀者來說，它又成了一種閱讀指南。但這次「經典」評選，決不是充當讀者購書和閱讀的嚮導，而是爲作家作品從文學史上定位。票選委員幾乎都是各種文體的專家、教授，其他委員則是風頭正旺的評論家和知名度甚高的媒體編輯。由他們票選看似公平，其實存在著不少盲點：

首先，經典通常是指達到藝術極致的作品，是開闢了新的藝術典範的完美之作，可供人永遠效法的。可這次評出的三十本書，大多數不屬這類權威、典範的傳世之作，而更多的是優秀作品或影響極大的著作。

其次，經典是靠時間沉澱和歷史老人篩選的，而不是靠那幾位決審委員就能拍板的。同時代人評選經典，由於沒有拉開時間的差距，必然會造成唐人選唐詩那樣有重要的遺漏現象。至少經典應經過不同時代的評論家的反覆討論、詮釋，才能奠定某一特定文體的歷史價值。

第三，票選是用預設立場的作業來左右別人的取向。因一提供初選書目，即形同奧斯卡金像獎入圍，而這入圍自然有確定者的審美標準和主觀好惡在內。以經典的初選書目來說，確

定者已將許多優秀作品排除在外，如楊逵、鍾理和的作品，以後又未能做亡羊補牢的工作。

第四，文學不同於政治，很難有一種公認的評價標準。讀者在閱讀過程中，有自己的偏愛，不可能有太多的共識。作為極端個人化訴求的文學創作及欣賞，把政治領域中的某些權力運作機制搬到作品的評價中，用選立法委員的方式選舉經典作品，是用「符號的暴力」把某種價值觀強加給受眾。這樣做，顯然無法還給廣大讀者一個清楚的文學認知，更不能靠此去擴大臺灣的文學人口。

1990年代臺灣文化界票選成風——尤其是到了年底，十大新聞、十大好書、十大名人的票選接踵而至，這是進入媒體時代的需要，為使文化批評適應開放的、競爭的、擴大的市場經濟需求的結果。本來，廣大讀者無時間去看更多的文學作品，有一份年度總結工作的「超值套餐」，便滿足了他們的精神需求，但政治講求的是手段、人際關係和利益交換，如果把這種做法帶到聖潔的文壇，便會使文學蒙羞。如臺灣筆會舉辦的「本土十大好書」活動，儘管實行時不敢馬虎從事，事先發函臺灣教授協會、臺灣教師聯盟和臺灣筆會的七百多位會員，任由他們自己提名，然後再作統計匯整成書單，再次發函給每位會員圈選，但再怎麼選，也是在他們勢力範圍內打轉，不可能不帶排他性。又如某些年度詩選，儘管票選時以客觀公正的面孔出現，但每個投票者在行使自己的權利時，不可能一點也不摻

入利益交換、主客好惡、權力平衡等因素。編委不是不食人間煙火的聖人，不可能完全從藝術標準出發。他們「必須考慮到幕後的資本家、主編和編輯委員的預設形態、詩人的派系屬性，乃至媒體的友善程度等等，都會影響到整本《年度詩選》偏離的方向」。[29]

　　也許票選是不得已而爲之的辦法，但既然這種搶奪文學的詮釋權和樹立另一種文化霸權的做法成了氣候，那就應有人專門研究這種票選文化的合理性及其所應遵守的遊戲規則：如票選時應著眼於求同，還是存異；是雅俗共賞，還是雅俗分流；是依靠大衆投票，還是相信少數專家決審，均應視不同領域做出不同的規範。正由於票選活動缺乏規範，沒有大家信得過的遊戲規則，故這種活動常常把文學問題尖銳化，派生出其他問題乃至釀成事件，從而污染了文學創作環境。

文學會議：從「中國」到「臺灣」

　　1990年代的臺灣文壇，各種不同名目的文學研討會在召開。在那種場合，不時可以看到嚴肅的研究者與文化交際應酬專家共舞的情況。一些論文寫得很專業化，很有學術分量。而一些論文提交者什麼文學問題他都可以滔滔不絕講一大通，可就是講不到點子上，翻來覆去就那麼幾個關鍵詞。

　　在1990年代前期，臺灣舉行的有關當代文學的學術會議，

不少都以「中國」為主題，如臺灣清華大學文學研究所等單位於1990年主辦的「第二屆當代中國文學國際會議——1949年以前之兩岸小說」、中央研究院文哲研究所於1993年主辦的「中國現代文學國際研討會」。最著名的是由《聯合報》文化基金會主辦的「1949至1993四十年來中國文學會議」。主辦單位廣泛邀請了大陸、香港、臺灣及海外作家參加，實現了兩岸三地及海外多元的面對面交流，並就四十年來兩岸三地的文學現象作不同角度的考察，對這四十年來的民族分離現實作一省思。正如會議發起人邵玉銘在《寫在「四十年來中國文學會議」之前》所說：「假如我們不能對民族經驗作一感性的擁抱與理論的檢視，我們又怎能恢復民族情感、建立共識並進而邁向統一？」30

到了本土化高漲的1990年代後半期，除《中央日報》副刊於1996年主辦「百年來中國文學學術研討會」外，鮮明地打起「中國文學」旗幟的會議在銳減，而以「臺灣」為名稱的文學會議越來越多。這裡的「臺灣」，有時候是客觀或中性的名詞，但後來越來越多牽涉到政治和族群的意識形態。不管怎麼樣，這比起過去執政黨以「中華民國文學」或「中國現代文學」取代「臺灣文學」，和研究者不敢理直氣壯以「臺灣文學」之名研究本土文學來說，無疑是文學解嚴的勝利，是一大超越。

「中國青年寫作協會」在1990年代前期顯得特別活躍。他們於1990年主辦了「1980年代臺灣文學研討會」、1991年主辦了

「當代臺灣通俗文學研討會」、1992年主辦了「當代臺灣女性文學研討會」、1993年主辦了「當代臺灣政治文學研討會」、1994年主辦了「當代臺灣都市文學研討會」。後來因會議秘書長林燿德去世，會長鄭明娳又出國，十分活躍的「青協」便基本上偃旗息鼓。後來取林燿德而代之的會議明星，是在研討會上長大的李瑞騰和背後有強勢媒體作後援的　弦及其接棒者陳義芝。他們承辦的研討會比較重要的有：1995年的「臺灣現代詩史研討會」、1996年的「五十年來臺灣文學研討會」、1997年的「臺灣現代小說史研討會」和1999年的「臺灣文學經典研討會」。另有臺灣師範大學國文系與中國修辭學會、《中央日報》副刊聯合主辦的「解嚴以來臺灣文學國際學術研討會」，對解嚴後的社會思潮給臺灣文學造成的深刻影響，作了很有創意的探討。

這些研討會的貢獻主要在於讓現代文學研究從邊緣進入中心，從玩票演變為專業，使「臺灣文學」成為一個可以從學術的方式加以研究的對象。其功用主要不在獲得對某些問題的共識，而是提供自由講壇，讓各種不同派別的作家和評論家儘量抒發自己的看法。如有關「臺灣文學」的定義，至少有三種比較普遍流行的說法：[31]一是指「中華民國臺灣省文學」。這是那些「忠黨愛國，反共到底」的「忠貞之士」文人所主張的。鑒於「中華民國」不被國際承認和反共不得人心，故這個概念已從主流論述蛻變為邊緣論述。一些學者認為，與其用「政治中國」還不如用「文化中國」的概念，或乾脆叫「中國臺灣省文

學」，這樣才能爲兩岸多數評論家所接受。第二種說法爲「民族分裂時代的臺灣文學」。這個概念帶有彈性，統獨兩派似乎都可以接受。但第三種定義「臺灣共和國文學」，贊同者就少了。因爲這種定義過於荒謬超前，目前並不存在什麼「臺灣共和國」，何來此「國」文學？此定義和「中華民國文學」貌似水火不容，其實就充當政治的揚聲器這一點來說，並無質的差異。應指出的是現在一些極端派的確把「臺灣文學」作爲一種道德或國家認同的護身符，走獨立於中國文學之外的危險道路。在這種觀念的驅使下，他們在會議發言時不用國語而用所謂臺語轟炸聽眾，致使洛夫一類的外省作家叫苦不迭。[32]具有傲骨的李敖則不屑於與分離主義者爲伍。當資深文學史料家應鳳凰表示要將李敖收入正在編寫中的《臺灣文學辭典》時，他就直截了當說他不是「臺灣作家」，「千萬別把我歸入臺灣文學」。[33]

臺灣文學研討會的另一功能是爲典律的生成做輿論準備。這充分體現在「臺灣文學經典研討會」中。在祖國大陸，北大教授謝冕等人在1990年代後期將一些作品理論化和文學史化，具體說來是製造了一套《百年中國文學經典》，[34]臺灣本土作家名列其中。在二十世紀行將結束的歐美，也在評選「世紀之書」、「百大小說」。正是在這種背景下，《聯合報》副刊也想藉一些文學研究權威將一些有影響的作品理論化和文學史化，具體說來是製造一套「以臺灣爲中心的文學經典」。但書單製作出來後，爭議很大，論爭的焦點是何謂「臺灣文學」？應用

「中國」觀點還是所謂「本土文學」的尺規來衡量「經典」？其實，過分用本土現實及社會性觀點，正如彭小妍所說：「難免產生一些弊端，亦即失去較寬廣的、世界的立場來分析鄉土文學的巨視性看法，以及歐美現代文學嶄新思想的吸收和容納」。連陳芳明也表示：「『本土文學』代表的是一種教條的、僵化的尺碼，硬要以排他的方式來建構臺灣文學史，則可預見的，戰後大致有一半以上的作家都必須從歷史清除出去。這種做法，等於是另一種變相的思想檢查與血統檢查。」[35]不過，陳芳明說的一套，做的又是另外一套。

　　另一爭議是對「經典」一詞的理解。有人認為：「經典」是崇高神聖的，其作品必須經過世代相傳才能確認。因而在這次研討會上，出現了「經典凍結」的論調，認為在古代有文學經典，當代不可能有經典。還有人認為這次評選出來的不是什麼「經典」，只不過是「受到當代精英讀者懷念的書目」或有影響的著作。這種不同意見的碰撞，有助於思考作家作品的文學史定位問題。

　　1990年代，在國外主攻比較文學、文藝批評學的學者紛紛回臺任教。他們之中有的人滿腦子後現代、後殖民以及女性主義之類的術語。哪怕是幾千字的論文（或曰讀後感），就可以看到李歐塔（Jean Francois Lotard）、德希達（Jacques Derrida）、佛洛依德（Siqmund Freud）、拉岡（Jacques Lacan）的名字反覆出現。這些人常用西方文論的「照妖鏡」，把臺灣作品一一套

在框子裡，所缺乏的正是「將彼俘來」能力。但研討會上也出現了一些不屬「彼來俘我」的論文，爲建構臺灣文學文體史打下了基礎。如臺灣小說／現代詩史研討會，由日據時代、光復初期而後以每十年一期，概分至1990年代，各組論文合起來就是一部臺灣小說／現代詩史。遺憾的是，寫史是一種寂寞的工作，很少有人能坐冷板凳將其寫成；就是完成了，在1990年代前期也無法作爲升等教授的論著。有雄心寫史的王志健，因做學問不嚴謹，史料錯誤過多，大量引用他人作品時又未經授權，因而引起糾紛，還被向陽、林耀德等人告上法院，1993年7月由正中書局出版的大部頭《中國新詩淵藪》只好收回銷毀。36如果不是王志健而換上李志健，即使寫得再用功，恐怕同樣會引起眾多詩人的不滿或攻訐。臺灣詩壇派別太多，門戶之見太深，很難有一部不引起爭議乃至炮轟的臺灣現代詩史。這就是臺灣學者爲什麼願意將臺灣現代詩史的詮釋權拱手讓給大陸學者的一個原因。

近數十年來，臺灣政經社會的發展堪稱變幻莫測：從「反共抗俄」到「反蔣倒李」，從民生凋敝到經濟起飛，從全島戒嚴到開放黨禁、報禁，眞讓人目不暇給。在這種政經變貌花樣翻新的年代裡，不同派別、不同信仰的文學評論家，秉承著各種不同的政治目的爭奪文學詮釋權。最明顯的是1997年10月舉行的兩場「鄉土文學論戰」研討會。第一場爲「回顧與再思──鄉土文學論戰二十年討論會」，由臺灣社會科學研究會、人間出

版社、夏潮聯合會主辦。另一場為由文建會主辦、春風文教基
金會承辦的「青春時代的臺灣 ── 鄉土文學論戰二十周年回顧
研討會」。這兩場研討會策劃者均為當年鄉土文學論戰中的驍
將：陳映真與王拓。這兩人原是同受當局壓迫的戰友，後來分
道揚鑣：陳映真任「中國統一聯盟」主席，王拓為民進黨立法
院黨團幹事長。由他們來主辦立場不同、意識形態有異的研討
會，有如二十年前的戰火再次燃燒。所不同的是，這次不是主
流與非主流的對決，而是鄉土文學陣營裡統獨力量的對峙。如
在文建會主辦的那場會上，陳芳明發表了《歷史的歧見與回歸
的歧路》，將當時還不激進的葉石濤的言論加以改造，用來污蔑
陳映真。其興趣「並不在討論鄉土文學，當然也不在討論鄉土
文學論戰本身」，而是「避開討論論戰的本體，藉分離主義的兩
大標準 ── 臺灣史觀與臺灣認同觀，來檢查鄉土文學論戰的參
戰者的思考，扭曲參戰者的言論、思想，進而將鄉土文學論戰
虛構成一場以分離主義文學論與民族主義文學論對決為主的論
戰」。[37]王拓的《鄉土文學論戰與臺灣本土化運動》，所宣揚的
也是文學臺獨論，陳映真批判了他棄卻現實主義，放棄鄉土文
學論的美日帝國主義論，從反帝民族主義立場走向反民族、反
中國、親帝、反共反華的「（臺灣）民族論」等等謬論。[38]這種
互相爭辯、批判，給人提供了臺灣文學歷史解釋權的多元激盪
的局面，實為文壇盛事。

　　臺灣的臺灣文學研究，長期以來一直在體制外，以中文系

名義主辦的研討會少之又少，由外文系主辦又名不正言不順，因而只好求諸於官方及其附屬的文藝社團和主流傳播媒體。但這些主、協辦單位不是服從於政治，就是適應商業利益需要，這就難免摻入非學術因素。本來，文學論述離不開時代背景和政治社會，尤其是以「政治文學」爲題的研討會，大家的興奮點都在「政治」二字上。1991年自立報系舉辦的文藝營，以及民進黨在中央圖書館舉辦的臺灣文化研討會，幾乎全是政治論戰。[39]與論戰相關的是不同派別的人互送帽子，如贈送共產黨／統派的帽子或民進黨／臺獨的帽子，從而把研討會引入死胡同，而無法切磋交流。

世紀末的臺灣文學研討會，主要有兩種：一種是小型的作家個案研究，如高雄市立中正文化中心舉辦的葉石濤研討會，眞理大學主辦的王昶雄研討會。另一種是打國際牌的研討會，如文建會策劃與臺灣大學共同主辦的戰後五十年臺灣文學國際研討會，其主題爲強調文化認同與社會變遷，有爲二十世紀臺灣文學形貌和品質定位的企圖。但有些研討會牌子大，論文少，聯誼的功能遠大於學術，有點「大拜拜」的性質。

1990年代以來，臺灣文學會議之所以從「中國」演變成「臺灣」，其主要原因是適應了本土化形勢的高漲，另有官方的支持和媒體的激勵，至於開不開得成功，主要靠會議策劃者的努力和開拓。在臺灣，有一些文藝活動家，在從事創作或評論活動之餘喜好操辦會議，他們公關能力特強，做起這方面的工

作駕輕就熟，顯得十分得心應手，如沒有他們的奔走和努力，
會議不是開不起來就是論文無法結集出版。

兩岸文學交流的省思

兩岸關係的分期，通常分爲三個時期：1949至1978年的軍
事衝突時期，1979至1987年的和平對話時期，1988年起爲民間
交流時期。後兩個時期的到來，是由於臺灣當局於1987年7月15
日宣布解除長達近四十年的戒嚴令，三個月之後正式開放臺灣
民眾赴大陸探親。在這種人道的考慮和社會發展需要的推動
下，兩岸文化交流終於從這年年底隨著探親船的運行開始起
動。

臺灣開放大陸作家作品，多半靠鄭樹森、聶華苓、劉紹
銘、陳若曦等海外作家及香港作家李怡、西西做媒介。他們最
早刊登和出版的是「傷痕文學」。這裡有政治因素，如把「傷
痕文學」拔高爲「中國大陸的抗議文學」，[40] 介紹它們是爲了讓
臺灣讀者瞭解大陸的所謂抗議之聲。1986年後，政治性考慮有
所降低，阿城、張賢亮、張潔、古華等大陸著名作家的作品紛
紛上市，再加上媒體的報導與評論，一時形成文學上的「大陸
熱」，使臺灣讀者「終於得以足履六朝古都或西陲瀚海或鶯飛草
長的江南。本來只是課本裡、口頭上的地理，如今成爲具體不
過的故國大地」，「許多臺灣的讀者才乍然間發現原來彼岸不都

是『共匪』，還多的是有血有肉的『同胞』，以及他們血淚交織的故事」。[41]

交流在雙向進行，過去視臺灣文學為一片空白的大陸文壇，也開始在惡補，在向彼岸文學投來驚異的目光。瓊瑤的《煙雨濛濛》、《我是一片雲》一類言情作品便成了先頭部隊，用頂溫柔的親情、友情、愛情軟化了對岸同胞硬梆梆的階級鬥爭意識形態，接著是三毛帶著異國風情、浪漫人生向大陸讀者瀟灑走來。眾所周知，大陸文壇長期以來主張文藝為政治服務，審美娛樂功能被淡化，那種以休閒為旨趣的言情小說、武俠小說被放逐，在這種情況下，瓊瑤、古龍們乘虛而入，也就理所當然。另一方面，兩岸長期老死不相往來，又給臺灣文學披上一層神秘的面紗。白先勇、陳映真等人的作品，正好打開一扇瞭解臺灣社會的視窗，使大陸讀者對彼岸的生存境遇、世態人情有所瞭解，有的還倍覺新鮮刺激。由於大陸經濟市場化，造成了文化市場的波動與變化，給兩岸文學交流帶來一些負面影響。如讀者對臺灣作品的接納主要是一種「輕文化」，娛樂性的消費居多，這對大陸的精英文化無疑是一種傷害。還由於兩岸經濟實力的懸殊，臺灣的書價大陸讀者無法接受；反之，大陸圖書以低價在臺灣傾銷，又將嚴重打擊臺灣的圖書出版業，另有繁簡文及盜版猖獗問題的困擾，均值得專題探討。

要打破兩岸作家互相敵對這種僵局，見面的地點最好是第三地，如兩岸作家首次見面不是在北京或臺北，而是在美國的

愛荷華。大陸作家正式到臺灣先是以個人方式的訪問，接著是中國作家協會於1994年首次組團來臺，成員有鄧友梅、李國文、舒乙等作家。1998年10月，叢維熙、舒婷、張煒、池莉、余華、蘇童、陳丹燕，還有被臺灣傳媒稱之為「冷面笑匠」的莫言及臺灣讀者習慣地將張愛玲和其一起比較的王安憶，他們一起應南華管理學院、《聯合報》副刊等單位的邀請結合為「夢幻組合」。作家們遊故宮、陽明山，參觀重慶南路書店一條街，遊日月潭、阿里山、西子灣，另在各大專學校演講，在國家圖書館參加「兩岸作家展望二十一世紀文學研討會」，在臺灣掀起一股大陸文學的旋風。而臺灣作家到大陸亦以民間接觸為主，首批到內地的作家均是以探親名義去的，文學交流是意外的收穫。隨著交流的發展，從個人逐漸過渡到集體，地域則從兩岸到三地，而學者之間的交流，主要以研討會方式進行。1996年，南華管理學院組織了劉墉、張曼娟等人為主的「臺灣暢銷作家赴大陸訪問團」。1997年，席慕蓉、龍應臺、舒國治、楊澤等人亦赴上海與《文匯報》副刊進行交流。

你來我往，帶來了互利互惠。大陸在接受臺灣的外匯及其資本主義價值觀時，瓊瑤的電視連續劇、痞子蔡的網路小說《第一次的親密接觸》、張惠妹的流行歌曲傾巢而來。而臺灣則多了帶神秘色彩的大陸藥材、偷渡而來的廉價勞工、福建新娘以及《黃河大合唱》。彼此都在占領各自的讀者市場，都在演化與被演化，人為的禁區一點一滴的在突破。但由於隔絕多年，

無論是在時空上還是在政治、經濟制度上，在現代化程度上，在價值體系上，都存在著許多差異，因而難免會有碰撞，有爭奪戰。如焦桐在臺灣召開的兩岸詩學研討會上發表《大陸的臺灣現代詩評論》，以「思鄉母題」為例逐個否定大陸詩評家對臺灣詩的研究，引起大陸學者的回應。[42] 另有前輩作家的陳年老賬問題。如在1980年代末，《聯合文學》刊登了〈大陸劇作家吳祖光的自述〉，[43] 談及吳氏年輕時的作品《少年遊》，臺灣小說家王藍認為內容嚴重失實，後在《民生報》發表談話，質疑吳祖光這個劇本有抄襲自己於1943年11月20日發表在《文藝先鋒》上的〈一顆永恆的星〉的嫌疑，[44] 由此引發延續至1990年代的兩岸三地文壇的論戰。《文訊》為此召開座談會，邀請了作家、文學史料家、研究家討論兩岸隔絕四十年之後，我們應如何面對歷史舊賬？兩岸文學交流與激盪，怎樣才能良性發展？討論最後以「純粹是澄清而非清算」、「要更寬容」聲中結束，[45] 未加進一步追究和檢討，但這個事件已引起當事人十分不快。這表面上是兩個作家之間的恩怨，其實裡面隱藏著著作權的爭奪和兩岸文學成就誰高誰低的評價問題。

交流要往良性發展，要能給兩岸人民帶來更多的福音，那交流就要約束政治的浸染力，但文學不能脫離政治，有時難免會把對方的作品往政治上聯想。如古遠清編著的《臺港朦朧詩賞析》，在臺灣引起誤解，認為「朦朧詩」在大陸是「精神污染」的代名詞，現在編著者把只在大陸出現的「朦朧詩」說成是臺

灣早已有之，這是把大陸「『精神污染』罪魁禍首」看作「是來
自海外臺灣」，古遠清由此和這位批評者展開了火藥味甚濃的論
戰，[46]後來兩人在臺北握手言歡，被傳為「相逢一笑泯恩仇」
的佳話。這充分說明，通過對話和溝通，兩岸作家完全可以成
為朋友而不應再互相敵對。正是在這種諒解中，兩岸作家用文
學交流的方式建立了一個超越政治的互動空間。本來，兩岸意
識形態再怎麼不同，但畢竟同根同種同文，共同的語言多於差
異。近半世紀的隔離，完全沒有理由影響五千年文化傳統的薪
傳，更不應該為了某部作品的評價而把筆墨官司從臺灣打到大
陸或從大陸打到臺灣，從而影響兩岸詩人間的交流和團結。

　　隨著大陸作品的登陸，臺灣對大陸文學的研究也開始得到
重視。繼1988年5月《文訊》和《聯合文學》雜誌社召開「當前
大陸文學研討會」後，又於1991年6月召開了第二次研討會，並
結集為《苦難與超越》出版。這次會議著重研討了大陸文學思
潮、大陸小說中政治內容的表達方式及「殘酷」主題、王安憶
小說的女性意識等問題。另有數位作家座談「我的大陸文學經
驗」。應充分肯定研討會主辦單位「為了重建體大的文學中國，
並希望能夠經由文學更深刻地認識我們素所關切的大陸」[47]的
良苦用心，但這兩次研討會規模過小，影響有限。值得重視的
是行政院文化建設委員會委託新竹清華大學進行的「大陸地區
文學概況研究調查」。其調查範圍為1976至1989年之間的文學發
展概貌。在官方支援下，調查工作於1996年6月完成，並內部印

行了下列九冊圖書：

1. 施淑：《大陸新時期文學概觀》
2. 張子樟：《試論大陸新時期小說》
3. 洛夫、張默：《當代大陸新詩發展的研究》
4. 陳信元：《大陸新時期散文概述》
5. 陳信元、文鈺：《大陸新時期報告文學概述》
6. 林煥彰、杜榮琛：《大陸新時期兒童文學》
7. 唐翼明：《大陸新時期的文學理論與批評》
8. 應鳳凰：《當代大陸文學概況、史料卷》
9. 呂正惠：《大陸的外國文學翻譯》

這套叢書企圖以一種歷史的眼光，用學術的方法去探討大陸新時期文學發展的走向，與過去安全部門弄的那種「匪情研究」模式有質的不同。叢書除戲劇外，各種文體幾乎一網打盡。作者既有學者、詩人，也有編輯家。他們在兩岸文學交流中走在前面，對大陸文學有相當的瞭解。像陳信元等人把自己收藏的資料無私貢獻出來，有助於文化解嚴，以及臺灣讀者瞭解過去被醜化的大陸作家作品。不少人還下了功夫，寫得較有學術水準，如呂正惠、唐翼明的著作。

但這套叢書編得過於倉促，學術水準良莠不分，少數作品是大陸學者研究成果的拼接，且未能一一註明出處，因而嚴格說來還不能算是學術專著，只是資料長篇，而某些資料又未加

鑑別，出現一些常識性的錯誤，如《史料卷》編者望文生義，把中國作家協會文學講習所的前身「中央文學研究所」定位爲「大陸專業文學研究機構」。又如在新詩研究那本書中介紹大陸著名詩人和詩評家時，大都是採自個人的經驗，未加嚴格篩選，把不少名不見經傳的作者與著名詩人、詩評家並列，給人雞兔同籠之感。還把香港人璧華算作大陸詩評家，亦是一種失誤。

　　中國歷來有「取經」的傳統，兩岸互派代表團出訪及彼此出版作品，一起舉辦研討會和共同切磋、爭鳴，均有助於「島嶼回歸大陸」和「大陸奔向海洋」。[48]不管是臺灣的尋根還是大陸的尋出路或曰走向世界，均有利於整合分流多年的兩岸文學。但在交流上，出現了意識形態的分歧。從大陸方面來說，他們常常以中原意識評價臺灣作家作品，而臺灣則舉起「臺灣文學的主體性」旗幟加以抗拒。其實，正如余光中所說：「假使地區主義過分強調，情緒過分排外，意識自外於中國文化的傳統，也就是地理的客觀限制加上心理的主觀閉塞，那就不健康了」。[49]當然，雙方交流應平等對話，政治歸政治，文學歸文學。只有這樣，才可以使兩岸文化交流不受到非文學因素的干擾，更好地朝良性互動方向發展，從而呈現出深刻而多音交響的內涵。

註釋：

1 2向陽，〈「臺北的」與「臺灣的」——初論臺灣現代文學的「城鄉差距」〉和吳潛誠對此文的講評，載鄭明娳主編：《當代臺灣都市文學論》（台北：時報文化出版公司，1995年），本節吸收了他們的研究成果。

3 鄭明娳，〈當代臺灣散文現象觀測〉，載林燿德、孟樊主編：《世紀末偏航》（台北：時報文化出版公司，1990年）。

4 羅青，《什麼是後現代主義》（台北：五四書店，1989年）。

5 羅青，《詩人之燈》（台北：光復書局有限公司，1988年）。

6 孟樊，〈臺灣後現代詩的理論與實踐〉，載林燿德、孟樊主編：《世紀末偏航》（台北：時報文化出版公司，1990年）。

7 8張惠娟，〈臺灣後設小說試論〉，載林燿德、孟樊主編：《世紀末偏航》（台北：時報文化出版公司，1990年）。

9 葉石濤，《臺灣文學的困境‧南臺灣作家的文學主張》（高雄：派色文化出版社，1992年）。

10 彭瑞金，《歷史迷路，文學引渡‧南方文學》（台北：富春文化有限公司，2000年），140頁。

11 葉石濤，《文學回憶錄》（台北：遠景出版公司，1982年）

12 13葉石濤，〈八○年代的母語文學〉，《臺灣新聞報》，1996年3月18日。

14 葉石濤，〈戰後臺灣文學的自由意識〉，《臺灣新聞報》，1995年8月12日。

15 彭瑞金，〈當前臺灣文學的本土化與多元化〉，《文學臺

灣》，1992年9月。

16 鍾肇政，〈尊重與理解〉，轉引自馬森：《關於臺灣文學的定
　位 —— 請教鍾肇政先生》，《聯合報》副刊，1999年12月9
　日。

17 孟樊，《後現代併發症 —— 當代臺灣社會文化批判》（臺北：
　桂冠圖書公司，1989年），240—249頁。

18 《文訊》，1996年3月版。

19 大荒，〈獎爲何設？〉，《臺灣詩學季刊》，總第13期，1995
　年12月，第19頁，。

20 渡也，〈淺論《1982年臺灣詩選》〉，《文訊》，1984年6月，
　第196—200頁。

21 見《葡萄園》詩刊，第88—89期合刊號。

22 司馬新，〈打開天窗說眞話 —— 對1997年詩壇某些現象之檢
　驗與省思〉，《創世紀》1998年春季號，總第114期。

23 文曉村，〈欲蓋彌彰司馬「心」〉，《葡萄園》詩刊，1998年
　夏季號，總第138期。

24 焦桐，《臺灣文學的街頭運動 ——（1977—世紀末)》（臺
　北：時報文化出版公司，1998年），第279頁。

25 林於弘，〈神殿的起造與傾頹 —— 從「年度詩選」看八〇年
　代前期的新詩版圖爭霸〉，《臺灣詩學季刊》，總第34期，
　2001年3月，第36頁。

26 林積萍，〈文化界票選成風〉，《文訊》，2000年12月。

27 參看封德屏，〈九〇年代前期臺灣詩事票選〉，《文訊》，

1994年6月。

28 參看簡竹君記錄,〈臺灣文學第一份書單——「臺灣文學經典」決選會議記實〉,載陳義芝主編:《臺灣文學經典研討會論文集》(臺北:聯經出版公司,1999年)。

29 林於弘,〈神殿的起造與傾頹——從《年度詩選》看八〇年代前期的新詩版圖爭霸〉,《臺灣詩學季刊》,2001年春季號,總第34期。

30 張寶琴、邵玉銘、 弦主編,《四十年來中國文學》(臺北:聯合文學出版社,1995年)。

31 陳萬益,〈臺灣文學是什麼?〉,《臺灣文學中的社會》,《文訊》,1996年版。

32 洛夫,〈雜話文學會議〉,《文訊》,1994年3月。

33 應鳳凰,〈臺灣文學你我他〉,《文訊》,2002年9月。

34 謝冕、錢理群主編,《百年中國文學經典》(北京:北京大學出版社,1997年版)。

35 陳義芝,〈關於「臺灣文學經典」〉,《臺灣文學經典研討會論文集》(臺北:聯經出版公司,1999年)。

36 封德屏,〈90年代前期臺灣詩事票選〉,《文訊》,1994年6月。

37 曾健民,〈反鄉土派的嫡傳——七批陳芳明的〈歷史的歧見與回歸的歧路〉〉,《人間思想與創作叢刊》,1998年。

38 趙遐秋、曾慶瑞,《「文學台獨」面面觀》(臺北:九洲出版社,2001年)。

39 周增祥，〈建議與批評〉，《文訊》，1994年3月。

40 張子樟，《人性與「抗議文學」》（臺北：幼獅文化公司，1984年）。

41 黃碧瑞，〈用什麼「交流」〉，《文訊》，1993年1月。

42 王宗法，〈談當代臺灣文學中的鄉愁詩──兼評焦桐的〈大陸的臺灣現代詩評論〉〉，《世界華文文學論壇》，2001年第4期。

43 由梁澤華記錄，〈大陸劇作家吳祖光的自述〉，《聯合文學》，1989年1月。

44 王藍，〈王藍隔海開炮，質疑吳祖光〉，《民生報》，1989年3月23日

45 楊錦郁記錄，〈少年夜遊，摘一顆永恆的星？──「吳祖光劇作與王藍小說比較」會談〉，《文訊》，1989年5月，總第43期。

46 參看向明，〈不朦朧，也朦朧──評古遠清的《台港朦朧詩賞析》〉，《臺灣詩學季刊》，1992年12月。古遠清，〈兩岸文學交流不應存在「敵意」──兼評向明先生的〈不朦朧，也朦朧〉〉，《臺灣詩學季刊》，1993年3月；四川《中外詩歌交流與研究》，1993年第2期。

47 李瑞騰，〈當前大陸文學‧編輯報告〉，《文訊》，1988年7月版。

48 49 余光中，〈藍墨水的上游是汨羅江〉，載黃維樑編：《中華文學的現在和未來──兩岸暨港澳文學交流研討會論文集》（香港：鑪峰學會，1994年）。

Cultural Map

第三章　文學事件

這裏講的文學事件，是指文學論戰超出了文學範圍，和政治鬥爭密切相關，兼具一些動態的新聞價值，特殊者甚至成爲社會、政情發展的重要參照。

輪番炮轟「大陸的臺灣詩學」

大陸自改革開放以來，掀起了一股臺灣文學研究的熱潮。僅詩歌而論，出版了不少詩選、詩賞析、詩專論乃至詩史、批評史，還有臺灣詩歌鑒賞辭典一類的大部頭書問世。

對此，臺灣詩學界一直沒有明確集中的反應。到了1992年，標榜「詩寫臺灣經驗」、「論說現代詩學」的《臺灣詩學季刊》創刊伊始，便製作了《大陸的臺灣詩學》專輯，對章亞昕、耿建華編著的《臺灣現代詩歌賞析》[1]、葛乃福編的《台港百家詩選》[2]、古遠清編著的《台港朦朧詩賞析》[3]和古繼堂著的《臺灣新詩發展史》[4]，作出「滿含敵意，頗多譏諷」[5]的「毫無情面的痛批」。[6]到了次年3月，該刊大概看到這種專輯所引發的巨大反響，極大增加了刊物的知名度，便又推出同名專題下篇，其中炮擊對象集中於大陸的「主流」臺灣詩學，即孟樊說的以「『大陸雙古』（古繼堂、古遠清）爲代表，兼及謝冕、李元洛、楊匡漢、劉湛秋等人」。[7]

這不是一般的批評哪幾本書、哪幾位詩評家的問題，在他們看來，大陸詩評家「要和臺灣詩評家賽跑，爭奪臺灣詩的詮

釋權」。[8] 有位「年度詩選」主編者還預言：「不久的將來，臺灣新一代詩人即將面臨強勁的對手，到那時兩支『夢幻隊伍』交鋒，鹿死誰手，實難預卜，此岸詩人不能不有所警覺」。[9] 故受到嚴重威脅的臺灣詩評家，到了必須嚴正表明對大陸的臺灣詩學不屑一顧，他們的著作「讓臺灣詩壇笑掉大牙」[10]的鄙視態度，以把臺灣文學詮釋權奪回來，另方面也借此向大陸學者喊話──「請不要再一把抓地用中國現代詩吃掉臺灣現代詩，喂，大陸學者」。[11]

不可否認，大陸學者研究臺灣現代詩，由於意識形態的差異和審美觀點的不同，以及蒐集資料的不易，確實存在不少值得改進的地方，諸如上述文章說的「理論素養不足」、「政治意識形態掛帥」、「過分依賴二手資料」等毛病。但反觀這些「炮轟」文章：

第一，「政治意識形態掛帥」的傾向更為突出，如一位批評者說：「在時間上，臺灣詩人仍可歸後裔炎黃之中國，但空間地理上，實際情況已不允許了……一抬出共產黨，大陸學者馬上反應，你就是國民黨，或者民進黨（不知道他們知不知道還有新黨）」。[12] 這顯然不是討論文學問題，而是借文學之名談政治，且對大陸學者不夠友善，對他們的智商估計過低。須知，大陸學者已不像過去那樣政治掛帥，就是以往也沒有動輒去查不同觀點的人的黨派背景。這篇文章的作者還要大陸學者用臺灣的「民主詩學」來思考問題，這顯然是把自己的觀點強

加於人。游喚的〈有問題的《臺灣新詩發展史》〉，[13]對古繼堂的批評也是過分著重意識形態，正如呂正惠所說：「只注意到古繼堂這一本書把臺灣詩變成中國詩的一部分，其實可以更仔細的看看對臺灣詩發展的評價分析是不是有偏頗而不要只注意那一點，那麼這樣變成只是意識形態的評論，我覺得對古繼堂非常的不公平」。[14]相對說來，張默對古繼堂的批評雖用詞過苛，但他幫古著校勘出不少史料錯漏，這說明張默是認眞讀過原著進行批評的，而不像有些論者那樣連別人的著作目錄都沒有看完，就提棍躍馬奔赴「詩戰場」。

　　第二，臺灣學者掌握的「大陸的臺灣詩學」資料極不完整，他們批評大陸學者評臺灣詩歌是見一本，評一本。其實，這些「炮轟」文章的作者也犯同樣的毛病：抓到一本印數極少，也遠非權威編寫的詩選或賞析書，就把其當作「大陸的臺灣詩學」的代表猛批一通。像第一次專輯選取的抽樣，基本上不能代表大陸對臺灣詩歌的評介和研究。

　　第三，不瞭解大陸情況，「隔著海峽搔癢」批評大陸學者。如說「朦朧詩」在大陸是「精神污染」的代名詞，就欠準確。其實，「朦朧詩」在大陸主要是中性名詞，後來還成爲褒義詞。不錯，在清除精神污染期間，有人曾把「朦朧詩」當作清除對象，可是清污只做了二十七天便進行不下去。「朦朧詩」越批越香，後來竟成了一種流派的代表。以《臺港朦朧詩賞析》爲例，此書原名爲《臺港現代詩賞析》，後出版社考慮到青年人

欣賞、崇拜朦朧詩，便把對大陸讀者較難懂的臺灣現代詩改稱為朦朧詩。果然書名一改，一年連印數次，發行十多萬冊。這純是從商業動機出發，而絕非編者居心叵測要把臺灣詩人打成「精神污染」的祖師爺。

第四，缺少自我反省精神。正如孟樊所說：「在痛批對岸之餘，是否也能反躬自省？我們自己交出了一張什麼樣的成績單？詩論、詩史都要交給對岸去寫之外，除了極少數人，在詩學方法上，還不是一樣抱殘守缺？……對臺灣詩壇而言，臺灣自己的臺灣詩學恐怕要比大陸的臺灣詩學來得重要。與其三番兩次去炮轟對岸，不如關起門來先檢討自己，我們給後代的臺灣詩人留下了些什麼？大陸『雙古』的臺灣詩史、批評史，我們既不滿意又不接受，可是又拿不出可被檢視的同等著作，這才是臺灣詩壇的真正悲哀」。[15]

當然，在這場論戰中，有些大陸學者的回應也不夠冷靜，其火藥味比對方毫不遜色。論戰雙方或多或少均缺乏東方人文精神最重要的東西：包容，相互「以追求真理之名而使行為變得嚴酷」，[16] 其心靈已被扭曲。彼岸似乎未很好聽取楊平這類溫和詩人的另類聲音，吸取這次「輪番炮轟」的教訓，在2000年9月由臺灣中央大學中文系等單位主辦的「兩岸文學發展研討會」上，又出現了焦桐的〈大陸的臺灣現代詩評論——以思鄉母題為例〉那樣的文章，以大掃除的方式把眾多的大陸詩評家一個挨一個修理了一番。不能說此文作者沒抓到大陸學者的一些把

柄，諸如對臺灣詩人思鄉母題的泛政治化處理，以及「掌握資料的稀少」卻莽撞地著書立說，但文章畢竟寫得十分情緒化。臺灣文壇一般習慣刁刻尖酸的批評。不過，與對岸詩評家對話時，還是以平等的態度討論更易為他人所接受。

　　兩岸不僅在詩學交流上發生過「明浪飛騰」式的激烈撞擊，而且在如何看待臺灣本地詩刊大量刊登對岸來稿上，內部也有過互相攻擊的現象。司馬新的〈打開天窗說真話〉，[17]抨擊《葡萄園》、《秋水》、《大海洋》詩刊大量採用大陸「粗製濫造的劣作」，因而「這些詩刊成了收容兩岸劣等詩作的垃圾桶」。這種說法太過傷人，而且也不完全符合事實。事實上，《葡萄園》、《秋水》等詩刊拿出相當的篇幅發表大陸詩友的作品，目的無非是增進友誼，促進兩岸文化交流。把「大陸代理商」的帽子輕意拋給對方，甚至用「垃圾桶」貶稱不同派別的詩刊，這不僅是對臺灣兄弟詩刊，而且是對大陸詩友的嚴重傷害。反觀此文正面表彰的《創世紀》詩刊，不也有篇幅不少的大陸詩頁嗎？頗具反諷意味的是：《創世紀》同樣遭到另一派臺灣詩人的攻訐，說該刊「面臨本地詩人創作能量萎縮，可用詩稿日減的情況下，雖非開風氣之先，也不得不乘兩岸交流之便開放門戶，大量進用低檔品」。[18]有的作者還用漫畫的方式諷刺《創世紀》已失守，「淪陷」為臺灣詩刊的大陸版。[19]這樣沒完沒了的「暗潮洶湧」式的「連環戰爭」，不利於兩岸詩學交流的良性互動。

　　誰也不能否認，大陸詩歌人口衆多，臺灣詩刊卻僧多粥少，「當海峽彼岸詩人傾巢而出（彼等宣稱擁有五百萬寫詩人口），雪片般飛過來，完全填飽本地詩刊、副刊甚至雜誌時」，臺灣詩人驚呼：「試問還有『臺灣詩人』如此的名銜嗎？還存在臺灣自己的現代詩嗎？」[20]是可以理解的。不過，臺灣作家應該有自信心，對岸詩人再大量向臺灣投稿，也不可能掩蓋臺灣詩人的眞正聲音。何況，像余光中這類大家，大陸詩壇還找不到相應的對手。臺灣詩人對臺灣詩壇乃至整個中國詩壇的貢獻，是誰也掩蓋不了的。

　　應該看到，兩岸互登詩作，畢竟利大於弊，如臺灣詩人作品被大陸學者與出版商聯手用大衆化的包裝，以市場經濟爲原則去推銷，讓他們的詩作大量登陸內地，甚至進入中學課本，這有利於改變臺灣詩歌知音甚少、市場狹窄的情況。本來，臺灣現代詩集的發行一直陷入窘境，新詩研究也遠不如大陸發達，正如香港學者黎活仁所說：「臺灣的新詩作者在臺灣找不到讀者，但大陸高等院校數以百計，碩士、博士研究生數以千計。以此類推，將來臺灣的新詩人口，大部分可能是聚居海峽彼岸的同胞，這是相當有趣的事。作品能夠『直航』到中原和邊陲，見知於另一文藝環境，當然是流水高山一類的美談。『敦煌在中國，敦煌學在日本』——這是日本學者私底下的一種心理建設提法，臺灣學者大概今後怎樣花氣力，也不可能改變『臺灣新詩作者在臺灣，臺灣新詩研究在大陸』的現象——因爲

人力資源過分懸殊。」[21]黎活仁這個「隔岸觀火」的觀察，應
是較爲客觀的。

挑戰獨派論述霸權的陳昭瑛

　　1995年，新一輪統獨論戰在臺北進行，論戰雙方以《中外
文學》和《海峽評論》爲陣地，互相進行激烈的爭辯。不論陳
昭瑛的文章〈論臺灣的本土化運動〉如何以學術探討的面目出
現，一旦以「本土化運動」作論述對象，就會牽涉到「中國」
與「臺灣」這類敏感話題。雖然陳昭瑛在批判獨派陳芳明觀點
的同時，也提出了不少理論盲點質疑統派領袖人物陳映眞，但
這「三陳」論戰並不等於有第三勢力介入，相反，左右開弓的
陳昭瑛仍被獨派贈送「統派」、「大中國主義者」的身分證，陳
昭瑛也被統派尊稱爲不「曲學以阿世」的民族主義鬥士。

　　副題爲「一個文化史的考察」的〈論臺灣的本土化運動〉，
最先發表於1994年8月，在高雄召開的歷史與文化研討會上。後
由三萬五千字壓縮到二萬五千字，發表在1995年2月號的《中外
文學》。到了1998年出版《臺灣文學與本土化運動》時，加進了
其他文章。此書共分三部分：第一部分是〈古典文學與原住民
文學〉，收入〈臺灣詩史三階段的特色〉、〈明鄭時期臺灣文學
的民族性〉、〈文學的原住民與原住民的文學〉三篇論文。第二
部分是〈新文學、儒學與本土化運動〉，計有〈論臺灣的本土化

運動〉、〈追尋「臺灣人」的定義〉、〈發現臺灣眞正的殖民
史〉、〈光復初期「臺灣文化」的概念〉、〈當代儒學與臺灣本
土化運動〉五篇論文。第三部分爲附錄:〈一個時代的開始:
激進的儒家徐複觀先生〉。

　　陳昭瑛生於臺灣,其丈夫是外省詩人大荒。她的立場既與
獨派截然不同,也與執政的國民黨以一種含糊其詞的方式討論
本土化問題毫無共同之處。正如她在出版《臺灣文學與本土化
運動》的自序中所說:「中國文化就是臺灣的本土文化。在追
求本土化的過程中,臺灣不僅不應拋棄中國文化,還應該好好
加以維護並發揚。如果硬要切斷臺灣和中國文化的關係,那分
割之處必是血肉模糊的」。這種立場,決定了陳昭瑛所寫的不是
一般的研究臺灣文學的論文,而是站在中國歷史學家的角度來
詮釋臺灣文學的發展,具有濃厚的意識形態色彩,帶有很強的
挑戰性。其挑戰對象爲以中國相對的立場建構臺灣文學的獨立
史觀。

　　作爲一個受過中外文化系統教育的年輕學者,陳昭瑛的論
述在挾帶文化史的同時,還用新馬克思主義理論追敘本土化的
源頭。她將臺灣的本土化運動分爲1895年以後「反日」、1949年
以後「反西化」、1983年以後「反中國」三個階段。這種分法有
動態的闡述,也有靜態的剖析。亦即「三反」既是對日本占領
臺灣以來一個世紀期間本土化運動進行「斷代」的概念,同時
又表現爲三種界定本土化意義內涵的概念系統。「就動態方面

來說，三階段並不是前後截然劃分」，它「所標示的各階段時間
只是指涉該階段起始或茁壯的時間，不包括結束的時間，因爲
各階段有重疊的情形。」[22]在本土化呼聲日益高漲乃至成爲主
流論述的情況下，居然還有像陳昭瑛這樣的本土學者本著中華
民族的良心外加學術的良知發言，實在是空谷足音，這是需要
有「上不循於亂世之君，下不循於亂世之民」的道德勇氣的。

　　陳昭瑛的論文發表後，在臺灣文化界引發出一場強烈的衝
擊波，除王曉波等三人在《海峽評論》發表持基本肯定乃至讚
揚的回應文章外，[23]臺獨論述陣營也作了快捷的回應，發表了
廖朝陽、張國慶、邱貴芬對陳昭瑛的反彈。[24]這些在大學外文
系工作的教師，套用西方流行的理論看待臺灣現實，其所論述
的文化建構與民族認同多有謬誤之處。廖咸浩則屬於另類聲
音，他對於「國族主義」的顛覆和解構姿態，使他和具有鮮明
中國立場的統派有一定的差距，但這不等於說他不反對臺獨。
其中最值得注意的是陳芳明所寫〈殖民歷史與臺灣文學研究─
─讀陳昭瑛〈論臺灣的本土化運動〉〉。[25]針對陳昭瑛的本土化
運動三階段說法，陳芳明用獨派的觀點加以解構，以「臺灣四
百年受害史」的「被殖民悲情」貫穿下來。認爲只有這樣，才
能給予二十世紀臺灣本土化運動一個清晰的歷史解釋，從而取
得運動的主動權。陳芳明在這裏強調的臺灣史顯然是受殖民
史。陳昭瑛認爲，這是對歷史的篡改和歪曲，因中國大陸人不
是外國人，國民政府接收臺灣不同於日本的殖民統治，「四百

年受害史」不應包括光復以後。另以陳芳明所說的白色恐怖中的左傾思想和鄉土文學中的本土主義來說，他們反的不是中國，而是國民黨。國民黨並不代表也不等於中國。「同樣，被陳芳明利用來建構反中國論述的日據時代作家反的其實是國民黨，並不是中國」。至於臺獨意識，陳昭瑛認爲這是「中國意識的異化」。[26]是「臺灣希望從中國這個母體永遠走出來，徹底地異化出來而成爲一個主體，反過來與中國這個母體對抗」。由此，她認爲「統一的主張是一種對異化的克服」。陳昭瑛還對陳芳明的所謂「中國」沒有主體內容的謬論作了有力的批駁。陳昭瑛對陳芳明揚日貶華十分不滿，這正來源於她對中國文化的一往情深與反殖民的理念。

陳昭瑛對陳芳明的回應以及對其他臺獨論述陣營的辯駁，並不是氣急敗壞的爭辯，如在批駁廖朝陽的「空白主體論」和解構主義方法時，她都很注意說理。對陳芳明所強調的「殖民歷史經驗」的理論構架的批駁，更是充滿「舍我其誰」的精神。關於國族認同問題，她的立場是毫不妥協的。即使在日據時期，在左翼陣營內出現過臺獨的主張，但那是在中國無力協助臺灣解放而採取的階段性策略，抗日與中國復合才是最終目的。陳昭瑛一貫強調「生來即有」的身分認同，陳芳明則主張建構而成的身分認同。從陳昭瑛的觀點看，臺灣問題不涉及殖民與被殖民的問題，這樣就沒有他我之分，因爲大陸人和臺灣人原本就是中國人，而陳芳明的論述所強調的是臺灣與中國之

間他我的分界及其中的歷史權力位置，所著眼的是臺灣政權替換中不同形式的外來者或曰殖民化的統治，企圖由此建構一個能獨立自主不被殖民命運所操縱的臺灣認同身分。這「兩陳」的觀點，一左一右，針鋒相對，互不讓步。正是在這種爭辯中，陳昭瑛作出這樣的理論貢獻：充分認識到臺獨派理論家「亡人之國，先亡其史」的險惡用心，看到了儒學在新形勢下成了臺獨分子所清除的外來殖民文化這種危機，然後又將這一危機變成轉機，亦即把儒學和本土化聯繫起來的新思維，為儒學的發展作出了新貢獻。其次，她不把統獨看作毫無關連的東西，而是把臺獨思想看作是臺灣意識所派生的對立物，而民族統一主張就是對這種異化的克服，從而為臺獨批判與民族團結論留下了豐富的思想空間去發展。再次，正如陳映真所說：「陳昭瑛看出了日據時代臺灣左翼抵抗運動對『本土』和『臺灣』的概念有民族與階級這雙重視野」，並將臺獨論的本土主義和臺灣的左翼知識分子在戰前戰後提出的本土主義加以本質的區分。[27]她還以犀利的文筆，對左翼統一派中的理論漏洞和謬誤進行嚴厲的批評。

當然，陳昭瑛的論文也有不完善的地方，如對本土運動的定義界定還不夠嚴密，她沒有把世界範圍內純潔健康的「本土運動」與臺獨派搞的邪惡的「本土運動」嚴格區分。〈論臺灣的本土化運動〉開頭所引徐複觀、殷海光的論述去界定本土運動的定義，也嫌不充分。在談反西化運動時，忽略了更重要的

世紀末臺灣文學地圖

「臺灣人本土運動」。所有這些,王曉波在〈臺灣本土運動的異化〉中作了補充和修正。陳映真也對陳昭瑛將反日、反西化和臺獨派反中國的「本土化」列為「文化史」上的先後分期並相提並論,提出質疑與商榷。尤其是陳映真挖掘出謝雪紅等臺共領導人在香港發表的反美帝、反託管、反臺獨宣言的重要史實,有力地駁斥了臺獨派的謬論。

總的說來,在臺獨勢力日益猖獗,分離主義教授及研究生和言論人,獨霸各種講壇、包辦各種會議、占據各種宣傳輿論陣地,臺獨思潮儼然成為臺灣一切文化活動的基本教義,成為意識形態霸權的情況下,陳昭瑛作為一個比較文學博士,同時兼具新馬克思主義素養以及新儒家的學者,敢於在臺大那樣一個臺獨思潮占上風的校園內挺身而出,向這種主流論述提出挑戰,說明她繼承了臺灣歷史上知識分子光榮的愛國主義傳統,表現了她的學術勇氣。難怪有人認為,圍繞陳昭瑛〈論臺灣的本土化運動〉一文所展開的論戰,是鄉土文學論戰後最重要的一場論戰之一,當然,這場論戰不可能有統一的認識和結論,但其影響的深遠是不容否認的。

「香爐事件」:兩個女人的戰爭

被封為臺灣勞倫斯的李昂,從十七歲登上文壇那天起,就以她擅長表現性與禁忌的「特技」受到文壇的青睞。她早先寫

的《殺夫》、《暗夜》，一鳴驚人，由此她成了最受關注與爭議的女性主義作家之一。

進入1990年代以後，李昂不再滿足於表現女性及其性慾的殘酷處境和相關的迴圈故事，而把女性問題與政治問題、經濟問題緊密結合在一起，發掘兩性關係中的政治寓意和政治中的情慾主題，標誌著她的創作向前跨進了一步。

最明顯的例子是李昂從1997年7月23日起在《聯合報》連續四天刊載的小說《北港香爐人人插》。作品的主人翁林麗姿，在十足男性化的早期反對運動中努力向上攀爬，企圖以女人的性與身體作為獲取權力的管道。正是在這種強大的性攻勢下，她不僅成功地睡了反對黨某派系的大老，而且其他男性成員差不多都成了她石榴裙下的俘虜。依靠這種睡男人的功力，林麗姿在大批「表兄弟」的幫助下，當選為不分區立委。她不僅可以瓜分反對派的政治資源，有時還能分庭抗禮。對這位事業成功，愛情也不算失敗的林麗姿，反對黨陣營中的女性視其為狐狸精。原本應該較為接納她的男性同僚，則對其行為視之為奇觀。在「婦女政策白皮書」擬定會上，人們還紛紛傳播「有林麗姿在，反對黨終有一天必亡」的流言。這「亡」主要不是說林麗姿靠美色腐蝕幹部，偷走立委的良心，而是說她一直如此縱慾和濫交，可能得性病、得AIDS，再傳染給黨內當權人士而造成反對黨的垮臺。

《北港香爐人人插》在報紙刊登時，不少人認為文中的林麗

姿就是民進黨公關部主任陳文茜。這種猜測並非毫無根據，如
《北港香爐人人插》寫林麗姿七歲被送外婆家，這正好與現實中
的陳文茜童年時的情況相吻合。小說對林麗姿的外形描寫則更
耐人尋味：

> 以一貫能凸現胸部的右肩略向前，身體微輕的坐姿，
> 一貫的微抬下巴，瞇細眼睛的眼神，一貫的嗲著聲滿
> 是氣聲的說話方式……
> （林麗姿）身穿線條俐落、剪裁合身的職業婦女套裝，
> 足蹬三寸高跟鞋，一臉無辜的站在發言臺上，甚且微
> 略張開嘴（每個人都他說學瑪麗蓮夢露）……

這些細節，都與陳文茜的穿著打扮、行走姿態相似。

陳文茜受過良好的教育，觀念新潮，性行為開放，屬新人
類。她「身體傲人，巧笑倩兮」，又善於言辭，能說會道。從美
國一回到臺灣，就受反對黨大老即臺灣當局的立法委員、首任
民進黨主席施明德的賞識，將其拉入反對黨，並靠兩人的「同
志之愛」而一步登天，成為該黨重要幹部。由於陳文茜加入民
進黨後，並沒有多少政績，所以她的步步高升引起黨內的不滿
和反彈。反對她的人說：與其說她是贊同民進黨的黨綱，為臺
灣脫離中國獨立而工作，不如說她想嘗試如何通過女人的魅力
進入政界。她進入政界是用美式政治手法改造或曰包裝民進
黨。她的手段再加上女人特有的秘密武器，使她在政壇扮演著

重要角色，並一度成為媒體追逐的對象。

《北港香爐人人插》發表後，陳文茜十分氣憤，闢謠時竟聯想到1930年代電影明星阮玲玉，差點「跑到香港去自殺」。她站出來對李昂說的第一句話是：「我確實感到挫折，為什麼我一生的敵人都是女人？」在她看來，她寧願被人稱讚為善於運用政治智慧平衡權力鬥爭，而不甘心別人說她是靠「後宮本事」打開權力之門──那是對她能力的低估和人格的貶損。陳文茜說：她是無師自通的天生的女性主義者，不像有些人那樣要先去讀女性主義經典才成為女性主義者，因而陳文茜不滿李昂同類相殘，即以一個文學女性主義者去「反挫一位從政女性」。由於《北港香爐人人插》還影射反對黨的其他女性為「公共汽車」、「公共廁所」，因而陳文茜認為這不只是個人的恩怨仇恨，而是一起社會事件，反映了臺灣社會對女性從政人物的嘲諷和蔑視。

《北港香爐人人插》寫的那個反對黨大老，有人猜測是施明德，這其中還有三角愛情故事。臺灣一家雜誌的標題是：《他是她（李）曾愛過的人；他是她（陳）最想嫁的人》，揭示了施明德、李昂、陳文茜之間的三角關係。

施明德在海外聽說「香爐」風波後，開始是否認與陳文茜有男歡女愛之情，只承認兩人是同事關係，要說有愛，也是「同志之愛」。但後來又表示，這件事完全出乎他的意料之外：「怎麼會這樣？曾經相愛何必相恨這麼深？」他一直認為：「李

昂是他的老朋友，他對於生命之中的每段感情都全心投入，非常珍惜。即使是分手，也只有感激和祝福。感情中的私密與甘苦，只有當事人最清楚」。這就將兩人的關係講得很清楚。[28]

　　而陳文茜認為，李昂再怎麼創作自由也不應該借小說創作進行影射。在她看來：李昂曾以關注女性命運，以飽蘸情慾之筆探問世相深處而獲得文壇上的地位，但一旦自己也成了作品中的「當事人」，便失卻理智「瘋狂了」。儘管李昂對外揚言與施明德分開後，生活得很美滿。其實，這是一種偽裝，任何人都無法相信：「被仇恨和報復心充滿的李昂能夠獲得快樂。」[29]

　　面對陳文茜的攻訐，李昂表示在出書前，要舉辦一個有獎徵答遊戲，希望讀者認真看她的小說以對照現實政治界人物，請讀者猜一猜為什麼有人要挺身而出對號入座？她堅持認為自己寫的是小說，而小說是允許虛構的，不能與現實生活完全等同。李昂還認為，小說主人翁不是平民百姓，而是政治人物，而政治人物要接受輿論監督，應允許公眾七嘴八舌的評論。作為小說作者，同樣享有對公眾人物的評論權。她以小說來檢驗政治人物，又有什麼不妥呢？何況臺灣是自由社會，作家享有充分的創作自由權。她不害怕任何人以政治權勢壓她。她說，過去寫《殺夫》，受到各方面泛道德的攻訐，如今還有人辱罵她作品中出現的性恐懼、性反抗行為，但她仍我行我素。在此之後，她創作以臺灣為背景的《戴貞操帶的魔鬼》系列小說，涉及生命、性、死亡等內容。這三萬字的《北港香爐人人插》，當

然不脫離這一主題。她只希望在有生之年能留下幾部被人們認爲經得起時間考驗的作品,以把臺灣文壇的女性主義寫作推進一步。

李昂與陳文茜的爭論,被媒體認爲是「兩個女人的戰爭」。其實,這兩人的「戰爭」牽扯到政治,關連到政黨 —— 不僅小說中寫到的民進黨,就是與小說無關的國民黨也引起隔岸觀火的興致。後來,麥田出版社把《戴貞操帶的魔鬼》等四篇作品用《北港香爐人人插》名字出版,時爲民進黨文宣部主任的陳文茜指出:一旦書上市,將循司法管道表示抗議。李昂則擬召開新書記者招待會,表示要拿起法律的武器捍衛自己創作自由的權利。[30]

爲這場風波,《聯合文學》等各種媒體紛紛發表文章進行評論。有人認爲施明德生性風流,與陳文茜、李昂都玩過情感遊戲,李昂是利用自己的文學才能發洩他對施明德、陳文茜的不滿。但也有人認爲,應劃清虛構性的小說與紀實文學的界限。陳文茜若以此起訴李昂,法律未必能夠解決文學問題。

這場引起文壇、政界頗受關注的「香爐」事件,從女性主義角度反省,女性在處理性慾與政治關係方面如何才適當,在權力舞臺表演方面如何才能做到恰到火候,均値得人們思考。從創作上來說,李昂從政治的視角處理男歡女愛這類古老題材,讓情慾與政治結合,眞實與幻象糾結,使作品成爲對歷史、社會和性的關注的綜合,這是作者審視世紀末臺灣政治與

情慾世界的另類經驗體會——只不過是作者表現時，手法還有欠成熟之處。如她所用的拗異的「鹿港語」，不見得完全成功，至少是文學性低於政治性。雖然還不是「器官小說」，但缺乏美感，如《北港香爐人人插》的題目破譯出來就有猥褻味。再如四、五十根陽具或四、五十種精液的不雅敘述，品味就比較低下。

這個「香爐」事件，有人說最大的傷害者是陳文茜，而最大的得利者為媒體。正是新聞界的炒作，使得《北港香爐人人插》一書出版兩月之內，暢銷熱賣達十多萬冊，登在「金石堂」文學類新書排行榜榜首，打破了1990年代以後日益萎縮的出版紀錄，出現文學市場少見的現象。

沉滓泛起的「皇民文學」

1998年2月和5、6月，《聯合報》副刊和《民眾日報》、《臺灣日報》副刊，連續以「臺灣皇民文學作品拾遺」為名，刊出真理大學「臺灣文學系」主任張良澤提供的十七篇媚日作品和對「皇民文學」重新評價的三篇文章。其中張良澤在〈正視臺灣文學史上的難題——關於臺灣〈皇民文學作品拾遺〉〉中，[31]為自己過去批判過「皇民文學」感到內疚，認為那是在學生時代年幼無知，受了國民黨「反共愛國」教育的結果。臺灣文學史家葉石濤在一篇文章中也附和道：「皇民作家在日治時代

是日本人,他這樣寫是善盡做為一個日本國民的責任,何罪之有?」[32]一位是大學教授,一位是資深作家和評論家,他們公然為「皇民文學」翻案,臺灣的愛國主義者讀了後無不感到氣憤。像陳映真就認為:「皇民作家」瞧不起臺灣人這種「自我厭憎」及高攀「皇民」的情結,屬「精神的荒廢」。對這種精神上的荒廢,戰後臺灣的老百姓並沒有全心的憤怒回顧過,而日本人也沒有懷著自我批判精神檢討過。只要沒有經過嚴峻的清理,像張良澤、葉石濤那樣「對皇民文學無分析、無區別地全面免罪和正當化的本身,正是日本對臺殖民統治的深層加害的一個表現」。[33]曾健民則從學理角度寫了〈臺灣「皇民文學」的總清算〉。[34]他從歷史材料出發,探討了「皇民文學」產生的時代背景和推動「皇民文學」的主體到底是誰,以幫助廣大讀者瞭解「皇民文學」的毒害性,重新認識在當時的歷史條件下楊逵、呂赫若等作家可貴的抗爭精神,進而確認臺灣文學的尊嚴。

所謂「皇民文學」,系發生在1937年日本擴大對華南與南太平洋地區的侵略,占據了臺灣之後所開展的「皇民化運動」的產物。這個運動在臺灣總督府「皇民奉公會」的領導下,動員臺灣投入一切人力、財力、物力,為「建立大東亞秩序」效勞。在思想文化上,禁止出版中文報刊雜誌,要求臺灣人民效忠日本天皇,忘掉中國人的身分去做「真正的日本人」。文學界的某些敗類為配合這一運動,1943年4月底將「臺灣文藝界協會」

改組為「臺灣文學奉公會」。此後，「奉公會」與「日本文學報國會」相配合，並在總督府保安課、情報課、州廳員警高等課、日本臺灣軍憲兵隊的強有力支持下，一起構成了一支推動臺灣「皇民文學」發展的別動隊。這時為「大東亞聖戰」心甘情願服務的作家只有周金波、陳火泉等兩三個人。他們寫的作品內容單薄，藝術粗糙，小說總數量還未達到十篇，但其毒素不可忽視：污蔑中華民族為劣等民族，宣傳以做「高等」民族的日本人為榮，由此去圖解日本殖民者的政策。如周金波創作於1941年的《志願兵》，系臺灣作家首次從正面表現日本帝國主義戰時體制的小說。作品所寫的臺灣青年高進六，為了響應「聖戰」的號召，將姓名改為帶日本色彩的「高峰進六」，他認為為天皇戰死可以提高臺灣人的地位，因而寫了血書上前線當志願兵。周金波的另一篇《水癌》，用未受過良好教養的「母親」去象徵臺灣，用「水癌」象徵臺灣的封建迷信陋習。作者站在指導階級的立場對患者訓示皇民練成運動的重要性，肯定皇民化的合理性與神聖性。陳火泉創作於1943年的《道》，充分表現了主人公青楠如何把自己變為日本人時的民族自卑心態，所歌頌的也是一種皇民精神。另有王昶雄的《奔流》，比較複雜，這篇小說不贊成把中國人改造為日本人，但仍嫌棄臺灣的落後和不文明，認為只有到日本留學，才可以提升臺灣人的文明水準。這體現了作者徬徨矛盾的心態，從而表現了臺灣人的認同危機。以周金波為代表的「皇民作家」，儘管在宣傳皇道文化上

起的作用不盡相同，但在文學觀念和思想方法上符合日本軍國主義者所鼓吹的「禁祖先崇拜」、強迫施行「皇室尊崇」的「日本式近代合理主義」。他們背叛了臺灣新文學的反帝反封建的傳統，為有良知的臺灣人民所唾棄，因而這些日據末期所出現的「皇民文學」，對當時的臺灣社會影響有限，從產生到消亡不過四年左右。

這個在臺灣文學史上沒有任何地位的日本法西斯國策文學，之所以在世紀末的臺灣沉渣泛起，是因為為「皇民文學」翻案可以抹殺民族大義，這正與當下臺灣洶湧澎湃的臺獨思潮相吻合。李登輝便是這股思潮的始作俑者，他早就認為自己是日本人。在《臺灣的主張》一書中，他不但不批判日本殖民者，反而攻擊對殖民者進行批判的日本左翼學者。李登輝一直十分肯定他過去所受的日本軍國主義教育，一再挑撥日中衝突，鼓勵日本政客恢復戰前的日本信心。臺灣的國民中學教科書《認識臺灣》（歷史篇），便貫徹了李登輝極力美化日本對臺灣的殖民統治的這種思想。臺灣內部出現的親日思潮，為「皇民文學」的復辟製造了最好的溫床。

為「皇民文學」翻案的活動還受到日本右翼學人的支持。這些來自臺灣的前殖民者的日本學人，無限制地誇大日本軍國主義給臺灣帶來「現代化」（日本人叫「近代化」）的作用。其中有一位中島利郎，除在1998年3月底召開的「近代日本與臺灣」研討會上，想盡一切辦法為「皇民文學」翻案外，還擺出一副

主子的架勢，頌揚和肯定周金波到了二十世紀末仍肯定自己過去「一邊倒傾向日本」[35]的拒不懺悔行為，同時批評陳火泉看風使舵，在光復後由投靠天皇改為歌頌國民黨，不再做「日本人」，又批評王昶雄在修改自己作品時，把原有的皇民色彩加以淡化。中島利郎之所以敢在臺灣放言恣論，是因為在政界，有李登輝這樣的皇民餘孽做後臺；在民間，則有皇民化的資產階級。另有皇民學者，如旅日的臺灣學者黃英哲和中島利郎聯手，將「皇民作家」周金波的生前筆記和照片當作文物捐給臺灣的文藝資料館，並且編纂《周金波日語作品集》，為周金波進入文學史作資料準備。另一位年輕而多產的日本學者垂水千惠出版的《越境的世界文學》，[36]不贊成從民族主義的立場出發對「皇民文學」所作的道德審判，對「皇民作家」持同情態度，其中有一篇用日文寫的《三位日本人作家——王昶雄、陳火泉、周金波》，可是後來翻譯出來竟成了《戰前日本語作家——王昶雄、陳火泉、周金波之比較》。[37]稍有文學常識的人都知道，「日本人作家」和「日本語作家」有國籍上的重大差別。翻譯者大概是在編輯者黃英哲的「指導」下，為了掩蓋原作者的日本殖民立場，用偷天換日的手法改編這三位「皇民文學」作家的稱謂，這就更帶有欺騙性。同樣，中島利郎的〈編造出來的「皇民作家」周金波——關於遠景出版社的《光復前臺灣文學全集》〉的論文，在譯成中文時卻變成了〈皇民作家的形成——周金波〉。前者所用的「編造」一詞，是指周金波本人是無辜的，

他的「皇民作家」的身分是別人捏造的。而後者所用的「形成」，卻披上了一層學術外衣，正如曾健民所說：「這之間的落差，十足地反映了中島的心態：在面對日本知識界或懂日文的臺灣文化人士（這畢竟人數不多，且大多是年長者）時是一種態度（這是真話），但面對臺灣的讀者時，又是另一種態度」。[38]這種玩日譯中把戲的做法，和島內外的右翼學者急於把「光復」改為「終戰」，把「日據」改為「日治、日領」等用語一樣，都是企圖通過文字的魔術抹去日本殖民者在臺灣留下的侵略印記，借此淡化或掩蓋日本軍國主義在臺灣所犯下的滔天罪行。

為了遏制「皇民文學」的東山再起和阻止這股放棄族群認同的臺獨思潮的蔓延，統派作家紛紛起來應戰，其中陳映真和張良澤展開了如何概括從日據時代到現在的臺灣文學精神問題的辯論。張良澤為了替「皇民文學」張目，拋出了他的所謂「三腳仔」論，他認為：當時臺灣人迫於日本淫威，或「因為父母受日本教育，按日本姓氏改姓名，為了取得配給物資而使家人說日本話，變成了所謂『國語家庭』。當不成『皇民』，馴至成了非人非畜的一種怪物，為『漢人』所笑」。[39]在張良澤看來，這「偷生」、「隱忍」，便是介乎「大和皇民」與「中華漢民」之間的「三腳仔」文學精神。對這種以多元認同的理論為異文化共存的合理性作辯護的謬論，陳映真批駁道：「三腳仔」論歪曲了臺灣歷史。其實當時的臺灣人民，並不都願意做口皇

的順民。比起敢於反抗的另一類臺灣人來講，這「三腳仔」其實就是臺奸或漢奸的同路人。這些「三腳仔」，認同殖民者的統治，既講日語又穿和服，挖空心思按侵略者的形象改造自己，詛咒中國人投錯了娘胎成了下等民族，而沒有日本人那種高貴的血統，以中華民族的文化風習為奇恥大辱。這種「三腳仔」是「拋卻一切廉恥想要當『狗』的人」[40]清除「類皇民」、「三腳仔」的流毒，正是臺灣文學界愛國作家的光榮任務。

西川滿是「皇民文學」頭號御用總管。他生於日本，從小來到臺灣，在寶島生活了三十六年，在他三十九歲遣返日本之前，所做的工作主要是為推動皇民化運動服務。1941年，他擔任「臺灣文藝家協會」事務總長，和該協會機關雜誌《文藝臺灣》以及「日本文學報國會」臺灣支部負責人。1942年，他出席「大東亞文學者大會」，年底發表戰爭協贊的黷武演說。1943年，他把反抗日寇的臺灣文學中的現實主義精神污蔑為不重視日本的「狗屎現實主義」。像這種極端右翼的性格和行為，作為小說家和民俗研究者的他，根本不可能把通俗的臺灣故事、民間傳說和風俗習慣，點化為芬芳的文學花朵。他只會以日本人的立場和價值觀來看待臺灣現實，歪曲臺灣人民的反抗精神。陳映真等人認為，西川滿在臺灣文學史上充其量只是一個反面教員，是典型的「御用作家」或「欺臺作家」。而對日本法西斯思想表現不出一般溫存的張良澤，以西川滿在臺灣文學史上沒有取得應有的地位，表現出極大的不滿。他認為，西川滿至少

在培養文學新人上做了許多工作。其實,西川滿栽培的都是與
《臺灣日日新報》或「大東亞文學奉公會」打得火熱的作家。張
良澤還一再提到西川滿提攜過「某評論家」即葉石濤,正如本
文開頭所說葉氏是為「皇民文學」叫好的作家。還在少年時
代,葉石濤就著文為西川滿辯護,給反駁西川滿的愛國作家
「世外民」當頭棒喝,嘲笑他「不識時代潮流」。[41] 葉石濤後來
成了臺獨派的文學理論大師,說明冰凍三尺非一日之寒。

　　在這場戰鬥中,著名作家黃春明發表了澄清「皇民文學」
真相的言論,臺灣社會科學研究會會長曾健民也起了重要作
用,他另寫有〈一個日本「自虐史觀批判」者的「皇民文學
論」〉,[42] 著重批判了日本右翼學者中島利郎的《周金波論》。曾
健民認為,「皇民文學」現象是與世界潮流相背反的,並指出
「皇民文學」絕不是當時臺灣文學的全部,臺灣文學更不能與
「皇民文學」畫等號。中島利郎把周金波這樣典型的「皇民作家」
打扮為不折不扣的「愛鄉土、愛臺灣」的好人,是為了壯大
「皇民文學」的聲勢,為臺灣的「皇民作家」開脫罪責。其目的
是打壓敢於反抗日寇的作家,為「皇民文學」堂而皇之進入臺
灣文學史鋪平道路。

　　「皇民文學」的論戰尤其是對張良澤這樣崇日的民族分裂主
義者的鬥爭,引起一切愛國人士的注意,在臺灣文壇產生了重
大影響。但在論爭中也出現了一些曖昧的說法,如劇作家馬森
認為,陳、張論辯是統獨之爭在文學史領域的又一次演出,但

我們今天應充分體會到「皇民作家」當年「自我撕裂的痛苦」，「對國族的認同」應「採取較寬容的態度。」[43]這種看法，沒有充分看到「皇民文學」的欺騙性和危害性，對變節者採取一種容忍的態度，只會傷害臺灣文學的反抗精神。還有一位在鄉土文學論戰中圍剿過陳映真的的彭歌，在這次論戰中站在中國人的立場，肯定陳映真對「皇民文學」的清算，這是一大進步。[44]但該文對大陸的改革開放缺乏瞭解，發表了一些不符合大陸現狀的看法，說明他的思想比較膚淺。為此，陳映真發表了《近親憎惡與皇民主義 —— 答覆彭歌先生》一文。[45]

「皇民文學」的沉滓泛起，說明日本軍國主義雖然在戰後就退出了臺灣，但它留下的思想毒素未得到很好的清除，即未從意識形態上開展一個「去殖民化」運動。這當然不單純是文學史上作家作品如何評價的問題，而是在李登輝媚日思想的導引下，臺灣十多年來在政治、社會、文化急速親日化的結果，其目的是使日本的侵略歷史變為正面的行為，同時使臺灣人民在思想上進一步和祖國大陸分離，使「去中國化」運動加快步伐，因而不能不引起文學界內外人士的高度重視。

都是「經典」惹的禍

臺灣當代文學如果從光復後算起，已有半個多世紀的行程，這其中曾產生過不少激動人心之作。性急的臺灣文學評論

家們，在世紀末到來之際，忙著為這些作品定位，廉價地贈送「經典」的桂冠，引來了一場不亞於1995年出現的臺灣各大學該不該設「臺灣文學系」的激烈爭辯。

所謂「臺灣文學經典」，共有三十部，其中：

小說類有白先勇《臺北人》、黃春明《鑼》、王禎和《嫁妝一牛車》、張愛玲《半生緣》、陳映真《將軍族》、吳濁流《亞細亞的孤兒》、王文興《家變》、七等生《我愛黑眼珠》、李昂《殺夫》、姜貴《旋風》。

散文類有梁實秋《雅舍小品》、陳之藩《劍河倒影》、楊牧《搜索者》、王鼎鈞《開放的人生》、陳冠學《田園之秋》、簡媜《女兒紅》、琦君《煙愁》。

新詩類有鄭愁予《鄭愁予詩集》、　弦《深淵》、余光中《與永恆拔河》、周夢蝶《孤獨國》、洛夫《魔歌》、楊牧《傳說》、商禽《夢或者黎明》。

戲劇類有姚一葦《姚一葦戲劇六種》、賴聲川《那一夜，我們說相聲》、張曉風《曉風戲劇集》。

評論類有夏志清《中國現代小說史》、葉石濤《臺灣文學史綱》、王夢鷗《文藝美學》。

這三十部「經典」，最後由王德威、彭小妍、李瑞騰、向陽、蘇偉貞等七位決審委員以票選方式敲定。比起大陸由北大學者謝冕等少數人編選「文學百年經典」來，它顯然不是個人行為，而是一種集團行為乃至帶有官方色彩。為了使這一「經

典」更具權威性，行政院文化建設委員會還於1999年3月19日主辦了第一屆「臺灣文學經典研討會」。大會由《聯合報》副刊承辦，地點在國家圖書館。研討時先莊重地公布三十部「經典」名單，文建會主任林澄枝還親自到會致詞，強調這次評選的民主性，並表示不介意外界的批評。

其實，外界豈止是「批評」，簡直是抨擊！發難者主要是當年呼籲在公私立大專院校設立「臺灣文學系」的文學團體「臺灣筆會」及其取同一傾向的媒體，諸如《臺灣文藝》、《文學臺灣》、《笠》詩刊、《臺文罔報》，他們和文建會針鋒相對。「臺灣文學經典研討會」在開幕當天，有多位本土派的文壇大老在舉行「搶救臺灣文學」記者會，憤憤不平地質問這「是誰之經？」和「何人之典？」，並攻擊文建會以權謀私，「公器私用」。[46]那些視臺灣文學為「同鄉會」的本土作家，強烈要求「不知文學為何物的女主委林澄枝辭職，以謝國人」，[47]甚至連民進黨黨部也出面聲明「這項活動已挑起文學界重大爭議，擴大社會裂痕，也傷害了長年為臺灣文學努力的作家的感情」。[48]對此，香港媒體也有強烈反應。如洛桑在〈都是「經典」惹的禍〉中說：「看來此事已非單純的文學事件，進而成為社會事件或政治事件了！」[49]

為什麼這場文學論爭會成為「社會事件或政治事件？」原因是臺灣文壇長期以來存在著主流派與非主流派的鬥爭，這兩派雖不等於統、獨兩派，但確包含統、獨兩派在內。在高揚臺

灣文學「本土性」、「獨立性」的臺灣筆會會長李喬及巫永福、鍾肇政等人看來：「上述作品不能代表臺灣文學精神，並且認爲評審明顯偏袒，以反本土意識作爲取捨標準，希望大家提出批判」。[50]這裡講的「臺灣文學精神」，實際上是指脫離中華文化母體的「臺灣意識」，按這種標準去衡量，大概只有葉石濤的《臺灣文學史綱》較符合標準。這部「文學史綱」，雖然有時對作品的文藝分析能突破省籍等外緣因素的限制，但它在許多地方闡明的是臺灣文學「強烈的自主願望，且鑄造它獨異的臺灣性格」。[51]葉石濤現已不再像當年寫「史綱」時「打太極拳」，而是公開亮出「臺灣文學國家化」的旗號，和同是本土作家卻高揚「中國意識」的陳映眞明顯不同。至於「外省作家」余光中等人也不贊成狹隘的本土傾向。他們作品的入選，自然會被視爲「不能代表臺灣文學精神」。

　　臺灣文壇不僅有統獨之爭，而且有現代派與傳統派之爭。本來，這次入選的「經典」作品也有用寫實主義手法寫成的，但傳統派認爲現代派所代表的是腐朽沒落的思潮，用這種創作手法寫成的作品毒汁四濺，理應從「經典」行列中剔除出去。如寫得一手漂亮舊體詩詞的「畫餅樓主」在〈從毒螃蟹和美人魚談起〉中認爲：「依樓主『法眼』掃描，那入選的四位現代派詩人，三『只』境界偏低，就像（西方）工業時代（現代）文化（文學）工廠廢水中寄生的螃蟹，張牙舞爪，一身是毒。一（條）如幼稚園童話中的美人魚，中看不中吃，說他是美

人，卻是『石女』；說他是魚，腦袋卻是『美麗的錯誤』。這三『只』是余光中、洛夫、　弦；一『條』是鄭愁予。」[52] 這裏把現代派比作「毒螃蟹」，顯然言重了。無論是余光中還是鄭愁予的詩，均是臺灣詩壇有建樹的作品。採取上綱上線的辦法，使人覺得倒是「樓主」本人在「張牙舞爪」嚇唬人。

　　臺灣文學「經典」之所以會引發起研討會內外的一場激烈的臺灣文學論戰，還在於它的評選標準有一定的隨意性。如並不曾在臺灣上學工作過的張愛玲，明明是上海作家 —— 最多只能算香港作家，卻將其定位為臺灣作家，顯然欠科學。其次，這次「經典」的評選，正如評論家駱桑所說：「卻像一次文學獎的評審。」它評選的是臺灣文壇優秀的或有廣泛影響的作品，並非都是「經典」之作。這七位評審委員，儘管是飽學之士，但他們不可能個個文學門類都精通。彼此的知識結構自然可以互補，但投起票來就難免有拿不準的地方，因而會有遺珠之憾。如一旦遺漏或評審缺乏公正性，就會傷害作家的情感，難怪有位落選詩人在會上散發抗議傳單。即使是入選者，也不一定會買賬，他可能認為入選的不是自己的代表作或入選標準有偏差。如在「經典」研討會中度過生日的李昂就感慨地說：「二十年來，《殺夫》從被謾罵的作品成為經典。要到什麼時候，《北港香爐人人插》才可以從政治謾罵回歸到文學經典。」她無奈地表示，「臺灣有太多政治，太少文學」，她希望有一天「可以真正的回歸到文學原點來談文學。」[53] 這裏說臺灣文壇政

治多於藝術，確是實情。且不說「經典」評選中有政治標準，就是李昂的《北港香爐人人插》，也非「性文學」，而是有太多的政治。爲了彌補這次「經典」評選的不足，文建會還將舉辦第二次、第三次。如此舉辦下去，有可能成爲「票選遊戲」，更會擴大臺灣作家之間的裂痕，因這裏牽涉到爭奪文學詮釋權的問題。當大陸學者在1980年代和1990年代前期寫出一本又一本厚重的臺灣文學史時，某權威人士驚呼兩岸爭奪臺灣文學解釋權，臺灣未交出成績單。現在主流派交出了「經典文學」的成績單，非主流派是否又會另立爐灶，像年度「詩選」一樣弄出一本「前衛版」式的「經典」名單呢？不過，客觀地說，這份「經典」名單對人們研究臺灣文學是有參考價值的。

文學史編寫問題上的「雙陳」大戰

撰寫《臺灣文學史》，在臺灣被稱爲「一項何等迷人卻又何等危險的任務」。[54] 這裏講的「迷人」，是因爲在高喊「臺灣文學國家化」的臺灣，文學研究遠遠跟不上「本土化」的趨勢，至今還未出現過一本嚴格意義上的《臺灣文學史》，要是有誰寫出來了，就可落得一頂「開創者、奠基者」的桂冠。之所以「危險」，是因爲在《臺灣文學史》編寫中，充滿了統、獨之爭。從前不久《聯合報》與文建會合辦的「臺灣文學經典」研討會上所選出的多非本土作家的作品，甚至把道道地地的上海

作家張愛玲「綁架」到三十部臺灣文學經典的做法而引起激烈
的論戰，乃至連民進黨黨部都發表聲明，便可看出這門學科
「非常政治化」的危險性一面。但有人眼看大陸學者撰寫了一部
部厚厚的《臺灣文學史》及其分類史登陸彼岸，便大喊「狼來
了」。為了抗拒這「中國霸權」的論述，這種人下決心自己寫一
本所謂「雄性」的「臺灣文學史」，這樣便有了以「臺灣意識」
重新建構的《臺灣新文學史》。

這部「新文學史」其實未寫完，只在文學期刊上連載過一
部分。作者為臺灣暨南國際大學中文系教授陳芳明。他在開宗
明義的第一章〈臺灣新文學史的建構與分期〉[55]中，亮出「後
殖民史觀」的旗幟，認為臺灣屬殖民地社會，其第一時期為
1895至1945年的日本帝國主義的統治時期。第二時期為1945至
1987年，從國民政府接收臺灣到國民黨當局宣布解除戒嚴，屬
「再殖民時期」。這一時期和前一階段一樣，中國社會與臺灣社
會再度產生了嚴重分離。第三時期為「後殖民時期」，即1987年
7月解嚴之後。其中民進黨於1986年建立，這是臺灣脫離中國的
「復權」的一個重要標誌。這種理論，明眼人一看就知道是李登
輝講的國民黨是「外來政權」的文學版。陳芳明把中國與日本
侵略者同等對待，離開文學大講「復權」、「復國」，因而理所
當然地受到以陳映真為代表的統派作家的反擊。

陳映真的文章題為〈以意識形態代替科學知識的災難〉，發
表在2000年七月號《聯合文學》上。面對陳映真對〈臺灣新文

學史的建構與分期〉一文的嚴正批判，陳芳明迅捷地在同年八月號的《聯合文學》上發表〈馬克思主義有那麼嚴重嗎？〉的反批評文章。陳映真不甘心自己所鍾愛和信仰的馬克思主義受辱，又在《聯合文學》同年九月號上發表〈關於臺灣「社會性質」的進一步討論〉，繼續批駁陳芳明的分離主義謬論，戰火延至2001年底才稍歇。

臺灣文壇之所以將這場論爭稱為「雙陳大戰」（楊宗翰語），是因為這兩位是臺灣知名度極高的作家、評論家，且他們均有不同的黨派背景。如陳芳明曾任民進黨文宣部主任，陳映真曾任中國統一聯盟創會主席（胡秋原為名譽主席）和勞工黨核心成員，即一個是獨派理論家，一位是統派的思想家。另一方面，他們的文章均長達萬言以上，其中陳映真的兩次反駁文章為三萬四千字和二萬八千字。他們兩人的論爭發表在臺灣最大型的文學刊物上，還具有短兵相接的特點。這是進入千禧年後最具規模、影響極為深遠的文壇上的統、獨兩派之爭。

和1970年代後期發生的鄉土文學大論戰一樣，這是一場以文學為名的意識形態前哨戰。「雙陳」爭論的主要不是臺灣文學史應如何編寫、如何分期這一類的純學術問題，而是爭論臺灣到底屬何種社會性質、臺灣應朝統一方向還是走臺獨路線這類政治上的大是大非問題。1945年中國國民政府根據《開羅宣言》收復日本軍國主義侵占的國土臺灣，陳芳明將其看作是臺灣人民再次沒有當家作主，被外來的政權「再殖民」一次。陳

映真指出：這是對歷史的歪曲，是「臺獨派邏輯」得出的荒唐結論。臺灣從來是中國領土的一部分，臺灣光復回到祖國懷抱，是值得大書特書的一次重大歷史事件，只有陳芳明這類臺獨思想根深蒂固的人才會認為是「災難」。另外，陳芳明把分裂祖國的罪魁禍首李登輝美化為「使臺灣從中國帝國主義下解放，結束了『再殖民』社會階段」的「救星」，這既是對臺灣民意的踐踏，也是對臺灣歷史的篡改。陳映真近年來幾乎中斷了創作，而把主要精力放在學習社會科學理論和文藝思潮論爭上，因而他的反駁文章寫得很有氣勢，很有說服力。

「雙陳」爭論的第二個問題是臺灣文學用何種語言寫就？陳芳明認為：臺灣文學從開始就不僅用中國白話文寫，還同時用日文和臺灣話從事創作，是「三文」並重，而非中國白話文一花獨放。陳映真反駁說：這是陳芳明蓄意製造的謊言。臺灣陷日後，「臺民拒絕接受公立學校的日語教育，以漢語文『書塾』形式繼續漢語文教育。截至1898年，臺灣有書塾一千七百餘所，收學生近三萬人」。那時，作家全都用中文創作。1920年初，受大陸「五四」文學革命影響，臺灣也爆發了以白話文取代文言文的鬥爭，白話文由此流行開來，臺灣新文學都「以漢語白話，或文白參半的漢語『書寫』的」。「直到1937年，日本統治者強權全面禁止使用漢語白話之前，日據時代文學作家和臺灣社會啟蒙運動基本上堅持了用漢語白話的書寫，是不爭的事實。」即使是被迫放棄漢語寫作的作家如楊逵，「也以日語

形象地表達了他那浩氣長存的抵抗」。至於「臺灣話」，無非是指閩南話和客家話。這兩種方言，是從大陸傳過來的，並非像陳芳明說的是和漢語、日語一樣獨立的民族語言。以閩南話而論，是明末鄭成功在臺灣抗清時，從福建帶了大隊人馬渡海來臺而形成的語言習慣。客家話則是康熙中葉到乾嘉之際，大陸的客家人第四次向臺灣遷移造成而使用的。陳芳明之所以要把「臺灣話」從中國漢語中單獨抽出來，無非是想證明子虛烏有的「臺灣民族」有獨立的民族語言，從而達到分離兩岸同胞情感的目的。事實上，現在有不少提倡臺語寫作的獨派作家，寫的詩文不僅大陸同胞看不懂，就連臺灣同胞包括獨派作家在內也很難看懂。因所謂的「臺灣話」大都有音無字，作家生造出來的字，也許只有自己才能解密。

「雙陳」爭論的第三個焦點是：臺灣文學真的從中國文學分離出去過嗎？陳芳明說：1945年後既然不是臺灣人管理自己，而是外來的中國人在實行再殖民統治──尤其是1950年代後兩岸長期隔絕，「臺灣文學與中國文學的分離」也就成了既成的事實。

陳映真針鋒相對地指出：這種「分離說」不符合歷史的原貌；相反，由於日本的投降，臺灣文學從此與祖國文學有了更頻繁的交往，並由此名正言順地成了中國文學的一個有機組成部分。如1946年，傑出的在臺思想家宋斐如就提出要洗去日本軍國主義統治的殖民色彩，「教育臺胞成為中國人」，其他思想

家也認為「復歸」就是「復歸中國」，「做主體的中國人」。至於1947至1949年在臺灣《新生報》副刊上展開的「如何建設臺灣新文學」的討論，省內外作家都強調臺灣文學工作者有必要把「清算日據時代的生活，認識祖國現狀」當成頭等任務。正如瀨南人（林曙光）在論爭的文章中所說：「臺灣文學」的目標，是要將臺灣文學建構為中國文學的一部分。在創作各種的文體作品時，誠然可以使用臺灣地方語言，但不能由此將臺灣文學與中國文學、日本文學並列。因它不是國家文學而是中國一個地區的文學。至於到了1950年代乃至1970年代後期，現已淪為獨派的葉石濤、王拓當年均不止一次地說過：「臺灣文學是中國文學的一環」，作家則是「臺灣的中國作家」之類的話。即使陳芳明自己，亦曾是「龍族」詩社的骨幹，他是在鄉土文學論戰前後才向中國「訣別」的。陳映真還批駁了陳芳明為日據時代「皇民文學」復辟所作的種種宣傳。陳芳明由此氣急敗壞，指責陳映真對他的批判是「在宣洩他的中國民族主義情緒」，用馬克思主義「做為面具，來巧飾他中國民族主義的統派意識形態」。這正說明陳芳明所持的是不折不扣的獨派立場，把自己擺到了與陳映真所高揚的「聖潔的中國民族主義」的對立面上。

陳芳明寫作《臺灣新文學史》，主要不是從學科建設出發，而是從政治需要出發，或者說把他的文學史研究納入臺獨主張——否定中華民族、否定中華文化，苦心炮製臺灣文化體系，

企圖從文化上尤其是文學上先獨立的重要一環。他眼見「中華人民共和國學者在最近十餘年來已出版了數冊有關臺灣文學史」的專著，而臺灣只有一部葉石濤的既不完整又遠未貫徹他臺獨主張的《臺灣文學史綱》，便按捺不住，也想親自寫一本與「中國學者」完全不同的臺灣文學史。他這一工作雖然還未做完，但其臺獨面貌已暴露無遺，因而受到陳映真的批判和抵制，是很自然的事。只是目前因民進黨執政，陳映真們的聲音還無法掩蓋陳芳明的聲音，以致臺灣文學研究中的臺獨思潮仍在不斷地滋長和蔓延，如獨派理論家較集中的臺中靜宜大學中文系，就有一位副教授在〈展望新世紀的臺灣文學研究〉[56]中，認為「從中國視角所看到的臺灣文學，與其說是研究臺灣文學，倒不如說是中國帝國之眼凝視下變形扭曲的他者形象」，並強調新世紀的臺灣文學研究要「徹底清理中國殖民化的影響」。由此可看出在臺灣的臺灣文學研究中，陳芳明的獨派理論影響力絕不可低估，這從臺灣文學系不斷建立也可以看出這一點。其實，不把臺灣文學當作中文系的一個專業而擴充為臺灣文學系，必然會使臺灣文學的研究視野變得狹小。正如一位旅美的臺灣學者所說：美國獨立兩百多年，已經有自身的文學特徵與文化傳統，「但從來沒有美國文學系（美文系）」，何況，臺灣還沒有獨立，將來恐怕也難得獨立。

「雙陳大戰」過後，陳映真用「許南村」的筆名編了《反對言偽而辯——陳芳明臺灣文學論、後現代論、後殖民論的批判》

[57]一書，陳芳明也把他回應陳映眞的三篇文章，收在新著《後殖民臺灣》[58]中，這場論戰雖然沒有引起臺灣文壇各方人士的廣泛參與，但這是繼1997年鄉土文學論戰後左翼文論的又一發展。陳映眞、曾健民、呂正惠、杜繼平等人的文章介紹了以歷史唯物方法論去認識臺灣的歷史，去探討臺灣文學的分期與走向，並在「立」中「破」了陳芳明宣揚臺灣文學與中國文學分離的「再殖民」文學史觀，還揭露了「跳蚤『左派』的滿紙荒唐言」，即以「左派」自居的斷章取義、閹割史料的作僞學風。[59]這是最重要的收穫。

註釋：

1　章亞昕、耿建華編，《臺灣現代詩賞析》（濟南：明天出版
　　社，1989年10月）。

2　葛乃福編，《臺港百家詩選》（南京：江蘇文藝出版社，1990
　　年6月）。

3　古遠清編，《臺港朦朧詩賞析》（廣州：花城出版社，1989年
　　4月）。

4　古繼堂，《臺灣新詩發展史》（臺北：文史哲出版社，1989年
　　7月）；（北京：人民文學出版社，1989年5月）。

5　李瑞騰，〈大陸的臺灣詩學再檢驗・前言〉，《臺灣詩學季
　　刊》，1992年12月，總第1期，第9頁。

6 7 8 10 15 孟樊，〈主流詩學的盲點〉，《臺灣詩學季刊》，1996
　　年3月，總第14期，第27頁。

9　白靈，〈詩的夢幻隊伍——《八十四年詩選》上場〉，載辛
　　郁、白靈主編：《八十四年詩選》（臺北：現代詩社印行，
　　1996年），第6頁。

11 12 尤七，〈時間歷史與空間歷史的矛盾——大陸學者如何定
　　位臺灣現代詩〉，《臺灣詩學季刊》，1996年3月，總第14期，
　　第36頁。

13 游喚，〈有問題的《台灣新詩發展史》〉，《臺灣詩學季刊》，
　　1992年12月，創刊號。

14 呂正惠，〈「大陸的臺灣詩學」討論會〉，《臺灣詩學季刊》，
　　1993年3月，總第2期，第25頁。

16 楊平，〈批判之外——關於「大陸的臺灣詩學再檢驗」〉，《臺灣詩學季刊》，1996年3月，總第14期，第65頁。

17 司馬新，〈打開天窗說眞話——對1997年詩壇某些現象之檢驗與省思〉，《創世紀》，1998年春季號，總第114期。

18 20陳去非，〈一片晦暗的九十年代臺灣現代詩壇——一個年輕人的觀察報告〉，《臺灣詩學季刊》，1995年9月，總第12期，第18頁。

19 小黑吉，〈印象已深，最好換招牌〉，《臺灣詩學季刊》，1996年3月，總第14期，封三。

21 黎活仁，〈關於臺灣新詩選集的討論——《臺灣詩學季刊》第6期讀後〉，《臺灣詩學季刊》，1995年6月，總第11期，第183—184頁。

22 26陳昭瑛，〈論臺灣的本土化運動〉，《中外文學》，1995年2月號。

23 陳映眞的文章見注27，另有王曉波，〈臺灣本土運動的異化——評陳昭瑛「論臺灣的本土化運動」〉，《海峽評論》，1995年第5期。以及林書揚，〈審視近年來的臺灣時代意識流——評陳昭瑛、陳映眞、陳芳明的「本土化」之爭〉，《海峽評論》，1995年第7期。

24 廖朝陽，〈中國人的悲情：回應陳昭瑛並論文化建構與民族認同〉，《中外文學》，1995年第3期。張國慶，〈追尋「臺灣意識」的定位：透視〈論臺灣的本土化運動〉之迷思〉，《中外文學》，1995年第3期。邱貴芬，〈是後殖民，不是後現代

——再談臺灣身分／認同政治〉，《中外文學》，1995年第4期。廖朝陽，〈再談空白主題〉，《中外文學》，1995年第5期。

25 陳芳明，〈殖民歷史與臺灣文學研究——讀陳昭瑛〈論臺灣的本土化運動〉〉，《中外文學》，1995年第5期。

27 陳映真，〈臺獨批判的若干理論問題——對陳昭瑛「論臺灣的本土化運動」之回應〉，《海峽評論》，1995年第4期。

28 賀圓，〈「北港香爐」的風波〉，香港《文匯報》，1997年8月10日。

29 30 梅凌雲，〈《北港香爐人人插》引發舌戰〉，《香港作家報》，1997年11月1日。

31 張良澤，〈正視台灣文學史上的難題——關於臺灣《皇民文學作品拾遺》〉，《聯合報》副刊，1998年2月10日。

32 葉石濤，〈皇民文學的另類思考〉，《民眾日報》，1998年4月15日。

33 《聯合報》副刊，1998年4月2日至4日。

34 《海峽評論》，1999年3月。

35 周金波，〈談我的文學〉，《文學臺灣》，1997年7月5日，總23期。

36 垂水千惠，《越境的世界文學》（日本：日本河出書房新社，1992年12月版）。

37 黃英哲編、塗翠花譯，《臺灣文學研究在日本》（臺北：前衛出版社，1994年12月）。

38 42 曾健民，〈一個日本「自虐史觀批判者」的「皇民文學論」〉，《人間思想與創作叢刊》，1999年秋季號。

39 張良澤，〈苦悶的臺灣文學——蘊涵「三腳仔」心聲的譜系·濃郁地反映迂迴曲折的歷史〉，《朝日夕刊》，1979年4月5日。

40 陳映真，〈思想的荒蕪——讀「苦悶的臺灣文學」敬質於張良澤先生〉，《中國時報》人間副刊，1981年2月22日。

41 葉石濤，〈給世氏的公開書〉，《文藝臺灣》，終刊號，1944年1月1日。

43 馬森，〈愛國乎？愛族乎？——「皇民文學」作者的自我撕裂〉，《聯合報》，1998年4月27日

44 彭歌，〈醒悟吧——回應陳映真「精神的荒廢」一文〉，《聯合報》，1998年4月23日。

45 《聯合報》，1998年7月5日。

46 《聯合報》，1999年3月20日，第3版。

47 《世界論壇報》，1999年4月17日，第2版。

48 《聯合報》，1999年3月20日，14版。

49 洛桑，〈都是「經典」惹的禍〉，《純文學》月刊，1999年4月號。

50 陳曼玲報導，〈臺灣文學經典公布三十件作品〉，《中央日報》，1999年3月20日。

51 葉石濤，《臺灣文學史綱·自序》（高雄：春暉出版社，1991年）。

52 畫餅樓主，〈從毒螃蟹和美人魚談起〉，《世界論壇報》，1999年4月17日。

53 曾意芳報導，〈經典研討會中本土文學界另類觀點〉，《中央日報》，1999年3月22日。

54 楊宗翰，〈文學史的未來／未來的文學史？〉，《文訊》，2001年1月號。

55 陳芳明，〈臺灣新文學史的建構與分期〉，《聯合文學》，1999年第8期。

56 游勝冠，〈展望新世紀的台灣文學研究〉，《文訊》，2001年1月號。

57 許南村，《反對言偽而辯——陳芳明臺灣文學論、後現代論、後殖民論的批判》（臺北：人間出版社，2002年）。

58 陳芳明，《後殖民臺灣》（臺北：麥田出版公司，2002年）。

59 許南村，《反對言偽而辯·序——陳芳明臺灣文學論、後現代論、後殖民論的批判》（臺北：人間出版社，2002）。

第四章　文學生產

　　文學生產，既包括作家所付出的勞動，也包括文學品種的生產對象、生產手段和生產效果。1980年代後期解除戒嚴令，解放了文學的生產力，作家對「政治文學」等各類文體的生產經歷了從「自在」的階段進入「自由」的階段，其本土特徵主要表現在「臺語文學」等文類的生產中。

政治小說

　　「政治文學」中的政治，不與「政府」同義或重合：即它不只包括在國會、議會及各級政府中發生的事情，也不只包括政治權力或權力之間的衝突。政治常常包含各階級之間的鬥爭、為推翻政權所作的輿論準備、帶政治訴求的示威遊行、為實現某種政治目標的結社行為、政治謀殺……政治當然離不開政治體系，但政治體系不以所有的權力情境或決策場合為範圍，而只有替全民作出的權威決議，才能與政治有關。作為文學家，不可能個個都去掌握政治權力，都參與社會決策或政治鬥爭，但他們的文學活動很難脫離政治，其寫的作品也不可能完全不食人間煙火，與政治無關。

　　「政治文學」在1950年代就出現過，如按蔣氏父子既定政策催生出的反共詩、反共小說、反共戲劇。但這些作品不是反現行體制，而是為維護體制和鞏固政權服務。在1970年代中期以後出現的政治詩、政治小說，其功能正好相反，即以反當局、

反體制著稱，它們是被壓迫者的心聲，是弱勢階層的代言人，具有強烈在野的反叛性格。

在一黨專制的威嚴沒有解構，政治反對運動與學生運動動輒被冠上「叛國罪」的年代，言論和出版自由很難談得上，因而政治文學的生存空間有限，即使有的題材涉及到對現在政權的不滿，也往往是含沙射影、指桑罵槐的居多。這些作者對時代的苦悶，表現出了一種無可奈何的情緒：「多麼希望能發出怒吼／震撼混濁的大地／然而我是失聲的啞巴」。[1] 到了1970年代，國內外的政治環境發生了劇烈的變化，尤其是1984年後，隨著黨外勢力的壯大、權力機構面臨重新洗牌的危機以及政論雜誌《八〇年代》、《關懷》、《暖流》、《夏潮論壇》、《臺灣新文化》如雨後春筍般產生，詩人們便紛紛拿起政治詩的武器，盡情地發揮文學的政治抵抗和社會批判的功能。政治小說的登場同樣和政治環境的劇變特別是「美麗島事件」有密切的關係。拿1980年代來說，「這十年是舊的政治幽靈還未完全離開，新的政治胚胎還未完全成型的年代……它是一個解放、解嚴、解構的年代，也是一個顛覆、崩塌、街頭流血、議會打架、鬥爭、抗爭的年代」。[2] 一般認為，開政治小說風氣之先的是黃凡，他在1979年用意識流技巧寫成《賴索》，頌揚因獻身臺灣民主運動而身陷囹圄的英勇行為。在此之前，張系國1978年出版的《昨日之怒》、《黃河之水》，涉及到海外的保釣運動與中壢事件前後的臺灣政治社會關係。雖然寫得過於粗糙，藝術

性不是很高，但仍可視爲政治小說的前軀。

　　比起1950年代以國共兩黨鬥爭爲綱的《花落春猶在》（彭歌）來，1980年代的政治小說在時空上有極大的擴展。除以臺灣爲背景寫二二八事件、中壢事件、美麗島事件、五二〇事件的作品外，另有把筆觸伸向大陸的《青州車站——鍾士達的一天》（黃凡），把跨國經濟問題寫進去的《趙南棟》（陳映眞），寫到海外的則有平路的《玉米田之死》。

　　就小說與社會現實的關係來說，政治小說有一類是以政治訴求作爲主要目標的，如楊青矗的《給臺灣的情書》，宋澤萊的《廢墟臺灣》。另一類沒有明確的政治主張，只是基於作者感時憂國的精神去寫政治鬥爭，如黃凡的《反對者》，劉大任的《浮游群落》。[3]

　　如果從題材上分，政治小說有牢獄小說，如施明正的《喝尿者》，王拓的《牛肚港的故事》。有人權小說，它是政治文學運動與反對運動的合流，其理論家爲宋澤萊，作品有林雙不的《黃素小編年》、楊青矗的《選舉名冊》。不過，人權小說後來走向分離主義，污染了人權文學的美名，阻礙了小說的健康發展。有歷史小說，如東方白的《浪淘沙》，通過三個家族的悲歡離合，寫出臺灣從甲午戰爭到1980年代的種種歷史事件。有揭露賄選的，如宋澤萊的《鄉選時的兩個小角色》。有政治寓言，如陳映眞的《華盛頓大樓》，寫國際企業如何使人泯滅民族意識，開了寓言小說風氣之先。再如李永平的《海東青》，表面上

是寫城市女孩的成長與墮落，其實有政治寓意。「小說的序明指當年蔣公率軍民渡海遷臺，正有如摩西率以色列人越紅海尋找迦南美地」，[4]故這篇小說是一則國民黨兵敗大陸導致遷臺的政治寓言。還有環保小說，宋澤萊的《抗暴的打貓市》，利用科幻、誇張以及影射現實等手段，寫出臺灣島在專制統治下環境遭到空前污染，致使社會毀滅的可怕前景。

　　臺灣的報刊隨著政治解嚴再走向分化，其中有「本土的」、「臺灣的」《自立晚報》、《自由時報》、《臺灣時報》、《民眾日報》，另有「中國的」、「兩岸的」兩報一刊：《中央日報》、《聯合報》和《聯合文學》。同樣，作家隊伍也分化為統獨兩派，各派之間還有「左」與「右」之分，他們各自圍繞在上述報刊，如在「臺灣的」報刊刊登作品的有楊青矗，「右獨」作家還有那時沒有當上副總統的政客呂秀蓮，她的代表作為《這三個女人》。用社會主義理想為分離主義打掩護的「左獨」作家，由於忙於參加政治運動，一直沒有寫出這方面的代表作。本來，在黨禁解除的年代，再好的小說也抵不上「大聲講出愛臺灣」這樣一句選戰中出現的煽情口號，故獨派小說比起其政治活動要相形見絀得多。統派作家的「左統」代表為信仰共產主義的陳映真，他反臺獨的《歸鄉》在《聯合報》副刊上連載；「右統」作家則有白先勇，他的《骨灰》表現了「右翼流亡統派」或「右翼歸鄉統派」難以割捨的歸鄉情懷。作者不贊成社會主義制度，對「祖國」的內涵也只止於文化鄉愁或國民

黨兵敗大陸的切膚之痛。這裡要說明的是，「左統」、「右統」不能完全以省籍劃分，像本土作家陳彥的《今夕何夕》，以蔣經國為主人翁，表現了三民主義的政治觀念，便屬「右統」作品。據林燿德的分析，「左右統派採取的是寫實與浪漫交織而成的文體，獨派最終的選擇可能是徹底地域化的方言文學」。[5] 當然，方言文學不見得都有政治內容，但將方言文學升格為臺語文學，並作為一面旗幟招搖，卻有明顯的政治訴求。

　　不僅創作隊伍統獨分明，就是評論隊伍也有強烈的政治傾向。如呂正惠最為關注的是「左統」政治小說，而馬森所評論的多為「右統」政治小說，獨派政治小說的知音則有評論家廖朝陽、彭瑞金等人。

　　如果從描寫的政治事件分，政治小說則有四大類型：寫島內政治事件的小說，如二二八事件、反體制運動成長史、個別侵犯人權案例、地方政治活動、各級選舉內幕等等。寫涉外事件的小說，是指退出聯合國、中美斷交、保釣運動、海外政治謀殺等等。寫兩岸關係的小說，是指解嚴前的懷鄉文學、解嚴後的探親返鄉文學。另有虛構政治事件的作品，如猜測大陸武力攻臺的暢銷書《1995閏八月》，就屬此類。

　　世紀末的臺灣，宣傳臺獨和鼓吹共產主義不再成為禁區，因而政治小說在觀念上提供的新說遠不如現實社會中政客們的鼓動性宣傳。在政治小說的啟蒙和教化作用大為弱化的年代，要想到小說中尋找標新立異的政治主張，還不如直接打開電視

第四臺的立法院質詢頻道。另一方面，文化界對政治和意識形態的態度也受了商業化的嚴重侵襲，如黃凡的《總統的販賣機》中寫的政治言說，就被商業所異化。正因爲政治小說市場萎縮，故一些1980年代活躍的政治小說作家已淡出文壇，像黃凡1990年代後便突然銷聲匿跡，過去被當作重要題材的二二八事件也少有人問津。

如果說，1980年代與1950年代政治小說的區別在於對白色恐怖的控訴取代了對中共「妖魔化」的處理，「獨立建國」的口號取代了「反共復國」的夢囈的話，那1990年代的政治小說，就不再去寫遙遠的近百年來的臺灣史和幾十年前發生的種種事件，而把目光投向了現實；不再懼怕「警總」的壓力欲言又止，而改爲鼓吹明確的政治信念。其主題則由揭發一黨專政的暴行轉向放眼當下臺灣的政治亂相，暴露政治領域中「你唱罷來我登場」中的眞眞假假、合縱連橫，甚至像張大春那樣挑戰歷來的統治者，鞭打現任的統治者。

這時的選舉題材大爲增多。原先在《將軍碑》中探討過中國近代歷史怪異性的張大春，在1996年大選前夕推出了《撒謊的信徒》，其題材選擇與敘述方式，均與過去的集體趨勢不同。它描寫了臺灣最高權力機構在選舉大戰中互相傾軋和攻擊的情景，其中人物形象有用眞名的，如蔣介石、蔣經國，另有用假名的李政男——他靠蔣經國的器重而登上權力的頂峰，明眼人一看便知是影射李登輝。而彭明進則是暗指民進黨的參選者彭

明敏。作者以寫實加虛構的寫法揭露選舉騙局，並企圖以此去影響選舉，難怪這篇以嘻笑筆法表現嚴肅主題的作品，很快登上暢銷書排行榜的榜首。宋澤萊的《血色蝙蝠降臨的城市》，則用魔幻手法揭露選戰中黑金政治所帶給社會的危害。這篇小說所披露的「政亂民不安」現象，說明大民主的選舉根本無法改變社會面貌推動歷史前進。正如王定國所說：「社會治安敗壞，金融風暴一直依靠國本救急救窮，族群的對立至今無解，人道的精神蕩然無存。在這個灰暗、無助的軌道崩潰中，選總統有什麼鳥用？」。[6]

尋找謊言與權力之間的歷史證據，是張大春一貫的追求。他寫於1994年的《沒人寫信給上校》，取材於真實的「尹清楓命案」及相連接的軍購舞弊案，它繼承了作者將新聞、小說熔於一爐的《大說謊家》的技法。當時案件還沒有結果，可是作品與生活同步，甚至大膽預測案件的結局，達到以假亂真的地步。作品寫到尹清楓屍體浮上水面之日，正是真理沉到最深海底之時。作者用新聞事件挑逗讀者的神經，用層層剝解軍中黑幕吸引讀者的眼球，產生了轟動效應。這位有「超級大頑童」之稱的張大春，自信作品社會效果將在眾聲喧嘩後體現出來。他認為：「小說家透過新聞則必須超越新聞，透過政治則必須超越政治」，又說「真正的考驗在於小說作者如何從新聞材料中，虛實掩映而又深入動人地經營出一個屬於文學的世界」。[7]

在政治小說領域中，最活躍的是男作家。他們的敘述策略

通常是：男主人翁以領導者、啓蒙者的身分出現，女性則總是處於被動地位，不是被殖民就是被侵略。這種政治倫理與性別倫理互爲表裡的父權機制，到了1990年代被質疑和顛覆，如李昂將政治論述置於情慾脈絡之中的《迷園》，隱喻臺灣土地上的女人不再是由男性想像中所投射出的故園夢土，對臺灣的認同也不取決於男性對愛情的態度，「反倒是眞正以女性爲主體，重新辯證了女性與家國土地的多重錯綜關係。小說最後，原本強勢的男人，在協助女人修復曾一度失去的庭園後，竟至不舉，無子絕嗣，這未嘗不是以文本閹割的方式，對『父子家國』進行另類解構」，[8]或者說是臺灣政治地位妾身未明的一則寓言。

「性與政治」是1990年代臺灣社會的一個重要議題。這裡不但牽涉到性氾濫、性暴力、性犯罪，而且還牽連到性交易中的政治陰謀、性與政治人物的品行。李昂通過兩性關係影射民進黨高層人物的《北港香爐人人插》，便是這方面的代表作。她另有《空白靈堂》，寫一位相當於臺獨教父的政客，在自焚前卻躺在一個情婦的懷抱裡，其影射涵義甚明。此外，《黃義交愛情故事》、《何麗玲》、《男謊女愛——邱彰的離婚檔案》，或揭露政敵的隱私，或說明政治信仰無非是權力遊戲的前奏。在這些作者筆下，代表嚴肅與神聖的政治領袖不再擁有光環，而成了醜態百出的反面人物。將有權有勢的長官與「八卦」連在一起的寫法，有力地解構了政治人物的權威性。

　　從以上的論述中，不難看出臺灣政治小說具有如下特色：

　　一、政治小說的繁榮不是作家的政治因素特別活躍造成的，而是惡質化的社會環境和一度出現的政治「抓狂」現象，政壇所進入的多元無序、非理性狀態，以及權力機構啓動下兔死狗烹的必然下場，均爲政治小說之花的盛開提供了肥沃的土壤，因而政治小說的興衰主要取決於外因而非文學發展的內因。

　　二、不少作者是政治運動的積極參與者甚至是領導者。且不說在1979年的「美麗島事件」中，像王拓、楊青矗這樣的「黨外精英」因抗議國民黨的高壓而鋃鐺入獄，就說同樣坐過大牢的陳映眞，在1990年代其主要精力也不是用來從事創作，而是以領導「中國統一聯盟」一類的政治實踐爲人們所注目。有一些獨派作家還當上了民進黨的立委，他們不是文人「下海經商」，而是「下海入黨」，朱天文就強調自己「幫朱高正、林正傑競選立法委員站過臺」。是風起雲湧的政治運動，是這個社會所上演的種種可驚可喜可怒可歎的戲碼，爲他們提供了豐富的創作源泉。如原《自立晚報》本土副刊主編林文義從政後，便很快寫出《肉體的印證》這樣的作品。

　　三、無論是統派還是獨派作家，都具有強烈的政治使命感，他們均企圖爲這個時代過磅，稱出政治人物的重量，儘管這樣做過於沉重，但他們均不願像對岸作家那樣遠離和淡化政治。其中個別「左統」作家甚至認爲臺灣已到了國家認同的生

死關頭,文藝就理應爲政治服務。

四、「向時代的統治者挑戰;向時代的統治者、利益共同體及其周邊支持者挑戰;向時代精神的統治者上帝挑戰;甚至向這個時代挑戰,」[9]政治文學中的作家個個差不多都像張大春那樣野心勃勃、精力充沛地走向自己的目標,因而他們的作品具有鮮明的運動性和批判性。又由於作者通常取材於政權的嬗變及隨之而來的各種躁鬱症候,因而這些作品還具有強烈的時效性。它們和政治運動緊密配合,形成一股反抗潮流。

五、1950年代的政治文學,由於是官方自上而下的提倡,且許多作家是爲官方設立的高額獎金而寫,因而藝術上常常因圖解政治或政策而陷入公式化的死胡同。1990年代的政治小說,不是上面布置寫而是作家具有強烈的創作衝動才執筆,因而藝術上比過去有所提高,表現方法也勇於革新,有的還非常前衛。但由於趕政治浪頭心切,有的作品往往以達到政治目的便認爲大功告成,因而常常流於新聞事件的演繹或「政治就是高明的騙術」的圖解,其功利性遠大於藝術性。

環保文學

近半個世紀以來,臺灣大搞政經建設,並且一步步向具有高度工業化、都市化的目標邁進。伴隨著經濟起飛和礦藏的開發,帶來了它無可抗拒的負面影響:大自然美景被機械文明割

裂乃至戕殺，餿水油、戴奧辛、核能發電廠、黃毒素造成的一
類公害污染，成了令人頭疼的問題。環保文學，便是表現自然
生態及環境被破壞之作品。

環保作家以自己的藝術敏感很早就體會到環境污染和自然
生態的破壞對人類生存所造成的威脅。本土詩人吳新榮（1907
－1967）1935年所寫的《煙囪》，便或多或少地抒發了珍惜生活
空間、生態景觀的鄉土之情。

大量地表現生態環境的主題，是臺灣正式步入工業社會時
代之後，這時的人們不僅受影印機、電視機的侵擾，也受核能
外洩和浮塵、垃圾、污水的威脅，在這種情況下，「環保文學」
便應運而生。這些作者認為，工業社會發展是人類文明的標
誌，但現代化的實現，卻以生態破壞和環境污染為代價。這種
污染和破壞，不但給人體健康造成危害，而且使人失卻生存的
動力，因不堪生活環境的惡劣，自殺率明顯上升，許多人只好
苟且偷安，及時行樂。不少作品已不滿足於寫反公害污染，而
進一步思考生態保育、人與自然平衡的關係。由於題材的擴大
和深度的挖掘，1980年代以來的環保文學，呈現出一片興旺繁
榮的景象。其中有的透視核能電廠的黑幕，為了子孫後代的安
全和幸福請命；有的深入體會污染對國民健康的摧殘，扮演公
害災難的見證者；有的批評當局環保政策的失誤；有的由賞
鳥、愛鳥而進入生態保育的主題；有的寫臺灣豐富的植物資
源，有的寫臺灣野生植物的價值，有的寫森林的災難，有的寫

石油污染海洋生態的殘酷……，無不扣緊地方特點，突出生態環境的保育觀念。其中韓韓、馬以工1981年初在《聯合報》副刊發表的系列文章，陳述環境污染的危害性，後結集為《我們只有一個地球》，正式開了環保文學的先河。

他們創作的作品，有一類為「土地傷口報導」。這裡講的「土地傷口」，是指工廠廢氣、亂砍亂伐森林、河流受到嚴重污染。「報導」是指作品多用報導文學形式，如楊憲宏的《走過傷心地》、池宗憲的《臺灣的血脈——我們的河川巡禮》。郭健平的《我愛蘭嶼，不愛核廢料——蘭嶼反核青年的心聲告白》、王家祥的《消失了的大草澤——大肚溪河口秋冬觀察筆記》等文章，以反對破壞生態的社會活動來表達對不愛土地的子民的憤怒之情，也收到一定的效果。宋澤萊的長篇《廢墟臺灣》，用象徵主義手法表現「核能災害預測」，類似政治寓言小說。張大春的《天火備忘錄》，寫人類將來遭受核污染的苦難情景，其景象恐怖，在文體上採用的是科學幻想小說形式，與那些「土地傷口報導」題旨相近，雖然帶有較大的虛構成分。

另一類環保文學是與「自然寫作」靠近的「野外拙趣散文」。[10]作品雖不像龍應臺的《中國人，你為什麼不生氣》那樣直接抨擊「工廠的廢料大股大股的流進海裡，把海水染成一種奇異的顏色」，但通過回歸大自然的描寫，可使人體會到生態平衡的重要性。代表作家有劉克襄、洪素麗、陳煌等。其中劉克襄寫了一系列以鳥為主題的散文作品，由此獲得「鳥人」、「漂

鳥詩人」的綽號。他的報導文學《隨鳥走天涯》、《後山探險》以及動物小說《蜂鳥皮諾查》，通過對各種鳥類遷徒、捕食、繁殖、抗敵和其他活動的描寫，加深人們對捕殺鳥類、破壞生態環境危害性的認識，爲推動生態環境的保護起了一定作用。遺憾的是，這些正面意義有時寫得過於直露，作品雖然進入了鳥類的內心世界，但卻有太多屬於「人」的痕跡。陳煌的《飛鴿的早晨》，寫嚮往自由的鳥類與人工環境的衝突，其中蘊涵著關懷生態的哲學思考。顏崑陽的《生態四記》，通過四位居民不能與自然生態和平共處的場面描寫，思考人類在大自然的位置及其生存的意義。《聯合文學》製作的《新動物列傳》專題，[11]其用心「在於企圖重新拾回某種能力──這種能力便是對其他生命尊重與愛的義務。《我們的朋友毛毛臉》，記述了一群自然觀察者對臺灣獼猴的認知與理解；《流螢爍金》是一種面對螢火蟲的美學驚豔；《拜倫與鯨》，接續了文學與科學的思維斷裂；《自然家書四記》說明了作者長年的野外觀察心得。……以上的篇章，既爲個別的動物列傳，也替我們另開了一種視野，那種視野呼應了一句古老的諺語：愛之欲之生；因爲只有當別種的生命與別人的生命都自在無礙，我們的生命也才能悠游於富饒的海；在租借而來的生命裡，讓諾亞的方舟不要再來。」[12]

環保文學雖然有與政治緊密結合的一面，但更多的是用文化手段來獲得對病態社會的療救，其宗旨在於消除大自然與人

的對抗，宣導科學與人相融的一面，使廣大市民不再呼吸刺鼻的化學品燃燒的氣味，不再忍受間歇發作的野蠻噪音。老詩人余光中，正是本著社會關懷，關心民間疾苦的心情，不忍見美麗的天空被污染，而用文字向製造環境污染者提出控訴。他的《控訴一支煙囪》，是他聲討空氣污染的經典之作：

用那樣蠻不講理的姿態

翹向南部明媚的青空

一口又一口，肆無忌憚

對著原是純潔的風景

像一個流氓對著女童

噴吐你滿肚子不堪的髒話

你破壞朝霞和晚雲的名譽

把太陽擋在毛玻璃的外邊

有時，還裝出戒煙的樣子

卻躲在，哼，夜色的暗處

向我惡夢的窗口，偷偷地吞吐

你聽吧，麻雀都被迫搬了家

風在哮喘，樹在咳嗽

而你這毒癮深重的大煙客啊

仍那樣目中無人，不肯罷手

還私自揮著煙屑，把整個城市

當做你私有的一隻煙灰碟

假裝看不見一百三十萬張

——不，兩百六十萬張肺葉

被你薰成了黑慵慵的蝴蝶

在碟裡蠕蠕地爬動，半開半閉

看不見，那許多濛濛的眼瞳

正絕望地仰向

連風箏都透不過氣來的灰空

這首詩通篇是歷訴煙囪各種「罪狀」，諸如流氓罪（「像一
個流氓對著女童／噴吐你滿肚子不堪的髒話」）、誹謗罪（「破壞
朝霞和晚雲的名譽／把太陽擋在毛玻璃的外邊」）、欺騙罪（「還
裝出戒煙的樣子／卻躲在，哼，夜色的暗處／向我惡夢的窗
口，偷偷地吞吐」）、傷害罪（「麻雀都被迫搬了家／風在哮喘，
樹在咳嗽」）、毒氣擴散罪（「還私自揮著煙屑，把整個城市／
當做你私有的一隻煙灰碟」）、屠殺生靈罪（「兩百六十萬張肺葉／
被你薰成了黑慵慵的蝴蝶」）。[13]總之，煙囪簡直是罪大惡極，
不槍斃似無法平民憤。也許有人會辯解說，煙囪也有好的一
面。如果沒有它，就沒有城市文明，工業現代化就化不成。但
詩人在這裡並不是寫工業講義，而是用詩人的方式控訴環境污
染。如此莊重的主題用風趣的筆調寫出，不能不使人佩服詩人
構思的奇巧和想像力的豐富。

女性書寫

如果翻開1980年代以前的文藝雜誌,就會發現不少女作家所用的筆名不是中性就是像《殺夫》的作者「李昂」那樣男性化。1980年代以後,「女作家」不再是弱女子的同義詞:她揮別了以往性別歧視的陰影,而成了和陽具中心主義相抗衡的一個符號。這個名稱上的改變,多少可看出臺灣的女性作家四十年來地位的提升。

1950年代隨國民黨來臺的女作家,不少人早就步入文壇。她們在充當家庭主婦時寫了許多反映封建專制下婦女悲慘命運的作品。受歐風美雨沐浴的1960、1970年代的女作家,不滿足於反映男女不平等的待遇,同時將筆觸伸向天真活潑的兒童、夕陽西下的老者及受漢人歧視的原住民,以表示她們對弱勢族群的關愛。這時期較有代表性的女作家有孟瑤、郭良蕙、瓊瑤、林海音、羅蘭、季季、三毛等人。其作品題材大部分寫大陸時期的生活,很少向「男性沙豬」——父權體制開炮,來不及觸及女權主義的話題。雖然各領風騷,但比起男性作家的眾聲喧嘩,顯得有些寂寞。

1980年代以後,隨著婦女經濟力量的抬頭,價值多元變遷影響了社會及家庭結構,也改變了男女關係的模式,這樣便有女作家的大面積崛起,如施叔青、李昂、蘇偉貞、廖輝英、袁

瓊瓊、蕭颯、蕭麗紅等人。這些女作家在和平時期長大,受過良好的教育,中文運用能力與日據時期的本土作家相比不可同日而語。她們走出校門後,積累了豐富的社會經驗,尤其是聯考中,分數面前人人平等的做法,成就了不少女性人才,使女作家有機會和男性平等競爭。再加以西蒙·波娃爲代表的女性主義思潮傳入臺灣,當時還未當上副總統的呂秀蓮從哈佛大學畢業返臺後,在「幼獅」出版了鼓吹女性主義的論文集,爲臺灣掀起新女性運動打了頭陣。後來她又連續出版了《新女性何去何從》、《幫她爭取陽光》、《尋找另一扇窗》,繼續爲女性主義運動煽風點火。旅美女作家楊美惠在報紙副刊也發表了不少介紹女權主義的譯作,作家李元貞亦加盟這支隊伍。正是靠她們的吶喊,臺灣的女性意識才逐步甦醒,女性主義思潮從此風起雲湧出現在臺灣文壇。《聯合報》副刊、《中國時報》「人間」副刊的文學獎把獎項投給女作家,使她們一登龍門,便身價百倍。1980年代湧現的女作家,差不多都由這兩大報推出。

從1986年開始,許多大專院校外文系和中文系都設有女性、兩性或婦女、性別研究室。教師們不滿足於教學或科研而走上街頭,其參與的女權主義運動,映照出臺灣社會結構與兩性互動的模式。按照陳玉玲的說法,社會結構中性別角色的外省女性主義批評家,有「激進」與「溫和」兩派之分。前者是臺灣女性主義思潮的主流,這些人多半在學院工作,因而從學術層面上批判父權主義更有說服力量,像中央大學性別研究室

研究員何春蕤在1994年婦女節便喊出了震動中外的「只要性高潮，不要性騷擾」的口號。這引來極大的爭議，並招來守舊派的反彈。陳玉玲認爲：「這句口號，代表了臺灣女性主義運動的一個重要里程碑。因爲她把女性主義從經濟自主、婚姻自主的層次，推向了『身體自主』的層次，使女性主義的焦點指向了『性革命』、『身體的革命』。何春蕤主張打破處女情結、爭取情慾的自主權。首先，就必須女性的身體（性）從男性的控制之下解放出來」。眾所周知，「性騷擾一向代表男性權力對女性身體的侵犯，所以『不要性騷擾』代表使女性的身體從男性權力之中掙脫出來。『要性高潮』也指涉女性一直在性壓抑中，沒有享受性高潮，代表女性要爭取性、身體的自主權。因爲沒有自主權，也就沒有高潮可言」。[14]除何春蕤外，張小虹在建構臺灣女性主義理論、顛覆社會性別劃分方面也做了許多工作。

溫和主義路線代表主要有曹又方、朱秀娟、王碧瑩等人。「她們不像激進主義要顛覆父權，主張創造性離婚、爭取身體自主權，要作『豪爽女人』。她們認爲女性只需要自我努力加上一點運動，便可以成爲『全面成功的女人』。所謂全面成功女人，大約有三種條件：第一是得到好男人寵愛的幸運女人，她們溫柔並且懂得掌握男人。第二是事業有成的女強人，她們懂得經濟自主，並且精於理財，應付資本主義社會。第三是風姿綽約的女人，她們懂得形象包裝，並且讓自己成爲美的焦點。這樣

的女性形象，在目前的臺灣社會普遍受到男性歡迎，也不至於產生被激進女性主義者所挑起的恐懼」。[15]陳玉玲本人則是個折衷派，介於「激進」與「溫和」之間。她認爲激進派應掙脫男女二元對立結構，「把對立、互相壓迫的關係轉化成爲『兩性互相尊重』。在教育女性『屠龍』之際，也教育男性不要成爲恐龍。在破除父權之時，也不要成爲另一個令男性恐懼的母權。也就是使兩性由互相宰製、壓迫的關係轉變成爲互相尊重、彼此互相欣賞的並存關係」。[16]

在女性評論家推動下發展的女性文學，其內容是對男尊女卑、男強女弱之類宰製女性現象的抗議，爲具有「娘娘腔」的男性與被稱爲「男人婆」的女性「平反」。她們的作品突破了男剛女柔、男外女內的刻板模式，在性別角色的認知上提出新的索求與質疑，並對女性傳統的宿命地位以及相夫教子、逆來順受的婦德作出新的反省。

進入1990年代後，女作家不再滿足於對性別偏見的批判和扭曲處境的抨擊，而開始探索「性與政治」的關係，其中以寫政治女人最具挑戰性。如李昂的《迷園》，無論是女主角朱影虹還是她爲之傾倒的企業家林西庚，均懷有爲臺灣而驕傲的一種政治心情。在另一部反傳統小說中，政治領袖謝雪紅被還原爲充滿愛慾的女人。在作者筆下，即使是政黨人物也逃不脫情慾的支配，有時甚至情慾高於政治教條。

「爲什麼男的可以做皇帝，女的不能做武則天？」這裡說的

活躍於七世紀舞臺上的「狐媚婦人」武則天，是「性與政治」中的非常女人，正如康來新所說：這是男士寫給男士看的女人。[17]1990年代女作家對國家、土地、人民、歷史的感情，使她們不忘卻政治，去寫政治女人，如平路在《行道天涯》中「用愛情來改寫革命」，將革命的宏偉敘事與情愛的微觀抒情結合起來，所表現的是情慾如何在革命的指揮刀下萎縮，這是女人寫給男人／女人共同看的女人。平路大膽地解構了國父／國母的崇高地位，把政治地位提升與情慾的壓抑——「枯涸的器官」、「這情愛的容器又在哪裡」對立起來。乍看起來，這是對閨怨美學的挑戰，其實也是對國家歷史論述的挑戰。此外，蘇偉貞的《沉默之島》，以另一種書寫方式反映出性與政治認同的危機，也值得重視。林黛嫚、李昂等女作家為李登輝、林洋港、連戰、施明德等政治人物作傳，亦說明女性已深入男性的政治遊戲之中。

和女性的政治認同相關的是情慾認同，或者說兩者經常緊密結合在一塊。這種情慾認同，即加入性解放、同性戀等議題，使原先的「閨閣文學」變成「情色文學」。以幾乎和李昂齊名的朱天心為例，她雖然也關心性與政治的關係，但更關心女性的情慾問題。她的《荒人手記》借由男同性戀的第一人稱敘述故事，造就了更大的多重書寫與詮釋空間，企圖以此去建構陰性的文字殿堂。此外，紀大偉也是「企圖將男女二元對立中『等級關係』轉換成『差異關係』，把對女性的支持延伸到對同

性戀的關懷」。[18]邱妙津的《鱷魚手記》，則尖銳地表現了社會觀念的變化與「同志」現象所面臨的新的文化衝突。小說的第一個文本寫了高年級大學生絕對隱私的逐年手記，表現了女同志的悲情傾軋。另一個文本以「鱷魚」象徵女同志，它最後被誘捕以至選擇自焚作結局，表現了同性戀不為社會所理解所同情而受到輿論制裁最後走向毀滅的處境。這兩個文本雖然可獨立成篇，但前後卻互為照應，有內在的邏輯聯繫。

如果說，1980年代的女性文學還處在女性化階段的話，那到了「頹廢已經征服了臺北」[19]的1990年代，女性文學就正式邁上了女性主義臺階。這裡講的女性主義，系對「厭女主義話語」的反撥，同時也質疑了以女性禁忌為主導的等級秩序。這一階段的作品突出的特色是消解男性／女性二元對立。作品不是寫「大我」，而是寫「小我」，寫自己、寫女人的身體、情慾和私房話。之所以比過去突出個人主義，是因為女作家的愛情觀已有重大的改變。她們為了與「新好男人」相對抗，爭相以「新壞女人」自許。這「壞」表現在很自戀，如張小虹的《自戀女人》。又如《濃情豔史》雖然將「私語」色彩加以淡化，但畢竟是女作家寫給「良家婦女看的黃色小說」，其意圖在於鼓勵女人正視珍愛自己的身體，把壓抑的情慾開發出來。這些作品中的自戀女人不同於以往雖然擁有經濟自主、感情自主卻談不上身體自主的風姿綽約的女性。她們不再是男性的獵物，而是勇於「屠『龍』（父權）」的女英雄。

　　在世紀末，這一片被姐妹們闖蕩出來的情慾新天地成爲一時之趨。這種「女性發聲」所喊出的不再是傳統嫵媚女人的溫柔之聲，而是豪爽女人所演奏的「女人好爽」的興奮聲。陳雪的《惡女書》，寫同性愛慾就像壓制不了的小妖精出沒於黑夜及潛意識。作者所用的「惡女」意象和紀大偉所用的「吸血鬼」一樣，比白先勇的「孽子」更帶有挑釁性。它完全顛覆了男性文化霸權的專橫局面，迫使男性世界自我反省，收起那些僞君子的假面具。但也有人持批判態度，如陳映眞對這種「言必稱同性戀，言必稱身體自由」[20]的做法大爲搖頭。評論家唐翼明對當代文學中充斥「情色、性慾、同性戀、性別倒錯、亂倫、器官特寫」等內容以及玩弄「後設、解構、拼貼、敘事觀點亂跳、造句故意不合邏輯等後現代技巧或多結局遊戲」等西方文學技巧也深表不滿。[21]

　　1990年代初波斯灣戰雲密布以及臺灣經濟下滑，使人對未來產生極大的疑問，文化界由此產生虛無主義，同性戀、試婚、同居、吸毒、豪賭乃至挺而走險搶劫等現象比過去變本加厲。在這種世紀末頹廢情緒的感染下，不少女同性戀小說寫得極爲狂放粗鄙，其黃色程度遠遠超過男作家的作品。這已不是「情色文學」，而墮落爲「器官文學」。在這種「換女人做做看」的呼聲裡，1990年代的女性文學迅速向「次文化」轉化，如一些小說在寫陽具、陰唇的同時，還採用了不少近乎黑社會的語言，如將「吸毒」稱爲「嗑藥」，將水性楊花的女子稱作「騷馬

子」，將兩人決鬥稱為「釘孤丁」等等。正如廖輝英所指出的：
很多所謂女性書寫「其實都和流行曲、流行語、流行下班文
化、流行PUB學、流行休閒等有極類似的風格。有時從書名就
可看出端倪，如：《夜夜要喝長島冰茶的女人》、《非常誠實有
點毒》、《下一個男人會更好》、《不是真心又何妨》等等，一
點點感覺、一點點情節、小小的感觸，像PUB上那些小小的憂
傷或情緒，也像流行歌一般」。[22]但不能由此說，女性書寫的婉
約與閨秀的風格完全被批判的、抗爭的及反諷風格所取代。有
的作家仍寫賢妻良母的題材，和新潮小說一樣暢銷，這和社會
的多元與讀者的審美需求多樣化有關。有人從社會回轉自身，
從外部世界回轉內心世界，寧做被別人看不起的小女人；有人
卻擎著婦女運動的大旗闊步前進，專寫與輕、薄、短、小、
淺、淡相反的厚重結實的作品。

　　隨著開放觀光和赴大陸探親，女性出境出國的人口大為增
加，這便催生了旅行文學的興起。以前這方面的作家有徐鐘
佩、鍾梅音、陳長華、梁丹豐、三毛等人，後來出現了愛亞、
馮菊枝、王宣一、陳昭如、李黎、席慕蓉、陳若曦、劉靜娟等
新秀。她們或寫大陸的錦繡山河，或寫旅遊歐美所見所聞，都
有各地風俗民情和自然景觀的描繪，從中表現了她們對歷史文
化的深刻體悟。有的寫得像報導文學，有的採用文人隨筆手
法；有的顯得浪漫虛幻，有的是真情真景摹寫。如果說她們與
男作家有所不同的話，那就是觀察得更細膩。陳若曦及康來新

均建議這些作家應走出悲情，不用沉鬱的筆調寫，或可用喜劇風格來處理情慾書寫，使閱讀情境開拓出更愉悅的氛圍。[23]陳若曦還指出：「女作家下一步要走的路就是告別『女』字頭銜，做一個和男性平起平坐的『作家』。因為當代的女性書寫已不是『閨閣』或『情色』的架構所容納得下」。[24]因為「寫作的立場，第一是『人』，然後才是女人」。[25]這個批評意味深長，很值得臺灣女作家們深思。

選舉文學

選賢舉能，領導人不由上級欽定而由老百姓直選，這是臺灣政局開放和不斷民主化的一個重要步驟。這種政界選舉，每次均如一陣狂風驟雨席捲整個寶島。2000年總統直選，導致政黨輪替，有人歡呼「選票出政權」，比四千餘年的「槍桿出政權」文明多了；有人則覺得「選票出政權」那有什麼文明可言，裡面充滿了爾虞我詐，它上演的是一齣又一齣的鬧劇和醜劇。2004年臺灣最高領導人的選舉，其負面作用遠大於正面意義：族群意識被蓄意挑撥，整個寶島撕裂為兩大營壘，「泛藍軍」與「泛綠軍」互相攻訐，仇恨之火漫天燃燒，疑雲重重的「槍擊事件」，使當選者的誠信度降到最低點。人們驚奇地發現，剛讚揚過的屬不流血革命的「票選出政權」，所「用的卻是『槍桿出政權』的文化」。[26]對選舉所產生的族群矛盾、暴力衝突及其

帶來的不公正性，不但島內選民關注，而且所有中華民族乃至世界華人均十分關切。與時代同呼吸共命運的作家們，尤其用自己犀利的文筆，對這種在大民主外衣包裹下的賄選、騙選及發毒誓、罵對手的諸多劣行作了無情的揭露和鞭撻。

「選舉文學」，顧名思義就是以選舉為題材的文藝作品，包括小說、報導文學、散文、雜文、新詩等品種。具有匕首和投槍功能的雜文，在批判劣質的選舉文化中起到了先鋒作用。如臺灣大學張健教授的《選舉六多》，將這場「選舉秀」概括為六多：噪音多、電話多、廣告布條多、垃圾多、爭辯多、暴力多。其中噪音多系指拜票聲、喇叭聲、廣播聲、呼喊聲、宣傳車的聲響等，嚴重干擾了人們的正常生活秩序，影響了人們的身心健康。暴力多是指打架、槍傷、推倒、焚車、搗毀競選總部，嚴重地破壞了社會治安。如此多弊端，這樣的選戰到底給市民的生活帶來什麼好處？這種質疑，充分體現了作者深重的憂患意識。余朽的《何不標售選票？》，用反諷手法揭露被財團控制的立法院出現的眾多賄選的違紀亂法行為。既然競選過程中有許多地方不合理乃至不合法，這樣的立法院怎麼可能依法辦事，又有什麼公理可言？此外，為拉選票浪費了大量的人力、物力、財力，其本身就是一種犯罪行為。朱天心的《選舉萬歲》，除揭露競選與黑金掛鉤，如花三、四億臺幣就可當候選人外，還指出暴力介入了選舉，其受害者不僅是競選人，還有大批被牽連進去的不懂權錢交易的老百姓。苦苓的《小丑參加

選舉》，用各種諷刺手法，淋漓盡致地剖析了立委選舉的虛偽性、荒謬性和危害性。[27]

「選舉文學」解構歷史、譏諷政治，可看出解嚴美學所產生的效應。也許有人會問：作者嬉笑怒罵的手法，果真能消解選舉文化的負面影響嗎？當然不可能。作者選取這類題材，只不過是表達自己的政見和渲洩對大民主選舉所產生的種種奇怪現象的不滿罷了。在這方面，宋後穎的〈心情日記〉，[28]值得一讀：「藍與綠曾是臺灣最美的風采／什麼時候／美麗的藍天／遼闊的綠地／漸漸割裂成片片傷痕／那些純樸善良的族群／那些嚮往理想的青年／那些執著真相的吶喊／竟在真偽莫辨 撲朔迷離的／黑霧中流失了曾有的信心力量／藍天更憂鬱了／而綠地的豐盈也失去最初／的光澤／愈發顯得如此傖俗／活力盡失」。這裡所表達的「真偽莫辨／撲朔迷離」的感受，具有典型意義，是眾多臺灣人民在2004年選戰日子裡憂鬱心情的真實寫照。

余光中的詩不以寫實性、社會性見長，但他同樣是一位富有使命感和責任感的作家。他對臺灣選戰中出現的醜惡現象的刻畫，做到了入木三分。他的名作《拜託，拜託》，[29]描繪了他在高雄看到的候選人因文化素養嚴重不足而出現的種種傷風敗俗的現象：

> 無辜的雞頭不要再斬了
>
> 拜託，拜託

陰間的菩薩不要再跪了

　　拜託，拜託

江湖的毒誓不要再發了

　　拜託，拜託

對頭跟對手不要再罵了

　　拜託，拜託

美麗的謊話不要再吹了

　　拜託，拜託

不美麗的髒話不要再叫了

　　拜託，拜託

鞭炮跟喇叭不要再吵了

　　拜託，拜託

　　拜託，拜託

管你是幾號都不選你了

　　語言明快曉暢，直接痛快，表現了詩人對選舉期間批量生產的「美麗的謊言」的嚴重不滿。乍看起來，此詩批判火力不足，但從最後一句否定這場不美麗的選舉看，作者是柔中有剛，棉裡藏針。

　　「選舉文學」是政治文學的一大重鎮。在強人不再、老賊下臺的時代，在金權主義氾濫的日子裡，張大春等人的小說銘刻競選給社會帶來的各種亂象，給老百姓帶來的各種災難，有時還透露出不和諧的政治資訊。如在1996年總統大選期間推出的

具有震撼力的小說《撒謊的信徒》，雖然沒有暴露政治鬥爭的實務，也沒有披露蔣經國傳位的秘密、李登輝得到權力之後的細節，但它仍具有較高的認識價值。作者狡黠地在敏感的新聞題材中穿行，用真真假假的命名方式挑逗讀者的神經：作品重點寫的是一位總統候選人，敘說他如何通過欺騙手段獲取權力和運用權力。作者「不是用各種方法把角色寫活，而是想盡辦法把角色給淹死」。[30]作為被「淹死」對象的「李政男」，在未競選上任時，就渴望權力，希望能登上權力高峰，因而千方百計撒謊和欺騙選民，不斷修改自己的記憶，掩飾過去不光彩的歷史。和東方白的《浪淘沙》將臺灣近代史經典化不同，張大春的《撒謊的信徒》是把歷史、新聞、小說糅合在一起，把選戰與說謊扯談結合在一塊，企圖以此去挑戰李登輝和醜化選舉，並渴望用這部書去影響選戰。結果事與願違，大說謊家李登輝1996年仍連任總統。這說明文學的社會效果無法取代政治的作用，它對政壇的影響畢竟有限。同類的題材還有王定國用日記形式寫的《臺灣巨變一百天》，這裡講的「巨變」，是指大選給社會帶來巨大的衝擊及「百天」中發生的種種充滿詭譎、變數極大的事件和作者的感歎。宋澤萊的《鄉選時的兩個小角色》，反映了在民主選舉名義下出現的怪現象。《血色蝙蝠降臨的城市》，也是作者在1996大選之年推出的，它與現實生活同步，描繪了「藍營」與「綠營」在選戰期間互相揭老底的戰法，及與黑道勾結的各種內幕，帶有強烈的批判色彩。

　　如果說，張大春等人是以小說的形式來批判選戰的話，那李敖卻是以紀實的方式解構臺灣大選。2000年，以文章顯世的李敖代表新黨參加競選總統，在大選過後，他不是以救世主而是以「亂世梟雄」的身分、立場和幽默風趣的文筆，寫了一本《李敖玩競選》，精心地繪製出「臺灣二千年大選」的畫面。書中在揭露選舉中出現的種種黑幕的同時，呼籲和平，反對打仗，主張接受「一國兩制」，把臺灣民眾的利益放在第一位，說明李敖不愧為有眼光的宣傳家。他這本書就似一面照妖鏡，照出那些參選者屬於魔鬼的那一面，在他看來，誰得到的權力越大，代表魔鬼而非代表天使的那一面就會越多，而且他故意把這一被骯髒政治所扭曲的性格誇大。書中還充滿了動人的警句和妙語，如：「有五種人給你們選：宋楚瑜是穩健，阿扁是危險，連戰是保守，許信良是理想，我是偉大。你們會選偉大的人嗎？你們不選，就要選一個比較不爛的人，就是宋楚瑜！」「誰是壞人不重要，人民要分清楚的是『誰很安全，誰很危險』，陳水扁會帶來危險，並不適合擔任總統。」「我們不會正眼看呂秀蓮，因為她太老；我們不會斜眼看呂秀蓮，因為她太醜；我們只會傻眼看呂秀蓮，因為她竟當了這鬼地方的副總統。」

　　在內地，早在二十多年前就不再提文藝為政治服務了，可是在臺灣，正如《選舉文學》作者所說：「古代沒有民意代表選舉，文學在二十世紀為政治服務顯然多了選舉這個項目」。[31]

那些在選戰中出現的文宣作品，均是炮製者自覺地為選戰政治緊鑼密鼓配合的產物。不同政治色彩的候選人，無不通過文宣包裝自我，推銷自我。比起用錢買選票來，文宣所起的作用可謂是「潤物細無聲」。鑒於這種特殊功能，無論是立委還是總統候選人，均十分注意運用文宣手段去籠絡人心，去拉攏選票。其中有些作家還參加了副總統、立法委員和地方政權負責人的競選，如小說家呂秀蓮、王拓、楊青矗。他們在參選期間，充分運用文學的手段去炮製文宣作品。未參加競選的作家則「下海」助選，成了道地的幫忙或曰幫閒文人。這些「黨性」太強的作家或參加競選公關公司，或親自撰寫有關候選人的宣傳文稿，從老一輩作家李喬到中生代作家林雙不、李敏勇、向陽、陳芳明，都曾為民進黨上臺大喊大叫過。不過，他們寫的文宣作品充斥著政黨訴求和意識形態訴求，屬政治主張的圖解，即使文字流暢，有的還押上了韻腳，也沒有多大的藝術價值。如立委候選人林鈺祥的競選廣告，其內文是《請莫棄嫌咱臺灣》：32

你若真心敬祖先

請莫棄嫌咱臺灣

雖然所在這麼窄

總是咱的國家和土地

靠咱祖先拚生又拚死

才有目前好日子

你若真心愛故鄉
請莫棄嫌咱臺灣
雖然資源這麼缺
總是咱的國家和土地
靠咱大家認真來打拼
才有今日好光景
……

這種「臺語詩」被一位臺灣評論家譽為「具有創意，結構完整，內容感人」。[33]這種評價顯然過高，且不說其中把臺灣視為「國家」的謬誤，單看語言，是典型的大白話，那有什麼詩意可言？還有些文宣作品，是屬於「大聲講出愛臺灣」一類 有句無篇的煽情文字。把這種競選廣告詞和標題當作純文學作品加以賞析，這其實也是另一種文宣和政治說教。

大河小說

在人們的印象中，臺灣文學以「輕、短、薄、淺、小」著稱，如果讀過臺灣的「大河小說」，就會改變這種不公正的評價。

按楊照的說法，「大河小說」這個名詞直接的來源應該是法文的Roman-fleuve。Roman意指小說， Fleuve則是向大海奔

流的河。而法文Roman-fleuve最早的意思只是用來形容滔滔不絕的故事，並沒有特定文類成規的概念，[34]到了十九世紀之後，Roman-fleuve才被拿來對應指稱英文中的 Saga Novel 或德文裡的 Sagaroman 。所以溯源來看，「大河小說」在性質上是比較接近 Saga 的。

Saga Novel 與其他小說最大的不同點，第一是其中深厚的歷史意味，故事發生的背景往往設定在某個變動劇烈的歷史大時代；第二是其敘述是以一位主角或一個家族為中心主軸，利用一人或一家貫穿連續的經歷來鋪陳、突顯過去的社會風貌；因此第三Saga Novel中會以較多的篇幅處理社會背景以及當時日常生活中的種種細節。綜合以上諸條件，要都能盡職達成的話，Saga Novel當然不可能是短篇小說，Saga Novel的第四個特色就是其敘事綿綿不斷，好像可以和時間一般永續不斷，一路講下去成就了的不止是長篇小說，更是特大號的超級長篇。[35]

鑒於「大河小說」的界定幾乎沒出現在有官方背景的文學論述中，而只出現在本土文學的論述裡，因而楊照認為「大河小說」的概念還有這樣的潛臺詞：「那就是『大河小說』要刻畫、建構的歷史敘述，是相對於中國史，外於中國史的臺灣歷史」。[36]

同是本土作家的陳芳明並不完全贊同這種說法。他認為「大陸作家」（應為「大陸赴臺作家」）司馬中原寫的《狂風沙》、馮馮的《微曦》，就屬「大河小說」；並非寫臺灣歷史的

施叔青的《香港三部曲》,「又爲這類文體提出有力的證詞」。
[37]還有的論者認爲,「大河小說」一定是指長篇小說,且不是
一般的長篇,而是「三部曲」式的長篇。[38]

　　如果把「大河小說」的出現限定在臺灣光復後,那吳濁流
的三部長篇作品,即《亞細亞的孤兒》、《無花果》、《臺灣連
翹》,由於有爲臺灣現代史作形象證明的意圖,因而具有「大河
小說」的雛型。這三部作品文體不一致,如後兩篇便「接近自
傳性的回憶錄」,「不過,《亞細亞的孤兒》的問世,開啓了日
後臺灣本地作家無窮想像,從而也觸發鐘肇政、李喬、東方
白、雪眸等人,不斷寫出格局龐大的三部曲式的大河小說」。[39]

　　如果說,典型的「大河小說」必須具備濃厚的歷史意識,
在寫家族史的興亡時必須橫跨不同的歷史時期,而這些歷史階
段必須與國家民族的盛衰密切相聯的話,那公認的「大河小說」
是鍾肇政的《臺灣人三部曲》、李喬的《寒夜三部曲》和東方白
的《浪淘沙》。

　　《臺灣人三部曲》包括《沉淪》、《滄溟行》、《插天山之
歌》。這部「大河小說」反映了臺灣人民反抗殖民統治歷經半個
世紀所走過的武裝反抗、民主運動、臺灣光復三個階段。這個
三部曲表現了臺灣人民英勇抗擊日本法西斯的戰鬥精神,是一
部形象的臺灣近現代史。作品人物衆多、結構宏大、場景豐
富、氣勢雄偉,全面地反映了臺灣人民的命運與歷史悲情,堪
稱史詩般的文學傑作,難怪被香港《亞洲週刊》選入「二十世

紀中文小說一百強」。李喬的《寒夜三部曲》，以彭、劉兩家三
代人的生活境況，表現了臺灣在日本占領前夕到光復後半個多
世紀近代歷史畫面。作者寫《寒夜》、《荒村》、《孤燈》三部
小說時，作了充分的準備和積累，擁有豐厚的歷史知識，對人
間有強烈的大愛大恨，所以他才能以自己數十年的體驗浸淫在
臺灣歷史的悲情中，將豐富的材料蒐集和田野考察化爲深厚的
歷史感，才能通過母親的意象表現出臺灣人民戰天鬥地的民族
氣節。

如果說，《臺灣人三部曲》、《寒夜三部曲》屬歷史素材的
小說，那東方白的《浪淘沙》則是典型的「歷史小說」。[40]按照
李喬的說法，「歷史素材的小說」「是借他人濁酒，澆我胸中塊
壘，是明修棧道，暗渡陳倉，偏重在變化以存實，闡釋作者的
歷史觀、生命觀」。[41]

1990年代眞正稱得上寫臺灣歷史的「大河小說」爲東方白
長達一百五十萬言的《浪淘沙》。此書通過三個家族的三代悲歡
離合，反映出臺灣自甲午戰爭到1990年代前的種種歷史際遇，
諸如臺灣文化協會事件、太平洋戰爭、二二八事件等等。作者
爲寫這部小說，差點把身體搞垮，其精神十分令人敬佩。但作
者的功力畢竟比不上鍾肇政、李喬，因而作品儘管較嚴格遵守
歷史眞實，不像《寒夜三部曲》那樣過多地借題發揮，但寫得
過於沉悶，不少篇章未能逃脫「1940、1950年代『家族血淚戰
爭愛情大河史詩』小說的窠臼」。[42]

「大河小說」的概念不應侷限在本地作家寫本土歷史。只要通過家族的興亡表現出國家民族的命運，具有濃厚的歷史意識，那外省作家表現大陸歷史滄桑的作品也應算在內。從這個角度看，1990年代「大河小說」最重要的收穫是墨人長達一百二十萬言的《紅塵》。

不同於臺灣某些「大河小說」對中國民族的歷史特點注意不夠，以至出現了離開中國文化母體的迷走現象，墨人的小說創作始終著眼於中國歷史特點和現實狀況，著意反映中華民族的苦難和揭示阻礙中國進步、危及中華民族那些存在的病毒。具體說來，《紅塵》通過龍府五代人的遭遇，反映了自清朝末代至今海峽兩岸的中國社會現實。龍氏家族的興衰，這象徵著中國這條東方巨龍在近現代史上所發生翻天覆地的變革。還在1960年代，墨人就「下定決心，要以長篇創作來表現中華民族這一百年來空前浩劫的前因後果」。[43] 從這一創作動機出發，他在小說中栩栩如生地反映了八國聯軍洗劫北京，光緒皇帝和慈禧太后離京和談後，達成庚子賠款這一時期中國社會各方面的生活面貌。全書寫得最精彩的是有關表現抗日戰爭的段落。龍府一家在北平、南京相繼淪陷後，過著顛沛流離的生活。著者通過他們一家的遭遇，展現了中國人民的生活情景和精神面貌，表現了龍家子女在黑暗王國的痛苦呻吟、掙扎吶喊、反抗鬥爭。在此之前寫的辛亥革命、軍閥割據、袁世凱稱帝、偽滿州國出籠，也無一不是典型的中國事，無一不是二十世紀中國

社會生活的真實寫照，無一不打上中國社會生活的鮮明烙印。

《紅塵》所寫的人物多達一百多人，除龍氏家族五十多人外，還有和尚尼姑、僕人丫環。這些人物是道道地地的中國人裝扮、容顏和氣質。有人將《紅塵》和托爾斯泰的《戰爭與和平》以及馬格麗特‧密西爾的《飄》相比，但《紅塵》寫的人物不僅與這兩位作家寫的衣著不同、形象不同，而且性格和心理素質也極不相同。托爾斯泰、馬格麗特‧密西爾寫出了他們國家、民族的生活和性格、心理狀態，具有顯著的民族風格。而墨人也寫出了我們國家各階層人民所走過的生活道路，大都具有堅實的民族生活內容，並形成了自己鮮明的中國作風和中國氣派。

《紅塵》所反映出來的中國民族文化心理，其表現是多方面的。風景畫和風俗畫，是它的一個重要表現形態，從北京的萬壽山、昆明湖，到廬山牯嶺黃龍寺，從九江的甘棠湖到長江三峽，從南京紫金山到重慶沙坪……，無不充滿詩情畫意和幾千年的中國文化氣息。再如翰林院的陳設、金穀園的裝飾、紫竹庵的布置、能仁寺的香火、仙人洞的美景，無不體現了中華民族的特點。

各民族由於文化傳統的不同，便造成審美意識的差異，這就是為什麼墨人筆下的廬之湖的幽美不同於甘棠湖的敞朗，《紅塵》所引李白寫廬山的詩不同於英國湖畔詩派的山水詩的緣故。尤其是《紅塵》所表現的最具有文化整合功能的六經之首

的《易經》和闡釋《易經》的宇宙本體論、相對相生論最透澈的《道德經》，還有與易經緊密相聯的命學，都是外國作家寫的作品所沒有的。他們的作品決不會有少林太極、八卦拳，更不會有老尼月印的偈語禪音。

民族文化心理最突出的表現還在於人物性格的刻畫上。《紅塵》的民族風格另一重要體現便是寫出了能夠反映民族思想、民族心理的人物。墨人筆下的臺兒莊、衡陽血戰、重慶大轟炸與反攻緬甸的經過，反映了以龍天放為代表的中國人民勤勞勇敢、不向惡勢力低頭的精神。《紅塵》的高超之處，體現在即使在相似或相同的規定情景下，各種人物行為方式及其遭遇、性格特徵也是不一樣的。如男主角龍天行的表妹楊文珍、異國紅粉知己川端美子、丫環香君的戀愛經歷及其結局不雷同，三個女子的個性亦異。當然，民族文化心理的表現決不止某一方面，某一人物性格通常只能體現某一方面，如力挽狂瀾的古美雲，體現了風塵女柔中有剛的一面；參加北伐、抗日，為國捐軀的龍天放，反映了中華兒女不怕犧牲的一面；投機賣祖的楊通，則反映了一部分人的奴才性格。

《紅塵》的民族風格還體現在採用了為中國讀者所喜聞樂見的形式，強調民族風格，並不反對向外國作家學習。墨人不是封閉型的作家，以前他寫中日歷史文化關係時，曾兩次到日本，接觸過許多日本人，因此才有加藤中人和川端美子、川端龍子等人物的產生。所不同的是，他學習外國不囫圇吞棗而經

過消化，以不影響本國人民的閱讀和欣賞習慣為原則。還應該看到，墨人寫的是新體小說，和傳統的中國小說是不同的。但他在新體小說中也的確繼承了《紅樓夢》一類小說的表現手法，這從下面幾點可以看出：第一，通過日常的家庭生活表現中國傳統文化的精華。《紅塵》前半部正是這樣做，讀者從中不難看到《紅樓夢》的投影。尤其是開頭寫唐文英七秩大壽，龍府張燈結綵，喜氣洋洋，賓客如雲的場面，為的是表現龍家的祥和高貴之氣及各種複雜的社會關係。第五十二章後，作者的筆墨從小家庭轉向大社會，每章都有較完整的故事情節，且能引人入勝。第二，《紅塵》以敘述為主，而不像某些外國小說，常常用大量的篇幅對環境、場景以及人物的心理活動進行詳盡的描寫和鋪陳。《紅塵》從頭至尾，都將敘述作為主要表現手段，像作品中寫國人全面抗戰，均用簡樸的筆墨，將戰鬥的場面、情景的描寫穿插和融化在敘述中。這和那種以場景描寫為主，將敘述故事情節融化在場景描寫的《飄》一類作品的表現方法大相徑庭。第三，詩詞的運用也是構成《紅塵》民族風格的一個重要因素，其中有引用李白、沈彬、蘇軾等人的，也有作者自己再創造的。可是現在有人認為小說中不應有詩詞，因它會妨礙小說現代化。這種評論家不懂得，像《紅塵》這樣反映中華民族苦難的小說，缺了詩詞就會使時代背景與人物關係的描寫失卻生動性。當然，運用詩詞不應掉書袋，應恰如其分，而《紅塵》正是這樣做。

　　無論從哪一個角度看，施叔青與墨人均是兩個完全不同類型的作家。墨人後半生在臺灣度過，但大陸時期的生活經驗，成了他取之不盡的創作源泉，而施叔青不是出生在大陸，她從鹿港出走後赴美國學習西方戲劇，又在香港度過十一年時光。她這段出入華洋雜處的上流社會的生活經驗，使她於1997年完成了「香港三部曲」：《她名叫蝴蝶》、《遍山洋紫荊》、《寂寞雲園》。全書從1894年寫起至1984年止，其中歷經鼠疫浩劫、二次罷工、官地拍賣等重要事件。全書主要寫從東莞鄉下被販賣到香港出賣肉體為生的女人的故事，從一個側面濃縮了香港百年的滄桑巨變。這是一部「家族史」小說，同時也是一部「社會史」小說。比起上述的「大河小說」來，《香港三部曲》雖不足五十萬字，但它反映了西方殖民者從發跡到沒落的歷史。作者的臺灣經驗與香港經驗同時運用，並交融在一起，使這部書成了臺灣「大河小說」的另一種典範。

　　「大河小說」在臺灣小說中雖然地位沒有短篇小說顯赫，《聯合報》、《中國時報》的小說獎常常突出短篇而把中長篇作為陪襯，但這種文體的發達興旺是加強臺灣文學創作份量和價值的一個重要方面。「大河小說」今後要得到蓬勃發展，必須改變重視寫臺灣史而忽視寫兩岸三地歷史即整個中華民族歷史的偏見。墨人的《紅塵》問世以後一直得不到重視，便是這種偏見的最好說明。走過二十世紀，如何處理好臺灣與中國的關係，在書寫臺灣史時不割斷與中華文化的聯繫，將是「大河小

說」能否得到健康發展的標誌。

網路文學

　　二十世紀中葉以降，臺灣高科技的發展帶動了網際網路熱。這種透過數位形成虛擬空間的新媒體，隨著資訊高速公路的不斷修建，逐漸成為一種強調即時反應、活潑對話、圖文溝通的新興網路文學。

　　又稱電子文學的網路文學，廣義上是指凡以網路為媒介的文學網，它將傳統「平面印刷」作品數位化，而後發表於網站或張貼在BBS文學創作版上，雖然不一定用圖像和音樂作輔助手段，但它具備了電子文學的開放性及自我組織互為連結的特質。狹義的網路文學是指「含有『非平面印刷』成分並以數位方式發表的新型文學，學術上慣稱超文本文學（hypertext litera-ture）。非平面印刷成分的明顯例子包括動態影像或文字、超連結設計（hyperlink）、互動式（interactivity）讀寫功能等。由於這些新元素的加入，擴張了文學創作的表現形式，同時也催生了新的美學向度。基本上，第一類網路文學只是把網際網路當作純粹的發表媒介，而第二類則進一步將網路當作創作媒介，把諸多網路功能轉化為創作工具」。[44]

　　正因為網路文學帶有開放性，由此成為世紀末最受青睞的新媒體，故迷人的數位技術與文學內容結合後，便有可能導致

文學文本書寫的革命。具體說來，「超文本文學」運用新科技手段，「配合以HTML、ASP、GIF、JAVA 或FLASH等程式文本為基礎所創作出的超文本，因此，圖像的運用、音樂的輔助乃至網頁的互動變化，多被摻入其中，形成與單一文本互異的多媒體文本的新文類」。[45]如澀柿子於1990年代末在「澀柿子的世界」中所推出的《想像書》，就充分發揮影像、圖案與螢屏表現手段的豐富性與寬廣性，創造出一種不同於平面媒體的新閱讀形態。而別具匠心的蘇紹連與澀柿子不同，「他心目中的超文學作品不僅僅是文字、圖像與聲音的結合，重要的是能否在作品中讓讀者操作，由讀者主控作品的閱讀方式及方向，甚至於讀者參與作品的營造。在此一信念下，蘇紹連的作品有類似音樂錄影帶式的動態作品，更有許多互動的創意，加上他原本深厚的文字功力，都讓這一系列作品頗受好評。」[46]

　　以個人興辦為主的網路文學，當然無法與大媒介的動員力量和號召力量相比，但它仍有平面媒體無法代替的長處。首先，它可增加文學閱讀人口。據調查，僅用「奇摩」的搜尋，與「文學」有關的網站就有五百多個，這充分說明原本在象牙塔內的文學，在網路上已開始進入尋常百姓家。由須文蔚、侯吉諒、杜十三建立的《詩路：臺灣現代詩網路聯盟》所發出的《每日一詩電子報》，訂戶也超過三萬，而目前臺灣的每種詩刊訂戶都不過是幾十幾百而已。其次，網路文學還可超越平面媒體推出新人。過去，新世代作家的出現差不多都靠《聯合報》、

《中國時報》副刊及其附屬的文學獎推出，可是現在踏入文學之門，只要手中有作品，就可輕而易舉通過轉貼、連結發表。這時決定發表權的不再是兩大報的「掌門人」，而是成千上萬在網路上穿梭遊走的「虛擬族群」，一篇有新意的作品，在短時間內便可傳播海內外。三是為通俗文學的流行開路。在網路上，意識流小說或用前衛技巧寫成的作品，市場很小，而故事情節跌宕起伏的作品，卻能吸引讀者的眼球，有些作家還利用網路即時反應的特性，隨時修改作品，便迎合了市場的需要。這種發表方式與報刊連載相差無幾，但無論速度或數量，均比報刊強。四是在降低現有平面出版媒體壟斷力的基礎上，反攻文學市場。被平面出版媒體卡住和在傳統出版市場中找不到或一時不想找出路的作家，紛紛到網上出版發行自己的新作，其中最著名的是痞子蔡的《第一次的親密接觸》，裡面所寫的「痞子蔡」和「輕舞飛揚」之間的網路戀情，眾多網友讀得感動流淚。在1998年3月到5月連載期間，其作品幾乎發到每個電子信箱中，此作品不久便被出版社看中，由此獲得平面出版，僅半年就發行三萬冊，後又被大陸買了版權，幾個月便銷出六萬冊以上，由此網路作家從網路出版再出平面書便成了氣候，部分作家亦得益於網路不受拘束與即時互動的長處而成為暢銷書作家。這種從網路逆向操作，逼得平面媒體不敢小視其存在的出書方式，衝擊了出版業固有模式，使其工作流程全面翻新，即暢銷書的起點不再是送印刷廠裝訂成冊，而是先到線上出版取得市

場訊息。五是通過網路書店開闢新的圖書市場。由於這種書店
不用老闆負擔郵資、信件、廣告成本，也不用花錢找場地，人
事和管理亦可大為精簡，還可讓作者直接購書，減少銷售的環
節，故不少出版商紛紛投入這一新興行業中，使網上讀者購書
又多出一個管道。

　　如今的臺灣作家，不再把網路僅僅當作另一種文學傳播手
段，滿足於像張貼布告那樣張貼文本，而是充分利用特有的電
腦媒介手段創作數位化作品。從1998年夏天先後成立的「歧路
花園」、「全方位藝術家聯盟」、「臺灣網路詩實驗室」，不難看
到這種新興文體多項的互動性特徵。到這一實驗園地耕耘的作
家有蘇紹連、須文蔚、向陽等人。年過花甲的李敖則從1997年8
月起，由他人義務為他開出網站，開網路的另有張曼娟的《心
靈航海圖》，蘇紹連的《現代詩島嶼》，陳黎的《文學倉庫》，編
副刊出身的向陽則設有《臺灣報導文學網》等七個網站。從現
階段看，網路寫手以青年作家居多。此外，還有專業化的文學
網站，如《臺灣文學研究工作室》，僅1998年就蒐集了近百名學
者的作品或連線資訊，另有學位論文、檢索系統。上面提及的
《詩路》從1997年正式開辦以來，除將主要詩刊上網擴大其傳播
功能外，另以多媒體製作的方式，將現代詩的優秀作品與史料
儲存起來。此外，還創作新型的網路詩，如「動畫詩」便以文
字、影像檔、動畫等不同拼貼形式出現，使原屬平面的詩更具
有個人化的展現方式。1998年上網的《中時人間》副刊，除提

供平面媒體副刊內容外，還設立作家專區，評介著名作家作品，一方面既滋潤了原本不肥沃的網路文學土壤，另一方面又發掘出網路文學的潛在讀者群。在《中時電子報》的帶動下，傳統的大型媒介爭先恐後上網，所不同的是，《聯合報》副刊與官方合作，跟行政院文化建設委員會一起策劃「文學咖啡屋：多結局網路小說大競寫」，其閱讀率達到七萬八千人次，可惜於1998年底無疾而終。

　　網路文學的興起，帶動了文學批評的變革，使得評論家們也把網路文學列入他們的研究範圍。在這方面，向陽、須文蔚走在前面，如向陽的《流動的繆思：臺灣網路文學生態初探》、[47]須文蔚為《臺灣文學年鑑》寫的年度上網觀察，[48]均是研究臺灣網路文學必讀的參考文獻。此外，李順興在《歧路花園》中所撰寫的多篇網路文學論文，曹志漣談網路藝術的《虛擬曼陀羅》，也很有理論深度。這些作者由於「多半過去長期關心多媒體運用與發展，或是對多媒體運用在文學、藝術與傳播有所涉獵，這一系列評論方式，與一般的文學評論不盡相同，除了對文本加以介紹、解讀、詮釋、分析與批評外，最大特色就在於掌握網路媒體的多媒體特質，就其功能、特長與社會文化影響面討論，形成相當特殊的評論文體」。[49]

　　目前，臺灣的網路詩遙遙領先──不僅有詩頁，而且還出版了《網路新詩紀》選集，而網路小說、網路散文嚴重滯後，這一方面說明現代詩人對新興文體的敏感和對新傳播手段前衛

性的熱衷，另方面也因爲在現實生活中，作爲小衆藝術的詩找不到讀者，因而只好轉戰網路另闢蹊徑。本來，小說、散文的可讀性比晦澀的現代詩強，所以它才沒有匆忙去趕這個浪頭，但也不是完全缺席，除上面說的痞子蔡以愛情告白的方式與獨特的敘事手法影響傳統的文學市場外，另有王恒奇的《電子情師》及迷情小愛的《潮騷的秘密信箱》等網戀小說，《聯合新聞網》還有《同志文學》、《情色文學》、《幻想小說》。網路散文的題材、技巧則和以往的心情故事接近。據須文蔚介紹：從1998年開始，許多網頁開始精選BBS上發表的散文，甚至成立新的文學社群，像《天涯文坊》就是由一群原本互不相識，從BBS上聚集結合而成立的網頁。他們不但在網路上很受歡迎，而且在不到一年的時間內就開始向出版界進軍。[50]

　　當前臺灣網路文學存在的最大問題是商業化侵蝕了純文學的嚴肅性。不少媒體與出版社，均把網路當作新的行銷手段去推廣，這樣，眞正的文學內容成了廣告的陪襯。此外，五花八門的娛樂資訊和打著休閒旗號的所謂文學衝擊了純文學市場，使讀者的興趣被引導到非文學領域。至於網路文學工作者，也有值得反省的地方，且不說他們對圖片搭配、多媒體效果、程式反應的時間與便利讀者方面鑽研不夠，單說在學生讀者中有巨大影響的網戀小說，情節過於簡單，自創的名句難以引起讀者的共鳴，在表現形式上也與平面媒體沒有什麼區別，這便是網路文學無法牢牢拴住讀者心靈的一個原因。今後要強化網路

文學的發展，官方機構或大型媒體對作家應給予必要的協助與補助，讓他們無論是軟體還是硬體的需要都能得到一定程度的滿足。如果能對校園寫手、網路文學社群以及超文本推手實行必要的獎勵，這對形成「網路文人圈」無疑大有裨益。此外，網路文學還必須有守門人「事先的控管」和篩選，以免讓那些學生習作乃至垃圾文學充斥電子信箱。只有做到這些，處於數位藝術開創期的網路文學，才能展現出它的全部美學能量，把一切不可能儘量化爲可能，讓剛剛登場的後現代拼貼遊戲玩得更精彩，讓文學野火在網路中燃燒得更明亮，以和不會取代也取代不了的印刷作品進行友好的競爭。

同志小說

過去，人們羞談自己的「性」趣，1990年代後，人們不僅願意談，而且還敢於亮出自己與他人不同的近乎「人妖」的「性」趣。這種不男不女的「性」趣，如今有個時髦的稱呼叫「同性戀」。

無論是「人妖」還是「同性戀」，名異而實同，均帶貶義。爲了使這種叫人無法接受的與同性人談情做愛的行爲正面化，1985年香港一位「人妖」創造了有如暗語的「同志」一詞，具有減壓和躲避思想檢查的功效，頗有將性取向認同視做政治認同之義。

　　臺灣、香港是資本主義社會，那裡政治商業化、明星化，物質主義、享樂主義盛行，加上惡質的傳播媒體成為文化怪獸，因而兩地的文化運動常常同氣相求，互為支援。1993年，電影評論工作者林奕華由香港引入「同志」一詞，取代「同性戀」這種令人可憐、可恥、可恨、可惡、可怕甚至可殺的說法。眾所周知，「同志」本是國民黨、民進黨黨內的稱呼，移到個人隱私中便含有政治認同之意：既有志同道合同舟共濟的意思，也有指望著大「同」社會的「志」向，由此去掉了傳統論述中「性濫交」、「性沉迷」、「娘娘腔」的反面涵義，[51]並掩蓋了由情慾帶來的淫邪色彩，這比西方1969年開展的同性戀運動所用的「快樂」（gay）一詞，更富「中國」特色。

　　同性戀題材在臺灣小說中出現的時間很早，林懷民1974年出版的《蟬》，寫了男同性戀的失蹤和性的關係，不過，只有等到白先勇《孽子》在1983年發表，男同性戀在臺灣小說中才取得正式發言機會。「孽子」一詞，本指姨太太生的兒子，也可以指不肖子甚至妖怪，它說明解除戒嚴令前臺灣父權社會對「性違常」、「性變態」仍存在著種種禁忌，以及家庭倫理的傳統道德觀對同志身分的歧視。白先勇以父子——兄弟軸的情慾滑動與轉換，道出同性戀王國的深不可測，開啟了原生家庭之外怪胎家庭的情慾生存空間，直接撞擊了主流社會的暗櫃。林懷民的《變形虹》（1978），也觸及了這方面的題材，朦朧地表現了同性戀慾望。李昂的《回顧》（1974）、《莫春》（1975）以

及朱天心用成長小說方式書寫的《浪淘沙》（1976），表現了濃烈的女女情懷，在一定程度上挑戰了異性戀的性別霸權，這均為臺灣同志小說的發展鋪平了道路。

1987年隨著戒嚴令的廢除，企業家的權威取代了政治家的霸權，這便帶來了文化思想空前多元化的局面，過去被窺視、被議論、被驅逐的性別與情慾意識也開始瓦解、鬆綁。正是在這種背景下，女性主義運動帶動了「我們之間」這種女同志團體的興起和臺灣同志運動的蓬勃開展。這時臺灣出版的《熱愛雜誌》，還遠銷香港。1995年9月，皇冠出版社同時出版三本「新感官小說」。1995年在巴黎自殺的邱妙津，過了兩年後登上同志票選夢中情人活動女性偶像榜首，其《鱷魚手記》與遺作《蒙馬特遺書》成為文學暢銷書。劉亮雅指出：「她描繪女同志戀愛慾流動，塑造令人難以忘懷的T（butch，即扮演「男」角的女同性戀）以及T與婆（femme，即扮演「女」角的女同性戀）的關係，她的小說以女同性戀為主題與主體，締造了1990年代臺灣女同志書寫的里程碑」。[52] 在1990年代，涉足同性戀題材的新世代作家有楊麗玲、朱天心、顧肇森、葉姿麟、梁寒衣、江中星、紀大偉、洪凌、陳雪、曹麗娟、凌煙、張亦絢等人。其中朱天文的《荒人手記》和邱妙津的《鱷魚手記》，於1994、1995年獲時報文學獎，從制度上為「同志藝術」在臺灣文壇取得合法地位作了衝刺，被譽為「1990年代臺灣文壇最精彩的嘉年華」。[53]

　　同志、酷兒書寫的新風潮興起，還與媒體的鼓動分不開。從1980年代末期開始，臺灣報刊開始大量介紹同性戀。1992年，由紀大偉等人編輯的《島嶼邊緣》雜誌，在第十期製作queer文學專輯時，將帶貶義的queer譯成「酷兒」，在因愛滋病蔓延引爆對同性戀的集體打擊的1990年代，酷兒運動在抗議聲中出臺。「酷兒」含同性戀，「也不限定於女男同性戀，還包括了女男雙性戀、變裝慾、變性慾、陰陽人等等。它強調情慾的流動、性別的穿梭，而非身分認同」。[54]有了「酷兒」理論做掩護，可逃掉性取向身分的敏感性，在反對文化霸權、衝破傳統禁區方面，無疑有顛覆意義。社會學家李銀河將其概括為：一、對分別屬於社會常態、非常態的異性戀與同性戀的兩分結構提出挑戰；二、對占據統治地位的西方傳統思維方式，對男性和女性兩分結構等一切嚴格的分類提出挑戰；三、對傳統同性戀文化提出挑戰；四、這一理論把性別身分、性傾向身分搞模糊的「模糊化傾向」，帶來同性戀人群走出其亞文化困境的發展態勢。[55]

　　不可否認，同志書寫在廣大讀者面前有時難免掀起「腥風血雨」，或呈現為風騷香豔的「春宮畫」，屬「兒童不宜」的不良讀物，但也不完全是暴露癖的器官秀，有的表現了愛慾書寫與身體政治間錯綜複雜的關係，其中有同性戀者自組教會，視為信仰依歸，被稱為「政治同性戀」，又稱為「意念性同性戀」。一般人認為，同性戀者的行為完全是出於情慾需要，其

實，不完全如此，她們與女性主義政治的距離，比之生理上的肉體吸引要切近得多，即同性戀或同性愛，所透露的不止是「意念性」的異性「性傾向」，另還有女性主義政治的「意念性」的出發點。需要說明的是，這裡講的「政治」是廣義的，是指顛覆現行道德法律，反叛社會規範和主流秩序，尤其是通過日常生活表達對宗法父權下的「父慈子孝、兄友弟恭」的倫常律令的反抗，以引發觀念變革或社會革命。在這些女同性戀者看來，是家庭、學校以及整個社會對性所採取的完全封閉態度，造就了一種男人天生有侵占女人權力的文化環境，這種環境使她們飽受男人欺壓的痛苦。為此，她們反抗異性愛的生活方式，尋求另一種精神同性愛或精神加肉體的同性戀，以讓傳統的文化觀念更具有包容性和開放性。

解嚴前的同志小說在性別呈現方面還不夠明朗，作品中充溢著的是悲情。為了取得社會的理解，作者用防衛自辯的手法以求取得人們的同情和接納。開放黨禁報禁後，隨著社會的開放，從國體到個體──身分情慾與性別認同的糾葛，尤其是國際同志文藝影視的大量引進，以及臺灣同志運動的公開化，因而作品不再停留在彼此相同的性向與邊緣人的處境中尋求認同，和被主流邊緣化的描寫上，而是在衝破傳統家庭結構的同時，進行政治的組合，尋找包括政治理念與性別傾向的身分認同，如陳雪《惡女書》寫「惡」，就是在挑釁法統，紀大偉的酷兒科幻小說《膜》，也被稱為性政治文本。在同性愛慾表現方

面，近年來的小說強化酷異性別的主體性，「一方面深入女同志、男同志情慾文化的樣貌，探討多樣的同性情慾流動方式，批判異性戀主義與恐同的壓迫和造成的扭曲，另一方面玩謔地顛覆異性戀的自以爲是，探索雙性戀與SM，兼及變裝慾、變性慾（者）、陰陽人的酷異性別。有的在現實中想像怪胎家庭，有的想像外國變性人，有的重新想像清朝的相公文化，更有的甚至探索網路的虛擬性別及未來世界和同志家庭及同志自體繁殖的可能。在賓士的想像中，它照見了主流異性戀性愛腳本及性別分類的不足。」[56]在表現變性慾與變裝慾者方面，吳繼文的《天河撩亂》、黃惑的《樓蘭女與六青》，均作了不同的努力。紀大偉、洪凌、陳英妹、楊照等人的作品，對酷異性別的探索，更是達到了極致。

　　縱觀臺灣同志小說的流變與走向，可看出它與香港和西方小說在批判異性戀家庭制度方面所表現的異質同構性質。臺灣同志作家其長處是能注意本土特徵，而不像香港的某些寫男同志錯身的小說常常出現異國情調。無論是同志、酷兒乃至怪胎書寫，它們均跨越性別、年齡、文化、階級、種族，情慾的想像空間愈來愈寬廣。同志小說所出現的女同性戀吸血鬼鬼影的反寫實風格，以及和科幻小說、恐怖小說等文類結盟，均表明這些作品屬後現代文學範疇。它們以顛覆常規的抗爭姿態出現，可視爲國際同志文藝與本土文藝資源合力的結晶。這類小說愉悅地面對身體與情慾，不再認爲情慾是人性的墮落，其狂

野色彩和營造的敗德的詭異氛圍，挑戰了家庭觀念及感官所能容忍的限制，由此形成臺灣文壇另立與主流文化相頡頏的次文化的一幅重要風景。

臺語文學

隨著1990年代本土論述惡性膨脹，「臺灣意識」成了知識分子熱烈討論的話題及「臺灣文學國家化」口號的提出，臺語文學的創作也成了一股不可忽視的潮流。

宣導臺語寫作，遠在上世紀1930年代就有人呼籲過，如黃石輝在提倡鄉土文學時，就主張「用臺灣話做文，用臺灣話做詩，用臺灣話做小說，用臺灣話做歌謠，描寫臺灣的事物」。[57]這種觀點遭到臺灣與中國一體論者廖毓文、林克夫等人的反對，[58]他們認為，以臺灣話創作鄉土文學缺乏普遍性，語言形式與題材內涵的本土化勢必阻礙臺灣與中國文化的交流。這裡要說明的是：1899至1945年日本占領臺灣期間，由於廢止漢文，故無論是國語還是臺灣話，均得不到發展，差不多都被日文所取代。臺灣光復後，國民政府推行國語，清除日文，同時打壓臺灣方言 —— 打壓是為了防止臺獨思潮的滋長，用心良苦，但做得過分就難免增添白色恐怖氣氛而走向反面。林宗源的臺語詩〈講一句罰一元〉，[59]便反映了這種情況：

講一句罰一元

臺灣話真俗
阮老父每日予我幾張新臺幣

講一句掛一次狗牌
臺灣話未咬人
阮老師教阮咬即個傳彼個
……

罰一元、罰在胸前掛狗牌，對學生則罰一次擦黑板或以打手心代之，這種講閩南話不能獲得與講廣東話、上海話同等待遇的做法，暴露了國民黨當局的語言歧視政策給臺灣人民帶來的心靈創傷。

壓制引發抗爭。一直處於失語狀態的臺語，到了1987年官方正式解除對學生講方言的禁令，同時放寬媒體使用臺語的限制後，歷經1989至1991年臺語文學的論戰，臺語文學不再處於邊緣發聲，文學界由不承認到對其採取接納以至歡迎的態度，使臺語文學得到蓬勃的發展，臺語作品集及臺語刊物開始逐年增加。

目前臺灣使用的語言除北京話外，另有鶴佬話（河洛話、閩南話）、客家話、原住民語言。臺灣話通常以鶴佬話為代表，因而臺語文學一般是指用鶴佬話寫作的文學。過去的臺語文學以民間文學為主，包括民謠、童謠、故事、笑話等，後有文人創作加入。臺語詩的作者當時有林宗源、向陽、林央敏、黃勁

蓮、莊柏林、黃樹根、牧陽子等。臺語散文作者有鄭良偉、許極墩等。臺語小說成績較差,主要有宋澤萊等。理論工作者有洪惟仁、鄭良偉、黃宣范、丁鳳珍等。臺語社團有1991年成立的蕃薯詩社。發表作品的媒體主要有《臺灣文藝》、《文學界》、《臺灣新文學》、《自立晚報》副刊等。臺語文學雜誌有《島鄉》、《菅芒花》,綜合性的有《臺文通訊》、《臺文罔報》、《披種》、《時行》、《蓮蕉花》。遠流出版公司還出版了《臺灣話大辭典》。

由於臺語文學面臨著語言的困境,全身投入的作家並不多,故這些刊物登載的作品藝術粗劣者居多,以至被人譏之為「有『臺語』而無『文學』」。[60]但他們並不氣餒,如《島鄉》在1999年首次出版《世紀尾臺語小說展》,發表了陳雷等人的四個短篇,反映了在白色恐怖下臺灣人民失去思想自由的痛楚。胡長松的《茄仔色的金龜》,對人性中善與惡的抗爭作了生動的描寫。王貞文的《一個熱天e公墓》,以外國為故事發展的背景,讚頌人類無私的愛就是神之博愛。宋澤萊主編的《臺灣新文學》季刊,雖不專登臺語文學,但均有品質稍高的臺語作品,如2000年秋季號《臺語文學創作專輯》中陳雷的中篇小說《鄉史補記》、胡民祥的散文《茉裡鄉記事》。[61]純臺語詩集、散文集乃至劇本,也出版過一些,但影響不大。值得注意的是鄭良偉等學院派編的《大學臺語文選作品導讀》,改變了「臺語讀本」只限於小學生的狀況,將臺語文學的普及和欣賞提高到一個新

的層次。

　　臺語本是中國閩南方言的一個分支，屬中國漢語的「次方言」，使用者多為中國閩南、臺灣及東南亞一帶的華僑。為了彼此方便溝通，不少有識之士提出臺語書面化的主張，並在1980年代展開過熱烈的討論。一種意見認為，臺語在遭日本殖民者根除之後，又受到國民政府的歧視，「臺語書面化」正是對他們的反抗。各地使用的臺語無論是發音還是書寫均不統一，書面化正有助於文藝工作者的使用。另一種意見認為，把日本與中國國民政府並列是不妥的，因為日本是殖民者，而國民政府與臺灣人民的矛盾屬內部問題，不應混為一談。現已有了以北京話為基礎的「國語」，如再舉起「臺語」的旗幟分庭抗禮，不利於祖國語言的統一，並有可能助長分離主義意識的滋長。對如何書面化問題，也有不同的意見：有人主張全部採用漢字，或用羅馬拼音字，或漢羅混合應用，或另外創造一種新符號。具體說來，鄭良偉主張漢字、羅馬字並用，洪惟仁主張漢字、拼音字連用，林央敏主張全部用拼音字。無論是哪一種主張，實行起來均困難重重。鑒於臺語大部分有音無字，寫起漢字來就難免捉襟見肘，尤其是在臺語刊物上常看到「歹勢」、「代志」、「雞婆」、「黑白」、「強強滾」、「俗甲有春」……讀著這些信手拈來的錯字如嚼雞肋。至於寫作者造新字或用代字，在「造」和「代」的過程中，靈感之鳥早已被這枯燥無味的工作趕跑。況且，作者造的字或代的字，別人能否認識還是一個

問題。像東方白1990年出版長達一百五十萬字的大河小說《浪淘沙》，所有人物對白全用臺語，且不說全書的敘述語言不統一（如「事情」變成「代志」，從書面上怎麼也弄不懂），單說那些生造的古怪字，即使會講鶴佬話的讀者讀起來也叫苦不迭。榮獲《中國時報》獎的袁哲生的短篇小說《秀才的手錶》，由於大量自創臺語，也影響了讀者閱讀的興致。正如臺灣師範大學教授張素貞所說：「閩南書面語似乎毫無規範，似乎人人隨意書寫出，就像許多卡拉OK裡的閩南語歌曲歌詞隨聲通假，看得人一頭霧水。中國文字形聲之美感、理解之便利，原可以兼顧的，如今弄得四不像，令人擔憂」。[62]為了避免「一頭霧水」的負效應，黃春明等人的小說只是適度地融入閩南語，而不是大量援引和生造，同樣，王禎和所嘗試的也是把富有生活氣息和鄉土味的臺語運用其中。應該承認，這種做法有助於作品的生動性，如蕭麗紅1996年出版的長篇小說《白水湖春夢》所用的這種對話：「如此——天烏、天白、天光、天又陰，日子這般過去，一手团仔也大羅！」就很有生活氣息。但如果由此完全排斥中國古典氣味的文字，則會適得其反。

臺語文學不僅有學術層面的問題，而且還牽涉到族群和國家的認同。一些分離主義者，在「多語言文學」的遮掩下，把原本屬於漢語方言的臺語膨脹為獨立的「民族語言」，有意製造北京話與臺語的對立，企圖利用語言的分裂為推行臺獨服務，這是不得人心的。另一方面，環繞在臺語文學旗幟下的閩南語

創作，其理論除陷入「書面文」不如「口語說」的「聲音中心論」的誤曲外，另還陷入「因臺灣意識激化成『準民族主義』而衍生的『正統心態』或『霸權心態』」。[63]如果說，像林宗源講的「臺灣文學」只能用「母語」寫作，[64]而這個「母語」又專指閩南話而不包括客家話、原住民語言，那與國民黨認為只有普通話文化才是「中國文化」又有何本質的不同？這種一語獨大的做法，縮小了臺灣文學發展的空間，妨礙了本土文學多元化的發展。有些人由反國民黨的語言歧視政策走向反漢語、反中國的極端，那豈不是要把呂赫若、龍英琮用日語寫出的優秀作品也要開除出臺灣文學嗎？此外，以北京話寫作的白先勇小說，杜潘芳格用客家話寫的新詩，那還算不算臺灣文學呢？從以上分析可看出，臺語文學運動的理論基礎極為薄弱，其推廣機構「臺灣語文學會」和某些作家提出的定義、說法站不住腳。現在出版的臺語字辭典、臺語教科書和某些學術論文，均存在著許多盲點。有人甚至主張在日據時代使用的日語應視作臺語，這種崇日心理使人無法接受。在理論建構嚴重不足的情況下，真理大學繼建立「臺灣文學系」後又建立了「臺灣語言學系」，這只能理解為是政治的驅動而非學術的需要。

客家文學

在臺灣提倡客家文學，是為了弘揚本土文化，突顯族群意

識，恢復客家尊嚴，拯救客家語言文化；另一方面，也是和
「臺語文學」分庭抗禮。本來，「臺語文學」應包括客家文學，
但鑒於鶴佬話的影響力遠遠超過客家話，故客家文學只好另張
新幟。

　　1950年代以後，由於政治環境的嚴酷和本土化遙遙無期，
故長期受歧視和排擠的客家話及各族群母語無法得到尊重。在
這種情況下，從沒有哪位客籍作家正式打出客家文學的旗號進
行創作，以免被國民黨扣上分離主義的帽子。到了本土化呼聲
開始高漲的1980年代，時在日本的張良澤率先提出客家文學的
看法。那是1982年7月，他應紐約「臺灣客家聯誼會」之邀，演
講《臺灣客家作家印象》。由於以往客家文學沒有人提倡當然也
談不上研究，故早已忘掉自己是客家人的「福佬客」張良澤對
客家文學的解釋，不那麼令人信服。

　　1970至1980年代蔣經國實行了一系列政治經濟改革，使得
閩南和客家籍的本省人士取得重要的社會地位。正是在政治風
向驟變的1988年，擁有四百多萬人口的客家人開始萌生族群意
識，先後開展了「還我母語」、「新客家人」運動，並於1990年
創辦了為客家族群說話的《客家風雲》，後改名為《客家雜
誌》。1993年創辦了全球首份客家語文刊物《客家臺灣》。次
年，召開首屆「客家文化研討會」，還出版了《客家臺灣文學
選》，另成立了「全國客家權益行動聯盟」、「臺灣客家公共事
務協會」，並一波三折成立了「寶島新聲客家電臺」。地處桃

園、新竹、苗栗客家生活圈的中央大學，在2003年8月成立了全
臺灣第一個客家學院，下設客家社會文化研究所、客家政治經
濟研究所、客家語文研究所、客家宗教民族研究所。這些來自
政治、社會和文化的變動，給客家文化打旗稱派提供了條件。

　　但一說及客家文學，正如「臺灣文學」很難有統一的界說
一樣，對客家文學的定義也是眾說紛紜。其實，客家文學並不
等於客語文學，即客家文學不一定都要用客家話寫作。另一方
面，也不一定要求作者具有客籍身分，如黃秋芳就屬福佬籍，
可是她用客家方言寫客家生活的作品，無疑應屬客家文學。由
此可見，對客家文學的定義應從寬。爲防止作繭自縛的狀況，
臺灣客家文學研究專家黃恆秋提出如下界說：

- 任何人種或族群，只要擁有「客家觀點」或操作「客
  家語言」寫作，均能成爲客家文學。
- 主題不以客家人生活環境爲限，擴充爲世界性的或全
  中國的或臺灣的客家文學，均有其可能性與特殊性。
- 承認「客語」與「客家意識」乃客家文學的首要成
  分。因應現實條件的允許，必然與關懷鄉土社會，走
  向客語創作的客家文學爲主流。
- 文學是靈活的，語言與客家意識也將跟隨時代的腳步
  而變動，所以不管使用何種語文與意識形態，只要具
  備客家史觀的視角或意象思維，均是客家文學的一
  環。65

這就是說，衡量客家文學的標準，主要不是作者的客籍身分，而應是所使用的語言和作品所貫穿的客家意識。這裡講的客家意識或客家精神，是指客家人在五次顛沛流離大遷徙的劫餘中，所形成的「刻苦耐勞、開拓進取、勤勉好學、愛國愛鄉以及尊老愛幼、敬祖睦鄰、團結互助和堅強勇敢等特點」。[66]鍾肇政於1994年編選的臺灣第一部客家文學選集，其標準是「屬於客家族群的作家，較含有客家風味的文學作品」。其實，他並沒有嚴格貫徹這一標準而選了個別非客屬作家的小說。客家族群居住的圍龍屋，本來帶有封閉性，在建構客家文學時，只有突破這種封閉性，講究包容性，才能較全面地反映臺灣客家文學多彩的面貌。

客家文學在臺灣源遠流長。戰前較重要的作家有熟諳日語的龍瑛宗和吳濁流。龍氏1937年發表處女作《植有木瓜的小鎮》，獲得《改造》小說徵文比賽獎，是客籍作家在臺灣文壇初露鋒芒的標誌。吳濁流不僅寫詩，還寫小說，《亞細亞的孤兒》在表現臺灣人的「孤兒命運」方面，頗具經典意味。戰後第一、二代重要作家還有鍾理和、鍾肇政、李喬等人。鍾理和的《笠山農場》，成功地刻畫了客家婦女勤勞勇敢和柔情仁慈的特徵，成為臺灣文學畫廊中精彩的女性形象之一。鍾肇政的成長小說《濁流》三部曲和表現他人格力量的《臺灣人》三部曲，在描寫曲折動人的愛情故事時，比較完整地表現了客家人的生活狀況和風俗面貌。屬第二代作家的李喬長達一百萬言的《寒

夜》三部曲，以苗栗山區幾代客家墾民家族的悲歡離合爲背
景，表現了臺灣人民抵抗外族侵略的愛國主義精神，堪稱臺灣
的民族史詩和「大河小說」的典範。

　　在前代作家影響下出現的青壯客籍作家主要有林柏燕、謝
霜天、莊華堂、鍾鐵民、吳錦發等。這些土生土長的客籍作
家，不再像前代那樣著重表現先民移墾臺灣的血淚史，而轉向
對本土的熱愛與眷戀。像吳錦發所編的山地作品和劉還月報導
的「平埔族」的田野調查，「對客家母語嚴重流失、客家山莊
文化體系被摧毀的自我體認，轉換爲對更弱勢的族群──原住
民的憐惜及關懷」。[67]持反核立場的范文芳、反對開建美濃水庫
的鍾鐵民，其作品主要是反對環境污染，保持家鄉的明淨。蕭
新煌的作品則表現了對勞工運動的關懷，充分體現了作者深沉
的憂患意識。客語詩的作者有杜潘芳格、利玉芳、黃恒秋、范
文芳、楊政道等多人。黃恒秋的客語詩集《擔竿人生》，有濃厚
的客家生活氣息，屬新世代作家對客家母語文學創作的新探
索。他所著的《臺灣客家文學史概論》，[68]對客家文學的界定有
一定的理論深度，有助於提高客家文人創作水準和深化客家文
學研究。彭瑞金從族群角度研究客家文學的系列論文，常常和
政治文化批判相結合。祖籍梅縣的藍博州，社會主義傾向使他
把目光投向1950年代前後國民黨鎮壓左翼人士的白色恐怖歷
史。他用田野調查和紀實文學的形式，再現了左翼人士的英雄
形象和光輝性格。林清玄的作品雖然沒有表現客家生活，但他

的散文和報導文學，既有濃郁的鄉土情懷，又有特殊的文化關注。他通過民間宗教信仰和風俗習慣的描寫，傳播了中華民族傳統文化。他經營的「菩提」散文系列，有寬廣的文化視野和獨特的藝術風格，擁有廣大的讀者群。除創作隊伍外，客籍的翻譯家還有梁景峰、彭鏡禧、張芬齡、余阿勳、黃毓秀等。

　　討論客家文學的定義難免受籍貫、意識形態和語言等問題的干擾。如果拋開意識形態的層面，在大陸時期的客籍身分而到臺灣後被改稱爲「外省作家」的作品，也不容忽視，如白先勇的小說、陳鼓應的評論，又如林海音的《城南舊事》，流淌著濃濃的鄉情。作品通過女主人翁小英子所見所聞，眞實地再現了老北京中下層人民的生活面貌。她寫臺灣繁華都市、美麗鄉村和高山族少女民俗風情，顯得情深意切，意味雋永。評論家和詩人周伯乃的散文集《夢回長樂》，以作者故鄉五華縣的舊稱長樂爲名，追憶他小時候常在那裡戲水的琴江，創造了他那屬於粵東山區大坪嶺下的童年世界。此作品從書名到內容，都注意客家風情民俗的描寫，是道地的客家文學。朱西寧、劉慕沙則以「外省」與「客家」的兩種身分給朱天心等新世代作家不少影響。沒有忘記自己是客家人的張香華、夏宇、徐望雲、鍾順文、張坤，他們從不用客家話寫作和以客家意識創作反映客家族群的社會文化，因而其作品只能算是廣義的客家文學。另還有從南洋來的僑生溫瑞安，他濃厚的中國情結使其作品受到壓抑，再加上國民黨警方的介入，他以爲「匪」宣傳之罪名被

捕,後被驅逐出境。

作爲勞動的文化和山歌的文化的客家文學,在現代化的臺灣都市很難打進去。客家人在臺灣只占總人口的15%,在政治、教育層面上不及外省籍同胞,在「民間財經實力又不敵福佬鄉親」。[69]臺灣雖有接近純粹的客家鄉鎮,卻沒有百分之百的客家人生活的縣市,這種環境爲建構有族群特色的客家文化帶來困難。這就不難理解客家文學爲什麼地位不高,專門表現客家起源、遷移經驗、奮鬥歷史及族群特色的客家文學,到現在還沒有眞正出現。當然,這不否認客家文學在桃園、新竹、苗栗地區占有重要地位,可是這重要地位並沒有改變客家文學「落入黃昏文學的憂慮」。[70]在所謂母語文學運動蓬勃發展、純客語來臨的時代,如四縣客語、海陸客話各以自己的母語創作,不要說閩南人、外省人看不懂,就是客籍作家之間,也未必能完全溝通。鍾肇政就曾嘗試過用客語思維寫信,後發現此路不通而終止。鍾肇政反映臺灣1940年代民衆面貌的新作《怒濤》,便不純用客語創作,而用日語、客語、閩南話……交錯使用,便突破了「創作即翻譯」的困境,爲客家文學作了新的探索。

客家文學今後要得到健康發展,在強調族群獨特生存境況下形成自成一格的文化個性的同時,絕不能由此割斷與漢民族共同體的內在聯繫,更不能把客家話拔高爲所謂「臺灣民族語言」之一種。要突顯客家意識寫作,而不能把用客家話寫作強

調到絕對化的程度。不然，和閩南話一樣有音無字的困擾，以及讀者的接受、如何以母語寫作又不粗鄙化而做到有一定藝術水準等問題就不好解決。要從民俗出發，從學術出發研究和發展客家文學，而不能讓政治統帥文化，尤其是不能讓臺獨思潮侵入客家文學。否則，所謂「以本土母語創作正統的、有尊嚴的客家文學」，必然會走向死胡同。

原住民文學

所謂原住民，是六千至一千年前先後來到臺灣定居的南島民族，其中最重要的是高山族，包括泰雅、賽夏、布農、鄒族、排灣、魯凱、卑南、阿美、雅美等九個民族，是中國多民族大家庭的有機組成部分。

原住民很少住在平原地帶，在山區安家落戶者占大多數。以往的統治者包括荷蘭、明鄭、清朝、日本乃至國民黨，對這些所謂「番民」沒有用今天人類學的標準看待，視他們為茹毛飲血的原始、野蠻和落後的民族，對其不是採取與漢族同胞隔離就是實行歧視乃至鎮壓的政策。如1950至1960年代中期國民黨頒布的《山地施政要點》和《戒嚴時期臺灣省區土地管制辦法》等法規，便起了這種作用。在臺灣經濟轉型的1960年代後期，資本主義的擴張打破了這些條條框框，隨著山地「平民化」和「現代化」計畫的實施，原先山地高山族的封閉形態逐步向

開放發展。原住民不再以山田燒墾農業為主、狩獵為輔，一些年輕人開始到城鎮打工，但這並不能從根本上改變高山族同胞在政治、經濟和文化上日益陷入困難的境地。一些富於使命感和社會同情心的作家，曾用各種不同的藝術形式反映了原住民長期遭到摧殘和壓迫的命運。這些屬於原住民非族語的所謂異己書寫有鍾理和的《假黎婆》、鍾肇政的《馬黑坡風雲》、《川中島》、《戰火》，林燿德的《1947高砂百合》、王幼華的《土地與靈魂》等。[71]

　　原住民文化是臺灣最古老的文化，但由於沒有自己的文字，沒有書寫系統，其創作多為傳說、神話、民間故事、歌謠一類的口頭文學，多見於漢族或其他民族的紀錄之中。隨著原住民教育的普及和文化水準的提高，尤其是隨著種族中心主義的瓦解，原住民的主體意識逐步覺醒，1984年「臺灣原住民權利促進會」正式通過「原住民」為臺灣土著民族的統一稱呼。這種「從番族、高砂族、山胞到原住民的『正名運動』，透過原住民爭取自我解釋權，追溯自己族群的文化與歷史，思考自我族群未來的走向，原住民文化的存在，不再只是臺灣文化中用以迎賓或節慶的歌舞文化；原住民文學的存在，也不再只是臺灣文學發展史中，一個潛在的文化基因。原住民文學在臺灣文學版圖中破冰而出，從被觀察、被書寫的對象，發展成為『書寫的主體』」。[72]原住民圖像在臺灣文學中出現，使原住民作家有充分的機會參加漢民族的文化活動和意識形態的碰撞。他們

一方面用漢語改編各族群的神話傳說，另一方面在認同作爲主流的漢文化後，反過來回憶與反省部落生活。這種創作實踐，不僅拓寬了文學史的領域，而且爲臺灣文學研究提供了無限生機。具體說來，繼林明德1989年創辦《原報》後，高山族作家瓦易斯於1990年創辦了《獵人文化》，官方也開始介入推廣原住民文化。1992年，由文建會等單位出面主辦了首屆「山胞藝文創作獎」。1993年，「中華民國臺灣原住民文化發展協會」成立，附屬於該協會以報導原住民文化爲宗旨的雜誌《山海文化》創刊。1994年，在屏東瑪家山地文化園區召開了「原住民文化會議」。1995年，第一本原住民民間文學作品集《和平鄉泰雅族故事歌謠》出版。向來一再宣稱不認同大中國文學和臺灣文學的部分原住民作家，還參加了大中國團體與臺灣本土的徵獎活動，如《中國時報》於1996年和《山海文化》雙月刊合辦的首屆「山海文學獎」，另有臺灣基金會主辦的臺灣文學獎。「臺灣原住民文學」系列也由臺中晨星出版社出版，計有吳錦發選編的小說選《悲情的山林》、田雅各的《最後的獵人》、娃利斯羅幹的《泰雅腳蹤》，吳錦發選編的散文選《願嫁山地郎》、柳翱的散文筆記《永遠的部落》、莫那能的詩集《美麗的稻穗》等。這些書的出版說明，反映原住民生活不再是漢族作家的專利，原住民作家群正在崛起，一個不同於漢族作家的歷史記憶正在加入多元化的文學行列。

　　原住民作家的創作與用第三人稱「他者」的摹寫，其共同

之處在於描寫的大都是「土俗瑣事」，或再現了原住民歷歷如繪的情境，塑造了栩栩如生的「番民」形象。但由於原住民作家多用原住民的語言思考，卻用漢語創作，這就使其寫作過程形同「翻譯」，正如拓拔斯所說：「我必須重寫很多次」。[73] 在多次重寫過程中，必然會對壓抑的民族本性和對本民族與文化的危急存亡之感表現得更真切。如孫大川的散文集《久久酒一次》，便表達了漢族作家很難體會到的原住民被放逐、被拋棄、被遺忘的滋味，「由黃昏慢慢步入黑夜之民族處境」。本職是醫生的布農族人田雅各寫的小說《最後的獵人》，通過主人翁上山打獵的過程，也表現了原住民在異族壓迫下的痛苦心境。作品表現了主人翁從屈辱和忍耐到自我解嘲的心情，其中對特殊的生產方式、對自然萬物的感受以及布農族人對森林的摯愛、其森林的命運簡直等同於原住民命運的描寫顯得異常生動。尤其是在表現漢族同胞和原住民互相對應及文化衝突的主題方面，蘊涵著深刻的文化意識。作者站在弱勢的立場批判社會，具有強烈的現實意義。柳翱的散文集《永遠的部落》在寫高山族的民族風情、文化風貌以及表現「勇敢、智慧和愛就是一個好獵人的全部財產」方面也有過人之處。這種著重表現本民族歷史文化血脈接續的作品，由強烈的抗議轉向深沉的文化扎根，有助於原住民認識「我」是誰的問題。

　　第二，在表現原住民面臨現代化和族群衝突的處境方面，突破了以往「海洋敘事」、「獵狩敘事」、「山林敘事」某些框

框，在「返本」的同時又有所創新。如泰雅部落出身的作家娃利斯羅幹的作品《誰都不能欺負他》寫原住民面對水泥廠的建立，荒廢了原有的生活方式，一位老婦人不願接受這種安排，和命運進行了不屈不撓的抗爭，其敘事方式就與過去的寫法有所不同。

第三，原住民作家不僅注意鄉音的捕捉，表現「山」和「歌」是原住民的靈魂，而且還有對兩性角色的反思。如利格拉樂阿塢的反思處在多重文化模式的衝擊中：「排灣族女性的強悍顯現在外婆和母親身上，基本上此為母系社會的運作模式，然而當她嫁為泰雅媳婦後，父系社會裡所展現的婚姻暴力、『物化』女性的行止等等，對其便形成一大衝擊。此外，反思童年時期母親嫁給外省父親後，於眷村中所遭受的排擠，更讓她喟然而歎……在此立足點上，作者所提出的便是對於弱勢中的弱勢、邊緣中的邊緣團體之觀察，此點頗與美國黑人女性主義者相類」。[74]

第四，表現了原住民對現實的不滿及其反叛的性格。如《願嫁山地郎》共收八位作家的九篇散文，其中有的表現了對處於「中心」地位的強勢族群歧視山胞的憤懣心情，有的則呼籲保存臺灣土著社群的民族文化，有的在難以測度的蠻荒想像中，表現了對亂砍亂伐原始森林和污染環境這種野蠻行為的抗議。這些介入當前各種政治、文化焦點議題的描寫，均是達悟族、布農族、排灣族之子延續母體文化生命的表現。

　　原住民文學是臺灣文學的瑰寶，它首先是指原住民作家以夾雜有比例不等的日語遺留的母語書寫的作品，但大量的是指以漢文爲書寫工具刻畫民族本性、表現其受壓迫受欺凌的沉重叫喊的作品，其明顯的特色爲「多爲自傳式的小說，語法上常見與一般漢語語法迥異者、意象與節奏常是屬於族群生活經驗的凝練、融入族群文化的精髓等」。[75]從表現形式看，原住民作品的文字有奇妙的韻味，其語言不以華麗著稱，而以樸拙見長，這與原住民崇尙自然，熱愛山海文化的習性相一致。比起流行文學，它更顯得渾厚，其場面描寫也更充滿豐富的色彩。周宗經的散文《約到雨鞋的雅美人》、施努來的《八代灣神話》以及柳翱的詩集《山是一座學校》、利格拉樂阿烏的《誰來穿我織的美麗衣裳》，便體現了原住民追求部落認同與文化認同的這種特色。

　　總之，原住民生活已由過去被漢族作家所書寫到發展爲原住民自己「書寫的主體」，這種轉變解構了漢人中心論及充滿意識形態偏見的文學史敘述，正是在原住民與漢民族的互動中，調劑了整體文化，豐富了臺灣文學的內容，爲臺灣文學研究家提供了新的馳騁領域。這是一塊瑰奇動人又急待開墾的處女地，目前已有楊照、陳昭英、陳器文、陳明臺及原住民評論家浦忠成等人寫了這方面的論文。

註釋：

1 明哲，〈上帝啊，你在哪裡？〉，《臺灣詩學季刊》，1994年9月。

2 張大春，〈預知毀滅紀事──一則小說的啓示錄〉，《臺灣現代小說史綜論》（臺北：聯經出版公司，1998年）。

3 呂正惠，〈「政治小說」三論〉，《小說與社會》（臺北：聯經出版公司，1998年）。

4 王德威，〈大有可爲的臺灣政治小說〉，《小說中國》（臺北：麥田出版公司，1993年）。

5 林燿德，〈小說迷宮中的政治迴路〉，《當代臺灣政治文學論》（臺北：時報出版公司，1994年）。本文汲取了該文的研究成果。

6 轉引自朱雙一，〈解嚴以來臺灣文學思潮發展的若干觀察〉，《解嚴以來臺灣文學國際學術研討會論文集》（臺北：萬卷樓圖書公司，2000年）。

7 莊宜文，〈張大春：超級大頑童〉，《1996臺灣文學年鑑》（臺北：行政院文化建設委員會，1997年）

8 梅家玲，〈以小搏大──對戰後臺灣小說史中女性／性別論述的若干觀察〉，《文訊》，1998年8月。

9 張大春，〈輕蔑我這個時代〉，轉引自裴元領：《撒謊之鞭》，《聯合文學》，1996年6月號。

10 陳健一，〈筆耕土地，文描自然──臺灣自然寫作的譜系〉，《中國時報》，1994年11月10日。

11 12 《聯合文學》編輯部，〈諾亞的方舟不要再來〉，《聯合文學》，1994年7月號。

13 參看吳奔星主編，《中國新詩鑑賞大辭典》（江蘇：江蘇文藝出版社，1998年），1015頁。

14 15 16陳玉玲，〈臺灣女性主義思潮的發展〉，《文訊》，1996年5月。

17 康來新，〈知情更淫——小說史觀下的女性情慾閱讀〉，《文訊》，1998年3月。

18 許俊雅，〈1996年現代文學的評論與研究〉，《文訊》，1997年5月。

19 孟樊，〈頹廢已經征服了臺北〉，《聯合文學》，1991年第3期。

20 陳映真，〈文學的世界已經變了——談新世代的文學〉，《聯合報》，2000年4月10日。

21 唐翼明，〈看「二十世紀中文小說一百強排行榜」有感〉，《文訊》，1999年12月。

22 廖輝英，〈女作家們寫些什麼？〉，《文訊》，1998年第3期。

23 張淑麗，〈「閨怨」美學的挑戰——當代臺灣女性書寫的異／移位〉，《文訊》，1998年3月。

24 25朱嘉雯，〈開創女性書寫新紀元——「女性書寫新方向」研討會側記〉，《文訊》，1998年。

26 柏楊，〈民主痲疹〉，《明報月刊》，2004年5月號。

27 參看林承璜，《臺灣香港文學評論集》（福州：海峽文藝出版

社，1994年）。

28 宋後穎，〈心情日記〉，《葡萄園》詩刊，2004年5月號。

29 轉引自黃維樑編，《璀璨的五彩筆》（臺北：九歌出版社，1994年）

30 魏可風整理，〈張大春V.S楊照談〈撒謊的信徒〉〉，《聯合文學》，1996年5月號。

31 渡邊，〈選舉文學〉，《中國時報》，1992年12月9日。

32 《自立晚報》，1992年11月12日。

33 渡也，〈文學在當代臺灣選舉中的運用〉，載李瑞騰主編：《中華現代文學大系‧臺灣1989—2003》評論卷（一）（臺北：九歌出版社，2003年）。

34 詳S. Flaub, The Flowing Narratiue: Representations of Time in Modern Fiction （Toronto Quebec University Press, 1991）, pp. 5-8.

35 36楊照，〈歷史大河中的悲情——論臺灣的「大河小說」〉，《四十年來的中國文學》（臺北：聯合文學出版社，1995年）。

37 39陳芳明，〈戰後臺灣大河小說的起源——以吳濁流自傳性作品為中心〉，《臺灣現代小說史綜論》（臺北：聯經出版公司，1998年）。

38 陳萬益，〈講評意見〉，《臺灣現代小說史綜論》（臺北：聯經出版公司，1998年）。

40 41李喬，〈歷史素材的運用〉，《小說入門》（臺北：時報文化出版公司，1986年）。

42 王德威，〈小說中國〉（臺北：麥田出版公司，1993年）。

43 墨人，〈文化與文學——嘉新優良著作獎頒獎典禮答詞〉，《臺灣新生報》，1991年12月3日。

44 李順興，《歧路花園》。http://benz.nchu.edu.tw/~garden/garden.htm。

45 須文蔚，〈邁向網路時代的文學副刊：一個文學傳播觀點的初探〉，載瘂弦、陳義芝編：《世界中文報紙副刊學綜論》（臺北：行政院文化建設委員會，1997年）。

46 須文蔚，〈文學上網的觀察〉，《1999臺灣文學年鑑》（臺北：行政院文化建設委員會，2000年）。

47 向陽，〈流動的繆思：臺灣網路文學生態初探〉，《解嚴以來臺灣文學國際學術研討會論文集》（臺北：萬卷樓圖書公司，2000年）。

48 49 50 須文蔚，〈文學上網的觀察〉，《1998臺灣文學年鑑》（臺北：行政院文化建設委員會，1999年）。

51 54 56 劉亮雅，〈邊緣發聲：解嚴以來的臺灣同志小說〉，《解嚴以來臺灣文學國際學術研討會論文集》（臺北：萬卷樓圖書有限公司，2000年）。

52 梅家玲，《性別論述與臺灣小說》（臺北：麥田出版公司，2000年），279頁。

53 林積萍，〈同志、酷兒、怪胎書寫的新風潮〉，《文訊》，2000年12月。

55 轉引自王緋，〈另一種戴著鐐烤的生命舞蹈〉，《香港文學》，2002年5月號。

世紀末臺灣文學地圖

57 黃石輝，〈怎樣不提倡鄉土文學〉，《伍人報》，9—11期，
1930年8月16日。

58 廖毓文，〈給黃石輝先生——鄉土文學的吟味〉，《昭和新
報》，1931年8月1日。林克夫，〈鄉土文學的檢討〉，《臺灣
新民報》，377號，1931年8月15日。

59 李敏勇，〈臺灣的心〉，《笠》，1996年12月，第196期。

60 61 參看林央敏，〈台語文學觀察〉，《2000年臺灣文學年鑒》
（臺北：行政院文化建設委員會，2002年）。

62 張素貞，〈臺灣文學研究的幾點補充意見〉，《文訊》，2002
年11月。

63 廖咸浩，〈「台語文學」的商榷——其理論的盲點與侷限〉，
《淡江大學第三屆文學與美學學術研討會論文》，1989年。

64 參見李勤岸，〈語言政策及臺灣獨立〉，載施正鋒編：《語言
政治與政策》（臺北：前衛出版社，1996年）。

65 黃恆秋，〈臺灣客家文學的省思與前瞻〉，《臺灣文學與現代
詩》（苗栗：苗栗縣立文化中心，1994年）。

66 68 69黃恆秋，《臺灣客家文學史概論》（高雄：愛華出版社，
1998年）。

67 黃子堯（黃恆秋），〈臺灣客家文學及其客籍作家「身分」〉，
《鄉土與文學》，《文訊》，1994年版。

70 彭瑞金，〈從族群特性看客家文學的發展〉，《臺灣客家文學
論》（苗栗：苗栗縣立文化中心，1993年）。

71 參看劉登翰等主編，《臺灣文學史》下卷（福建：海峽文藝

出版社，1993年）。

72 陳器文，〈期待「原住民圖像」的出現〉，《文訊》，2002年
11月。

73 74 浦忠成，〈臺灣原住民小說寫作狀況的分析〉，《臺灣現代
小說史綜論》（臺北：聯經出版公司，1998年）。

75 石曉楓，〈解嚴後臺灣女作家散文中的性別書寫〉，《解嚴以
來臺灣文學國際學術研討會論文集》（臺北：萬卷樓圖書公
司，2000年）。

Cultural Map

第五章　文學人物

　　這裏所寫的「文學人物」，是當之無愧的臺灣著名作家。其中有男女之分，老少之分，統獨之分，統派中又有左統與右統之別。要把臺灣所有著名文學人物一一寫出，不是本書的任務，限於篇幅，這裏只挑選在兩岸三地名氣較大者，其中龍應臺是曾在當局官僚體制中任職的官員。陳映眞、余光中等人雖沒有李敖名揚天下的光亮度，但他們在臺灣文學史上占有重要地位，希望讀者不要忽略。

龍應臺：瀟灑告別官場

　　1980年代中期，龍應臺寫下一篇又一篇「野火集」形態的作品，發表後便像一縷又一縷野火奔竄燃燒起來。她後來覺得這種過激做法有可能斷了自己從政的後路——有哪個官員會喜歡這樣毫無顧忌揭露社會陰暗面的作家？爲此，她在《野火集·序》中寫道：

> 寫了《野火集》的代價大概是：這輩子不會有人請我「學而優則仕」出來做官了。

　　意想不到的是，過了十四年，即1999年8月的一個夏天的午夜，有一位英俊的《野火集》的讀者，出現在她德國法蘭克福的家裏，此人便是臺北市長馬英九。

　　馬英九這次不遠萬里去德國，是希望龍應臺能在他麾下做臺北市首任文化局局長。作爲政治精英的馬英九，有愛賢若渴

的衝動，他看中了龍應臺作為知識分子的獨立品格和寬闊的國際視野，希望借她長年旅居歐洲各國的世界性眼光打造臺北市，讓臺北一躍成為國際文化都會。龍應臺原無回臺之意，但她竟然被馬英九說動了，答應了他出山的請求：於1999年9月4日擔任臺北市政府參事，並兼任臺北市文化局籌備處副召集人，著手規劃即將於11月6日成立的文化局相關事宜。

當馬英九感到自己不虛此行後，頓時由高興變得煩躁起來：這位女強人回臺北後如再次刮起龍捲風，像她過去那樣不顧一切痛批時政時局、責備市政府官員、炮轟立委，甚至著文攻訐李登輝的媚日傾向，會不會吹歪、吹倒自己在臺北市民中的形象？哪位只會燒一把「野火」的作家，一旦「下海」走進這豺狼虎豹出沒的政治叢林中，而能有驚無險，尤其是能適應官場複雜的人際關係、能站穩腳跟而不被「議會」情勢所推倒呢？

龍應臺走馬上任的消息，在臺灣文壇、政壇引起巨大的轟動。有「臺灣文壇第一狂人」之稱的李敖，預測她上任不到三個月就會拂袖而去。眼看一個季過去了，龍應臺在臺上幹得津津有味，便又猜測半年後她必然會被官僚體制擠走。可出乎人們預料的是：她竟通過官場一關又一關的「考驗」，在那裏足足做了三年零三個月又三天，才功成身退，然後瀟瀟灑灑騎上平時難得派上用場的自行車，向陽光正烈的信義路返回家。

這位名字像男人的龍應臺，1952年生於高雄，1974年畢業於臺南成功大學外文系，後獲美國堪薩斯大學英美文學博士學

位。她的創作生涯,可分為三個階段:

第一階段為1980年代前期。1984年11月,她開始為《新書月刊》寫「龍應臺專欄」,次年3月寫「野火集」專欄,6月出版《龍應臺評小說》。那時她抱著對現實、對文壇現狀異常不滿的情緒,希望通過《中國人,你為什麼不生氣》一類潑辣大膽、還帶點驕橫的文字去針砭時弊,改造社會。

第二階段為移居歐洲後,在德國海德堡大學講授臺灣文學。杏壇有別於文壇,她不再寫那些「野火」般燃燒一切的文字,改由以新移民的角度去觀看歐洲大地。

第三階段為進入不惑之年後。她發覺自己的歷史知識嚴重不足,於是不再滿足快人快語的風格,努力學會用成熟的眼光看待人生與社會:探究每件事情「在更大的座標裏頭,橫的跟縱的,它到底是在哪一個位置上?」在她當官前夕出版的《百年思索》,其所關懷的不再是民意的抒發,不再把抗爭的目標集中在一黨專政的體制上,而是試圖去認識事物的複雜性,以便推動社會從病態走向健康,從權威走向民主,從虛弱煽情走向平穩紮實。

從政的生涯,正是龍應臺探索社會和歷史的理論實踐。她過去寫文章,只憑直覺寫,有如只看到鐘錶的外殼未能看到鐘錶的內部構造。從體制外進入體制內後,她終於看到鐘錶內的大大小小的齒輪是如何運轉的,它們之間又是如何銜接的。有過這種「不入虎穴,焉得虎子」的經歷後,再寫文章自然更能切中要害。

　　龍應臺為官三年，主要是把原來沒有傳奇感和浪漫感的臺北市，恢復它原有的歷史記憶，賦予它文化的內涵，使原本醜陋的地方變得美麗動人。具體說來，她主要做了下列三方面的工作：

　　一、把文化從邊緣引向中心。行政院有經濟部、教育部、外交部，惟獨沒有文化部。臺北市也有這「局」那「局」，惟獨沒有「文化局」。這次馬英九下決心改變這種局面。龍應臺所做的工作，便是協助市長把文化事務提到前臺來，把它當作國計民生的一個重要組成部分，不再成為可有可無的東西。

　　二、以民本位代替官本位。龍應臺一直站在民間的立場上批判國民黨，抨擊政府機構中的官僚主義。是市民主義的理念支配著她，使其當官不像官，始終以市民本位作為自己工作的出發點。她一再告訴同仁，文化局所做的工作不是對市長負責，而是對市民負責；文化局不是市長的宣傳機器，它的首要任務是提高市民的文化素質。

　　三、把眾多時間花在文化藍圖的建設與實施上，使臺北市變成一座處處芬芳的文化花園。她下大力氣推動文化資產保護，使臺北市的工作走在臺灣地區的前面。他們還成立了全臺灣第一個「古跡審查委員會」及「古跡指定流程」。此外，還開展「全民綠色革命」，強調保護老樹，制訂全臺灣獨無僅有的「樹木保護自治條例」。鑒於臺北市是個「有河流但沒有河流文化的都市」，又鼓勵文藝家們創作以臺北山水為題材的作品，另資助臺北文史調查計畫。

　　在龍應臺這位「龍頭」的帶動下，臺北市的文化建設取得了重要成績。從硬體來說，有中山紀念堂、當代藝術館、國際藝術村、官邸藝文沙龍、紅樓劇場、臺北之家、林語堂和錢穆的故居。從軟體開創來說，有臺北藝術節、臺北電影節、臺北音樂季、兒童藝術節、臺北國際詩歌節等等。龍應臺軟硬兼施，既使臺北文化走向世界，同時又使自己的國際經驗深深地扎根在中國／臺灣本土中。這裏要說明的是，她的國際觀絕不是向西方看齊，如在城市交流上，她將重點放在包括中國大陸的亞洲，以及中南美洲等處的第三世界。

　　龍應臺祖籍湖南，在臺灣讀完大學後又遠走異邦，和德國人結婚。這種經歷使她不像某些本土作家、本土官員那樣視野狹窄，只在「關心臺灣，熱愛臺灣」的圈子內打轉。她在2000年開展的「春天占領臺北」活動，「把傳統的詩、書、禮、樂，琴、棋、書、畫移出來，讓臺北市民攜家帶眷，在春天的時候到河邊青草地，一起重建中國傳統的禮樂生活」。2001年開展的「思想月」活動，「將儒家的精神再生，結合現實的生活，通過錢穆、林語堂、朱熹來實踐這個理想」。[1] 這些弘揚中國文化的活動，曾受到獨派人士的質疑。好在臺北是「淪陷區」，即為民進黨執政下的「國統區」，故龍應臺開展這一活動還比較順利。

　　人們常常把男女定型，如認為男剛女柔，可是龍應臺不是普通女人，她不以柔著稱，而是柔中有剛，剛柔並舉。以這種身分當官，難免成為文人從政的異數。在統獨鬥爭、派系鬥爭

的複雜政治環境中，她不同流合污，堅守自己的精神家園。她認為，政治原本骯髒，但作家投筆從政，可使政治變得高貴；知道官場的險惡和腐敗，卻又明知山有虎，偏向虎山行，這種精神境界當然高尚。理想的政治人物，本應是「獅子與狐狸的結合」。[2] 龍應臺以前做作家時，天眞地要求政治人物做小白兔，或只做獅子，這均不現實。從政後，她才感到要為市民辦好事，不能要求政治人物只做獅子或兔子，而必須讓兩者結合起來。她自己就是這樣做的。如對付議會的質詢，她用的就是剛柔並進的方法。有一次，她在接受質詢時，與議員頂撞起來，被人扣上傲慢無理、「污蔑議員」的帽子。如果不是身在官場，她早就利用自己手中犀利的筆進行抨擊了。可她這回用「小白兔」的手法作了妥協，一反常態向議員道了歉。她認為，浪漫不羈的文人在政壇上就應堅「忍」不拔。退一步，是為了進兩步。又如2000年10月議會在審議臺北市的文化預算時，議員們紛紛遲到。龍應臺靈機一動，請來臺北市交響樂團演奏不同的曲子，「透過弦外之音，表達她的軟性抗議」。[3]

臺灣派往香港的光華新聞文化中心主任平路曾說：「『文人不從政』是當代政治不堪聞問的脈絡之一，因此當龍應臺以華人世界頂尖作家之姿入主臺北市文化局時，文化是戒愼恐懼地在觀察著『龍應臺何時折損』」，[4] 尤其是擔心龍應臺會被權力所腐化，可是龍應臺不僅沒有被權力所吞噬，而且還利用自己的魅力從企業家手中爭取到三億元以上的新臺幣捐助，全部用來投入文化建設。她和同仁都強烈地感受到自己身上所肩負的歷

史重任，其付出的勞動與得到的報酬卻成反比。龍應臺本人常常一天工作十五小時，忙得「左手找不到右手」。當自己看到子夜時分局辦公樓還燈火通明時，她描述這拼命工作的情景，「就如同當年毛澤東在延安窯洞搞革命的方式在推動業務」。[5]

龍應臺不僅經得起權力的測試和檢驗，而且還讓原先只會「大破」的作家龍應臺轉換成也會「大立」的政務官龍應臺。她所「立」的不是過去延續幾千年的文化爲政治服務的理念，而是倒轉過來讓文化因政治而有成長空間。在龍應臺當文化局長那三年，文化不再像過去那樣被政治所統帥，而是反轉爲局長說服市長，讓文化去包容政治，讓官場的運作逆向行駛。如2000年6月，臺北市召開的「亞太文化高峰會議」，突破了以往以政治爲導向的文化交流的做法，「也就是不以單一國家作爲交流對象，而是以文化交流爲主導」，這是一項相當大的突破。[6]此外，臺北市文化局結合臺灣十幾個縣市共同作國際文化交流，「這像是一個跨越黨派、超越政治的文化姐妹市的形成，包括了高雄市、臺南市、南投、馬祖……等」。[7]作爲首善之區的文化局長，龍應臺不以中心自居，而是和邊緣地區的縣市平等對話、資源分享，和沿海縣市一起走向世界，這顯然是一個「文化展望，超越政治」的計畫。[8]

龍應臺在退隱前回答香港《亞洲週刊》記者童清峰問「有什麼遺憾」時，說道：「遺憾的是我不能做更久，真正要把這個基礎打得更穩。老實說，我應該再做四年，但是我那個文人的龍應臺不願意，文人的龍應臺跟政務官的龍應臺最後辯論，

文人的龍應臺贏了，政務官的龍應臺輸了。」

　　龍應臺在將接力棒交給臺灣大學外文系教授廖咸浩的儀式上，驕傲地宣稱：「李敖你錯了！」並對認爲她會被權力所折損、所腐蝕的人自豪地說：「你們都錯了！」她形容自己卸任後就像被關在籠裏的松鼠重返大自然。她可以開始重新過她那種閒雲野鶴的生活，可以睡懶覺，可以把音樂放到最大聲，可以去逛久違的超市，可以在週末到花市購康乃馨。她還給自己訂下「二不政策」：三個月不上報、不見媒體。她開心地說：「終於可以躲開衆人的目光了。」她要趁記憶新鮮、靈感還沒有消退的時候，儘快寫一本關於臺北文化政策與實踐的書。這本書的內容主要是她三年文化局長任內所推行的措施、政策的論述，書出版以後，龍應臺在臺北三年的官場生涯才眞正了斷。

陳映眞：站在反對民族主義分裂前線

　　師承魯迅的陳映眞，是臺灣文化界的一面光輝旗幟。他的小說創作，代表了臺灣鄉土文學的成就；他的雜文和政論，在統獨鬥爭中是一把鋒利的匕首；他的文學理論，具有強烈的實踐性和批判精神。

　　陳映眞不僅是小說家，同時是一位出色的編輯家。在1980年代，他是《文季》的主導人之一。《文季》停刊後，爲了延續它的文學生命，陳映眞於1985年11月創辦了攝影報導雜誌《人間》，這是以歷史見證人的身分從事新聞報導、口述實錄的

評論雜誌。該雜誌從下層人民的角度去觀察臺灣現實社會，包括生態環境、生活勞動，並涉及社會歷史，以發現和報告的角度對社會進行批判。該刊除關注臺灣本土現實外，還有大量的圖文介紹大陸的中原文化和風土人情，以讓臺灣文化不與中華文化母體割斷聯繫。

由於此雜誌附有不少圖片，製作成本高，加上所刊登的照片不但沒有俊男美女，反而儘是一些老兵和農婦的鏡頭，因而市場銷路打不開，只好於1989年停刊。這本叫好不叫座的雜誌，在出版四年期間，曾給臺灣社會帶來一定的震動，為了延長它的壽命，陳映真一度以房產抵壓債務，最終還是難以為繼。

為了和主流論述抗爭，陳映真還創辦有人間出版社。這家出版社，出版的多為左翼書刊，如《人間政治經濟學叢刊》。最有收藏價值的是1988年出版的《陳映真全集》，總計十五冊，涵蓋小說、訪問記、隨筆、序、書評、政論，全面地反映了這位民族主義鬥士的思想家特徵及其文學創作成就。

《人間》雜誌停刊後，陳映真於1998年12月又主持出版了《人間思想與創作叢刊》。其中1999年出版的《禁啞的論爭》專輯，設有〈不許新的臺灣總督府「文奉會」復辟〉的專欄，發表了曾健民、陳建忠批判「皇民文學」及其復辟者言論的重要文章。另一增刊為《1947——1949臺灣文學問題論議集》，系一場被政治扼殺的臺灣文學問題論爭文集的重新出土，書中收錄了楊逵、駱駝英等二十六家四十一篇論文，這是臺灣馬克思主

義文論的重要文獻，是修補戰後臺灣文藝思想史缺失的重要篇章。它的出土和整理，將改寫臺灣文學的歷史。

與此相配合的是歐坦生作品集《鵝仔》的出版，這是楊逵高度評價的臺灣文學的代表作品之一，它與呂赫若《冬夜》，同為1945至1949年間臺灣批判現實主義文學的雙璧，書後還附有兩岸評論家對歐坦生作品的評論。另和友人一起在歷史的荒地和瓦礫中，尋找光復初期對臺灣文壇發生重大影響的上海作家范泉，並在其病危時趕印范泉的散文集《遙念臺灣》，以作為兩岸文學交流的最好見證。

以書的形式出版《人間思想與創作叢刊》，是為了增加保存價值。陳映真創辦叢刊時，從不奢望它暢銷，其目的是希望在主流論述外開闢出一條與之相對應的非主流論述，以嚴肅而認真的態度面對思想與創作。他始終認為：思想、文化、文學不能靠權力，而應靠品質，「他希望叢刊能思想創新、突破，有不同的角度；創作上亦然，不應侷限基本教義派或是跟著外國流行思潮走。他強調對於人、對於生活的感受，才是創作者最應著重的事」。[9]

陳映真把大量的精力用來從事社會活動，尤其是投入到祖國統一大業上，有人認為他是「不務正業」，陳映真卻認為，作家不必關在象牙塔內，也應有社會責任感，並憑著這分責任感去從事社會活動。基於這種信念，陳映真除辦雜誌外，還從事社團運作，出任中國統一聯盟創會主席。這個「統盟」成員不多，只一十多人。這個無財力、人力的弱勢民間團體，之所以

能堅持下去，如每星期固定舉行一次工作會議，每月召開一次
執行委員會，來源於大家共同的信念和領導人的無私奉獻。這
個組織的成員一部分來自老政治犯，1950年代左派、社會主義
者，另一部分來自《夏潮論壇》，1970年代社會主義者，主張統
一的文化界人士和知識分子。還有一小批是以胡秋原爲中心的
《中華雜誌》作者和讀者，多半爲外省人、愛國主義者。但「統
聯」並不是一個以外省人爲主的團體，本土人占了70%左右。
陳映眞從來不以省籍劃線，他無論是辦叢刊，還是從事社團活
動，都視爲表達自己思想的不同方式。對世界、對生活、對環
境、對人，各個層面他都有看法，只是表現方式不同而已。[10]

　　陳映眞從1970年代後期鄉土文學論戰起，就一直站在捍衛
臺灣文學尊嚴、反對民族分裂主義的第一線。由於他這方面做
出重大成績，江澤民主席於1990年2月19日，接見了他率領的臺
灣訪問團。1997年，他又被中國社會科學院聘爲名譽研究員。
進入世紀末，他除策劃了鄉土文學論戰二十周年研討會外，又
和曾健民一起，批判「皇民文學」的復辟，並和陳芳明的再殖
民史觀展開論戰。陳映眞既熱愛臺灣又擁抱中國，既絕望又希
望的姿態，使人聯想到陳映眞對自己理想和文學信念的堅持。
但他總是謙虛地說：「我並沒有很堅持啊！一個人活著總有想
法和原則，知識分子應該努力克服民族分裂的情況。何況我曾
爲了自己的想法付出坐牢的代價，現在更沒有理由媚俗吧！」
[11]這裏講的付出代價，系指他因在1960年代學習毛澤東、魯迅
著作被扣上「涉嫌叛亂」的罪名而被捕，在牢裏度過了七個春

秋。在監獄裏，他和許多政治犯有著不同程度的接觸，因為這種活著的歷史，使陳映眞無論是辦刊還是從事創作，均獲得了許多新的內容，《永恆的大地》、《某一個日午》，便是他在鐵窗之下構思出來的作品。正是一場難得的煉獄，使他丟棄了以往創作中感傷、悲愴的情調，他的創作迎來了一個全新的時期。

當然，陳映眞也有擱筆的時候，如自1987年《趙南棟》小說發表後，他十二年沒有再寫小說，其精力主要用來批判「政治臺獨」和「文化臺獨」，其作品形式多為雜文、政論。另一方面，他一直在思考臺灣社會性質及何去何從的問題。到了1999年，他在好友黃春明的激勵下，打破沉默發表了小說《歸鄉》，2000年發表了《夜霧》，2001年發表了《忠孝公園》。他之所以不像別的作家那樣多產，是因為他嚴肅為文，從不以創作豐富自樂，另一方面，他寫作從來都是處於被動狀態，這回因「叢刊」出版，他才感到自己要趕寫一篇補缺。有人說，陳映眞的創作有圖解主題的味道，陳映眞坦承自己的創作是為思想服務的，作品中不僅有過去的歷史，更有對未來的殷切期望。《歸鄉》在《聯合報》副刊連載時，他開宗明義說：「對膚色、信仰、種族的歧視已不為文明所許，何況對於同民族的兄弟呢？……我的確是用這個故事來對於臺灣區分外省與本省、中國人與臺灣人的主流意識形態提出質問」。另兩個中篇也牽涉到人性、省籍矛盾、祖國喪失等重大社會問題，如《歸鄉》寫的一個臺籍國民黨老兵在大陸四十多年無法返鄉，後來允許探親

時，他回到臺灣看起來更像是外省人。而另一個大陸籍老兵，在現實的臺灣社會中，也是有家不能歸。小說啓示我們：要改變這種情況，統一才是「歸鄉」之路。

在陳映眞的新作中，引起熱烈迴響的是《忠孝公園》。作者以2000年臺灣「總統」大選爲背景，面對所謂「臺灣人」眞正當家作主的現實，東北籍的馬正濤對國民黨的失勢，頓感前途渺茫，無法理解甚至想自殺，而本省人林標也不認同這個所謂屬於「臺灣人」的「扁政府」，並感到自己受到了欺騙和愚弄。林標是爲本族政權所拋棄，在心靈上受到極大的傷害而喪失了祖國，而馬正濤則是先後成爲日本和國民黨的寵兒而自絕於祖國。從這兩種不同的遭遇到祖國喪失的精神迷失中，可看到祖國處於分裂狀態並不是因爲省籍問題所致。要使兩岸同胞不再分離，必須清理精神上的荒廢，反思歷史的教訓，這樣才能把被扭曲的靈魂拯救過來。

陳映眞以小說家的身分，面對複雜的海峽兩岸關係所體現的憂患意識與反思精神，無疑走到臺灣社會與文壇的前頭。正是這種憂患意識，使《忠孝公園》獲得了2001年度《聯合報》讀書人週報文學類最佳獎，也是2001年，以《陳映眞全集》中的五冊小說集爲基礎，增添了三篇新作的《陳映眞小說集》，由洪範書店出版。對年過花甲的陳映眞來說，這是新的開始，他表示未來十年仍要回到小說崗位，爲讀者貢獻出更多更好的精神食糧。

林燿德：一顆耀眼的文壇流星

　　1980年代初期崛起的林燿德，是臺灣文壇一顆光芒閃耀的文壇新星，不少人欣賞他的奇倔才情，以致稱他爲新世代作家的代表和後現代主義的擎旗手。

　　才華早熟的林燿德，1978年讀高中時發表作品，二十四歲出版了第一本評論集《一九四九以後》。在不到十八年的歲月中，他出版了詩集《銀碗盛雪》等六種，散文集《一座城市的身世》等三種，小說集《惡地形》等八種，評論集《重組的星空》等六種，他去世後又由楊宗翰編輯整理了《林燿德佚文選》一套五種。此外，林燿德還主編選集十五種，訪談錄一種，影視、舞臺漫畫、傳記、GAME及其他六種。由此可見，林燿德在有限的生命裏，交出了亮麗的成績單。他曾有過二十八項獲獎紀錄，是臺灣詩人中擁有最多獎項和創作類別的詩人。他大膽嘗試每種文體的寫作，一旦嘗試就做出不同尋常的成績。正因爲他有這個長處，故他能將小說、散文、戲劇乃至藝術設計的長處用在詩歌創作中。

　　縱觀林燿德的作品，可看出他的一大特點是原創性和實驗性強。他總是努力開發新的表現手段，尤其是在詩的形式上作出與衆不同的實驗。如《交通問題》：

　　紅燈／愛國東路

／限速四十公里
／黃燈／民族西
路／晨六時以後
夜九時以前禁止
左轉／綠燈／中
山北路／禁按喇
叭／紅燈／建國
南路／施工中請
繞道行駛／黃燈
／羅斯福路五段
／讓／綠燈／民
權東路／內環車
先行／紅燈／北
平路／單行道

　　這是一首構思新穎別緻、想得妙寫得更妙的政治詩。此詩把愛國、民族、民權、建國、外交、三民主義、兩岸關係等重大問題均作爲交通信號處理。愛國要「限速」，「民族」不能偏左，「中山」（三民主義）不可按喇叭抗議，「羅斯福路」（美國代稱）要容忍，「北平」（大陸代稱）是「紅燈」，且是「單行道」，「民權」屬特權，要讓「內環車先行」……這裏有遊戲，有表演，有反諷，有記號。雖曰是後現代詩，但能讓人讀懂。他把政治問題寫得如此有諧趣，堪稱林燿德的獨特創造。

　　林燿德創作上的另一特點是在題材內容上善於緊靠時代脈搏，運用電腦一類的先進科學技術手段創作，如他「自製都市詩『終端機』一卷，利用IBM5550中文電腦機組，配以音樂、畫面，輸入磁碟，為此間首部磁碟詩集」。[12]這種在藝術生產模式上勇於吸取新科技成就的做法，很富前瞻性。把文學與科技結合起來，不僅保留了原有的文學價值，更開創了新的寫作空間。本來，在傳播媒體日益立體化、多元化的時代，聲光、視像是無法取代語言文字的，作家完全可以利用它作為文學傳播的一種手段。林燿德的文字駕馭能力強，所以他才能迎接通俗的影像社會與浮面的速食文化的挑戰。

　　凡是與林燿德接觸過的人，都會被他旺盛的創作熱情、敏銳的觀察能力和勃勃的雄心所感動。正是這種精神，使林燿德成了從工業文明向後工業文明過渡階段的都市文化的黑色精靈。以他的現代詩而論，常以奇詭豐富、壯麗多姿的書寫，外加宏大的架構、理性的思考和隱藏在文本之外晦澀的夢想，引起讀者的巨大興趣，正如香港著名作家劉以鬯先生所說：

　　讀林燿德的詩，有時會產生這樣的感覺：走入鏡子，站定，調轉身，睜大眼睛凝視，鏡子外邊的景物全部是陌生的。[13]

　　林燿德知識面寬廣，他本是學法律出身，後來走上了文學創作道路。除惡補文學知識外，他還涉獵天文、地理、政治、宗教、哲學、科技甚至醫學。他理解能力快，邊學邊運用到自

己創作中。有時難免因速度過快出現消化不良的現象，但不可否認，他的作品有別人所沒有的豐富感：不僅有現代主義特徵，還讓讀者看到後現代解構精神的躍動。林燿德的顛覆性、叛逆性，在名字上也體現出來。他不滿足于傳統的「耀」字，把「耀」改為「火」旁，把自己放在「火」中燒烤。這種在姓名中革命，帶著光束飛竄的「神童」，體現在他的詩作中是從「現代」走到「後現代」，從「達達」走向「新達達」。他批判都市文明對人性的傷害與破壞，充滿人類進入初期工業文明社會的不適應性及帶來的掙扎。翻開他的詩集，不難發現內容紛紜複雜，舉凡政治權力霸權、新人類生態、終端機文化、同志族、性愛、都市上班族、政客的醜行、「雌企業家」，都在他的表現視野之中。這些後現代都市現象，他寫得露骨、刺激，筆法尖銳，語調諧謔，不再刻意塑造意象、安排結構，語言口語化，帶冷漠感，給臺灣後現代詩帶來新的光和熱。

　　有人說，林燿德的作品「無範本，破章法，解文類，立新意」，[14] 這一創作準則也貫穿在他的小說創作中。以《高砂百合》為例，他用回敘的蒙太奇手法，「在歷時性軸上發展共時性敘述，在共時性軸上發展歷時性敘事」。[15] 眾多的人物事件交織在一起，現實與幻象交錯，聯想與歷史糾合，整部長篇小說充滿著不安的情緒，懷疑與不確定感貫穿始終。作品所寫的內容似遠實近，脫離現實卻指向現實。作者技巧變幻無窮，充滿強勁的詩化之美。《惡地形》對後工業文明「作假」功能的透視，對資訊時代來臨的敏感和側重描寫，均帶有很強的探索性。其

他作品對當代和歷史的拼貼，也表現了臺灣的新世代作家對後工業時代的來臨既喜歡又憂愁乃至排斥的複雜心態。

林燿德所使用的文類不僅廣泛，而且操控的領域也是海闊天空：從傳統到前衛、從科幻到寫實、從現代到後現代、從學術論文到專欄寫作、從報紙副刊到新詩史編撰、從臺灣文壇到大陸學界，都離不開他的視線。有人說，林燿德是很難被評論家收編或歸類的人物，但不管林燿德如何變換書寫策略，都市精神始終貫穿在他的各種不同形式的創作中。以散文創作而論，他極少用溫馨的筆調去寫傳統題材，而最喜歡寫現代化都市和後工業文明，諸如冷氣機、傳真機、電話答錄機以及股票大戶、帷幕大廈、升降機，還有報表機裏吐出的穿孔紙張。他總是以人的自覺與都市化的思考，去關切未來，並刻意壓抑情感，弱化抒情，以保持「抽離」的敘述態度，還把後結構的文本觀念鋪陳在作品中。他的散文有時也難免有淺薄的遊戲或幻想的過分誇飾，但他在時間龍裡呈現出多種陰陽對置或互補的狀況，以及把科技融入藝術的做法，畢竟抓住了後現代創作的左右心房，即內容與形式上的雙向解構和全面突破。這就難怪有人將林燿德的名字與「後現代」或「都市文學」等同起來。

林燿德生長在後工業文明的臺北市。他在1970年代登上詩壇時並沒有火的光亮，一直到1980年代才被重視，其詩作在《創世紀》創刊三十周年時則獲得普遍的肯定。到1986年林燿德獲得臺灣最高榮譽獎——「國家文藝獎」，他的寫作生命由此發展到顛峰狀態。對他傑出的成就，新加坡學者王潤華在不同學

術會議上曾寫有《從沈從文到林燿德》、《從羅門到林燿德》，後者也許更有針對性。臺灣另一後現代詩論家孟樊也構思過《從鄭愁予到林燿德》的文章。但林燿德是否有這麼高的文學地位，學術界仍有不同的看法。這裏也可能有非文學因素，與林燿德的性格過於直率乃至狂妄而得罪人有關。他喜歡用苛刻的用詞批評前輩作家，再加上他的詩作有時艱澀難懂，所創造的藝術樣式一時無法被讀者所接受，因而有人對他的藝術成就評價頗低，甚至認爲他根本不會寫詩——如果指溫柔地書寫風花雪月的傳統題材，他確實不會。他對常態的事物所作的非常態解構與採取多方面的反常思考、構思，有些人不習慣欣賞，原是情理中的事。

　　林燿德不僅是一位出色的作家，而且是一位頗具企劃、組織與構想才能的文藝活動家。他二十七歲就擔任「中國青年寫作協會」秘書長，在這個工作崗位上，顯示出他另一種非凡的組織才能。正是在他的努力下，將一個民間文藝團體辦得有聲有色。在他以及理事長鄭明娳的主導下，從1989年到1996年，「青協」每年定期舉行二至三次專題學術研討會，其中最有影響的是都市文學、情色文學、政治文學、女性文學等面對臺灣文學重大議題的研討會。林燿德同時是一位出色的選家，編輯出版了《中國現代海洋文學選》、《新世代小說大系》、《臺灣新世代詩人大系》、《臺灣都市小說選》、《臺灣都市散文選》、《臺灣當代文學批評大系·文學現象卷》等書，「都具有歷史的宏觀性。他試圖形塑一種文學典範，並書寫一種新的臺灣文學

史。而其中以『都市文學』的深度探索上」，[16]發展了最新世代的文化觀點。

　　林燿德曾對朋友說：「四十歲將停止創作，從事他擬真正全身投入的一種事業」。[17]可是他還不到不惑之年，就於1996年1月8日因心臟病突發辭世，來不及實現他「聯合海內外的華文作家，為中華民族點燃文藝大復興的聖火」[18]的理想。《文訊》、《聯合文學》等媒體為此製作了悼念林燿德小輯，為這位耀眼的文學之星突然殞滅而悲慟。關於林燿德在臺灣文壇中的地位，中央大學中文系教授李瑞騰在〈一顆耀眼文學之星的殞滅〉中說得好：

　　林燿德多方面的文學動向表現在他以多種文類對於「一座城市的身世」展開深度的探索上面。「都市文學」始終成為他企圖營造的文學建築，從理論到實踐，他隱然成為新世代文學的代言人，經由編輯與活動之策劃，林燿德引領一股文學新風潮，對更新的世代產生極大的影響。[19]

余光中：愈老繆思愈年輕

一、讓春天從高雄出發

　　「歲月把我漂白了，一頭烏絲化為千萬個鉛字」。

在臺灣，有評論家稱余光中爲「文壇第一人」[20]或「詩壇祭酒」；[21]在香港，有教授稱他爲「當代文學重鎮」；[22]在大陸，他也聲名遠播，有大陸學者稱其爲兩岸文學團體賽中的「單打冠軍」。[23]在大陸出版的《中國當代文學史》或《二十世紀中國文學史》裡，他更像一座頗富宮室殿堂之美的名城屹立在那裡。

一生中輾轉遷徙的余光中，最難忘的是沙田山居時期。在香江的海潮與風聲中，他在那裡度過了十個春秋。1985年，他應臺灣中山大學創校校長李煥的邀請，來到仍然是依山傍海的高雄，任中山大學文學院院長兼外文研究所所長。

從吐露港到西子灣，余光中不是享受物質文明的過客，而是來做開墾文化的歸人。他爲高雄寫下了不少詩篇，其中最著名的是本書在《文學生產‧環保文學》中提到的〈控訴一支煙囪〉。這首詩發表後，高雄市議員曾把它當作質詢有關部門把港都弄成煙囪林立、天空永遠是灰濛濛的重要文本。

作爲具有高度憂患意識的余光中，還與許多詩人在高雄許願池畔舉辦「許願之夜」，並帶領衆人一起朗讀他的「許願」：

讓所有的鳥都恢復自由
回到透明的天空
不再怕有毒的雲霧
和野蠻的煙囪

讓所有的魚都恢復自由

回到純淨的河川

不再怕骯髒的下游

和發酵的河岸

讓所有的光都恢復自由

回到熱烈的眼睛

不再怕僵硬的面孔

和冷漠的表情

　　高雄和臺灣各地一樣，幾乎年年都有選舉大戰。多年對政
治冷感的余光中，實在無法忍受宣傳車高音喇叭發出的嚎叫
聲，更看不慣用錢買選票的醜惡，於是寫了〈深呼吸 —— 政治
病毒一患者的悲歌〉和〈拜託，拜託〉，以表示他「退掉報紙，
關掉電視」的抗議。余光中另有為「木棉花文藝季」寫的主題
詩〈讓春天從高雄出發〉：

讓春天從高雄登陸

這轟動南部的消息

讓木棉花的火把

用越野賽跑的速度

一路向北方傳達

讓春天從高雄出發

……

此詩譜成曲後由中山大學合唱團演唱，意在期望將高雄純樸的民風乘著文化的春風傳播到臺灣各地。

二、惟山河不變，滄海不枯

余光中的《鄉愁》抒發了海外遊子戀母的赤子情懷，曾風靡大陸，選進中學課本。

到了1992年，相隔四十三個春秋的首次大陸之行，解構了他的鄉愁。那是中國社會科學院外國文學研究所，邀請余光中去北京演講〈龔自珍與雪萊〉，以紀念中西兩位詩人誕辰兩百周年。這次「破冰之旅」成行後，他風塵僕僕轉往珠海參加學術交流。過了兩年，又到古城蘇州參加「當代華文散文國際研討會」，發表論文〈散文的知性與感性〉，將知性的論文融入感性，形同美文，讀來如行雲流水般靈動舒暢。然後赴上海，會見老作家柯靈、辛笛。柯靈非常欣賞余光中用左手寫的幻覺風雲就在掌中的散文，辛笛對余光中右手寫的文氣豪健的現代詩，也推崇備致。

頻頻到大陸雲遊的余光中，高興地看到自己在「文革」正酣時的大膽預言實現了：「我們不要忘了，七萬萬個中國人都可能是我們的讀者」。來到北京、瀋陽、長春、哈爾濱、大連、南京、上海……他就像聚光燈的焦點，總是被大陸的「余迷」所追逐。

1995年，余光中回母校廈門大學參加校慶。廈大的莘莘學子拿著余光中作品正版甚至是盜版找他簽名，他為自己的作品

在大陸獲得這麼多的知音而高興。重返四十六年前借讀過一學期的校園，鐘聲仍像過去一樣悠揚。只是人事全非，教過他的老師早已仙逝，沒想到在這次慶典上意外地見到了當年的校長汪德耀。兩人重逢，恍如隔世。返臺後，他寫了《浪子回頭》的詩：

　　鼓浪嶼鼓浪而去的浪子
　　清明節終於有岸可回頭
　　掉頭一去是風吹黑髮
　　回首再來已雪滿白頭
　　一百六十浬這海峽，爲何
　　渡了近半個世紀才到家？

　　一道海峽像一刀海峽
　　四十六年成一割，而波分兩岸
　　旗飄二色，字有繁簡
　　書有橫直，各有各的氣節
　　不變的仍是廿四個節氣……
　　浪子已老了，惟山河不變
　　滄海不枯，五老的花崗石不爛
　　……

　　一頭白髮坐對茫茫海峽的余光中，自喻「大陸是母親，臺灣是妻子」。在此詩中，他用「山河不變／滄海不枯」這樣撥動

人心弦的詩句表現了他對祖國忠貞不渝的愛。

由於多次赴大陸開會、演講、簽名，余光中對鄉愁已有了新的體會。他說：「所謂鄉愁，原有地理、民族、歷史、文化等層次……它應該是立體的」、「地理的鄉愁要乘以時間的滄桑，才有深度」。又說，「兩岸開放交流以來，地理的鄉愁固然可解，但文化的鄉愁依然存在，且因大陸社會的一再改型而似乎轉深」。[24]由於時間上的鄉愁無法歸返，是以成了日夜追尋的遊魂。正是這種原因，文化鄉愁仍是詩人創作的原動力，他寫了不少具有豐厚的傳統文化底蘊和民族情感的鄉愁詩，比過去有了新的開掘和內涵。

三、不再熱衷於戰爭

余光中在大陸受歡迎的程度，可以從各學府爭相邀請他演講或當客座教授、各出版社爭相出版他的選集或文集可見一斑。

2000年桂花飄香的秋天，武漢華中師範大學還舉辦了「余光中暨香港沙田文學國際學術研討會」。會議著重討論了余光中的現代詩學體系及其藝術成就，其中有一位教授的論文指出：余光中在詩學建構上的總體設計是「於中國詩的現代化之後，進入現代詩的中國化，而共同促成中國的文藝復興」；在詩學內涵上則主張致人性於全，致人生於全；在詩學境界上強調意境、意象與典型的交融；在詩學體式上，則「整體中求變化，約束中爭自由」。此外，會議還對余光中暨沙田派文學所提出的

幾個文學理論問題作了綜合探討，如文論話語的現代轉型問題，五四以來的新詩評價與發展問題，關於中文「西化」問題等。[25]

在大陸，有余光中所崇敬的作家和崇拜他的眾多讀者，同樣也有對他不屑一顧的「論敵」。1989年，臺笠出版社出版了增訂本《這樣的「詩人」余光中》，廣州出版的《華夏詩報》誤以爲這是「新著」，在該報頭版登出黑體字導讀性標題：「一尊『偶像』轟然自行崩塌──請讀第二版〈臺灣詩壇對余光中的批判〉」。[26]瞭解臺灣詩壇現狀的人都知道，1970年代出版的《這樣的「詩人」余光中》，是出自一派對另一派的攻訐，《華夏詩報》把這種不是流於政治立場的討伐，就是淪爲人身攻擊的文章大加讚賞，未免輕率。把無論是背景還是內容均十分複雜的書，不加具體分析從正面推薦給大陸讀者，並僅僅根據一派的意見得出余光中「崩塌」的結論，這是把複雜問題簡單化。作爲一家大陸詩報，輕易介入臺灣的兩派鬥爭，並把隔岸「戰火」引進大陸，這是不愼重的。由此，《華夏詩報》和余光中及其辯護者古遠清展開了激烈的論辯，[27]另還有臺港詩人和《世界論壇報》參與了這場論爭。[28]

不管來自哪方面逆耳的鼓噪，都難以動搖余光中「文壇重鎮」的地位。而余光中本人，對某詩報的抨擊乃至借讀者來信稱余光中對朱自清散文的不同評價爲「文學上的大反攻，反攻大陸」，[29]他均不置一詞。他曾引用蘭道（W. S. Landor）的名言說：「我與世無爭，因爲沒有人值得我爭吵」。[30]憑著這種人

生哲學，余光中維持著生命的美感，不願被這「小小橫逆」掃卻詩興。這位從熱血的青年詩人到冷眼閱世的老教授，早年寫過《高處》一詩，不難看出他對論爭的態度：

> 他和這世界的不快已經吵完
> 即使下面還有些噪音
> 起自幾個喋喋的報販
> 也只像山腳下的荒村
> 三兩聲偶然的狺狺
> 再傳也不到皓皓的絕頂
> 這上面，風說，已逼近空無
> 上山的路，少年辛苦的腳印
> 有時蹣跚，有時迷途
> 都掩埋於安慰的雪遺忘的冰
> 寂寞嗎？冷落嗎？他反問自己
> 似乎是帶著回甘的苦笑……
> 當一切的嘴啊都已吵完
> 就讓他脫下這世界吧
> 像脫下穿破的舊鞋
> 睡前，在他的床下

邁入花甲之年後，余光中的詩風不再激烈而趨向安靜平和。無論當年來自臺灣、香港及這次來自大陸的隆隆炮聲，他均視為「偶然的狺狺」，實在不情願再揚起論戰的烽煙。

四、在「歷史險急轉彎的風口」

通過對大陸作家正反方面的接觸，這位文壇的巨擘、學界的名流，對臺灣文學與中華文學的關係及其定位有了進一步的認識。

還在1980年代，余光中就說過：「島嶼只是客觀的存在，如果我們竟因此在主觀上強調島嶼的地區主義，在情緒上過分排外，甚至在意識上脫離中國文化的大傳統，那就是地區的囿限又加上心理自蔽」。在1990年代，他仍堅持這一點，即不像某些本土學者那樣著眼於島嶼與大陸的時空相悖，境遇相違，而是著眼於島嶼和大陸的血脈相連，夢魂相牽。但他也反對「中原心態」，反對因處於地域中心政治中心而自命為文學中心的觀點。他說：「藍墨水的上游雖在汨羅江，但其下游卻有多股出海。然則所謂中原與邊緣，主流與支流，其意義也似乎應重加體認了」。

對愛國主義的理解，余光中的看法也跟別人不盡相同，他認為，不能以「政治正確性」作為作品評判的唯一標準，以「態度積極，思想進步，作人民的代言人」的尺規劃分「愛國作家」與「非愛國作家」，這種文學觀太狹隘了。作品固然應該表現國家和民族的命運，用來激勵民心士氣、革命情操，但也可以「抒發個人的胸懷、一己的隱衷」，如果只許奮發，不許悲傷，那就是把藝術侷限在政治的範圍，否定它探討心理學、哲學，甚至宗教各方面的力量。又說：「所謂愛國，雖九死而不

悔，實殊途而同歸，不必全以正面的口號出之。就主題而言，
凡歌詠山河、擁抱人民、擔當歷史，皆為愛國，不必責以政體
或主義。永恆的乃是河山、人民、歷史，不是此起彼落的主義
⋯⋯說得更簡單些，一位中國作家只要真能把中文寫好、寫
美，就已經盡了他愛國之責了，因為歷史和文化就在那語文之
中。英國人寧失印度而不願失去莎士比亞，倒不是因為他寫了
英國史劇，而是因為他把英文寫成了藝術。時到今天，印度果
然已失去，但莎士比亞依然長存」。[31]

　　1990年代有如「歷史險急轉彎的風口」，這時的臺灣，至少
有兩個政黨在否認自己是中國人，不願接受中國的歷史。鼓吹
只有擺脫中國才有「臺灣文學」的詩人，拒不承認余光中為
「臺灣作家」，而認為他只是「外省作家」或「大陸流亡作家」，
對此，余光中感受到了壓力。他在香港首屆文學節演講中說
到：「在這樣的氣氛下，要堅持做一位中國作家，有時候並不
是很愉快的事情。說得赤裸一些，今日在臺灣還要做一位中國
人，簡直是負有『原罪』」。[32]但即使這樣，余光中仍為自己在
臺灣能做一位中國作家而自豪。面對臺灣有些人把他稱作「大
陸流亡作家」，而大陸學者卻把他稱作「臺灣作家」這種尷尬處
境，他認為只稱自己是「中國作家」就足夠了。他始終認為：
「自己不僅是臺灣作家，而且也是中國作家，更且是中國作
家」。

五、歲月愈老繆思愈年輕

　　身材瘦小、老而彌堅的余光中，頑健而硬朗，年過七十仍是虎虎生風，其光源愈來愈集中，晚年的文學活動越來越頻繁。1998年10月23日，中山大學文學院爲余光中七十大壽舉辦了作品研討會暨詩歌發表會。余光中本人爲證明自己老而能狂，早就儲備創作多時。此刻他自放煙火，同時在九家報刊發表九首最新詩作，並一口氣出版詩集《五行無阻》、散文集《日不落家》、評論集《藍墨水的下游》與《余光中詩選（第二卷）》。此外，還有余門四學士爲其推出壽慶詩文集《與永恆對壘》。《聯合文學》等刊物還製作專題，以表示對這位當代作家的尊崇。

　　對文學創作的薪傳，余光中有「鏡破不改光，蘭死不改香」的堅貞。寫作對他來說，有如箭在弦上，不得不發。正因爲「爲情造文」而不是「爲文造情」，故他寫作就像不得不打噴嚏時，卻憑空噴出了彩霞；又像是咳嗽不得不咳時，索性咳成了音樂。也正因爲他寫作是爲了煉石補天及視其爲生命，故他的晚年不像有些老作家那樣江郎才盡，再也寫不出像樣的新作。他每天有還不完的稿債，還有接不完的電話和信函。爲此，他在《我的繆思》中自豪地唱道：

　　歲月愈老，爲何繆思愈年輕？
　　當眾人正準備慶祝

可驚啊我七十歲的生辰

蠟燭之多令蛋糕不勝其負荷

為何我劇跳的詩心

自覺才三十加五呢？

誰也難以想像這樣一位面容溫文、身形清秀的詩人，到了古稀之年仍文思泉湧，以百川入海的磅　氣勢噴湧著熾熱的創作之泉。

對詩人來說，寫作不存在退休。即使過了退休的年齡，學校也不讓余光中退休，於是由光華文教基金會捐助百萬年薪，將這塊文學瑰寶保留在西子灣畔，以維持中山大學校園和臺灣文壇中這獨特的一景。

葉石濤：獨派「臺灣文學論」的宗師

在世紀末的臺灣文壇，葉石濤是一個無法忽略的名字，在他的身上，折射出臺灣文壇中國結與臺灣結對立的一個重要方面。他是「臺灣本土文學論」的奠基者，亦是分離主義者崇拜的宗師。他前後矛盾的文學論述及隨著政治氣候的變化對自己著作的增刪，反映了某些本土文學論者的機會主義特徵。

葉石濤是日據後期即二十世紀1940年代初出現的作家。1951年，他因閱讀左派書刊被官方依檢肅「匪諜」條例判處五年徒刑。由於失去人身自由，減刑獲釋後又沒有恢復元氣，更

重要的是對判他坐牢的統治者十分反感，故他沒有參加1950年代的「反共文學」大合唱。1965至1977年，他以寫實主義和鄉土文學復出，創作了近四十篇小說，使其成爲銜接從戰前到戰後臺灣文學史──特別是從日文寫作轉變爲中文寫作的極少數作家之一。

葉石濤既是小說家，同時又是文學評論家和文學史家，其後者的影響大大超過了前者。在鄉土文學崛起的1970年代，葉石濤是鄉土文學陣營臺籍作家的代言人和「本土派」評論家的重要領頭人。1965年，他最早提出「臺灣鄉土文學」一詞。他在《文星》雜誌上發表的一篇文章中說：「我渴望蒼天賜我這麼一個能力，能夠把本省籍作家的生平、作品，有系統的加以整理，寫成一部鄉土文學史。」[33]他後來的論述，仍不斷提升爲本土作家鎮魂壓驚的「鄉土文學」的重要性。

這裡講的「鄉土文學」，是指本省作家以寫實手法創作的作品。在「臺灣」一詞成爲禁忌的年代，葉石濤提出「鄉土文學」這一概念，無疑帶有反抗文學霸權的意味，是對「中華民國文學」這類術語的反撥。在〈臺灣鄉土文學史導論〉[34]一文中，他從「鄉土文學」發展成「鄉土文學史」：不僅有自己的文學話語，而且還對本土作家作了「戰前派」、「戰中派」和「戰後派」的劃分。引起更大爭議的是在此書中他提出的「臺灣意識」這一概念：「臺灣鄉土文學……1970年代應該是站在臺灣文學立場上來透視整個世界的作品，……他們應該具有根深蒂固的『臺灣意識』，否則臺灣鄉土文學豈不成爲某種『流亡文學』？」

可見，「臺灣意識」是和外省作家創作的所謂中國「流亡文學」相對立的，是爲了區別於「中國意識」而提出的。雖然限於當時的政治氣氛和條件，「臺灣意識」還遠未成爲後來所開展的黨外民主運動的基石，葉氏也不敢明目張膽切斷臺灣文學與中國文學的聯繫，但比起「中國意識」來，他更鍾愛「臺灣意識」，更強調臺灣文學的本土性和獨異性格。在白色恐怖的日子裡，他的論述語言也不可能像後來那樣斬釘截鐵：「戰後的臺灣文學也絕非中國文學的一環，隸屬於中國文學」，[35] 但不可否認，分離主義意識已隱含在「史綱」中。政治嗅覺敏銳的陳映眞，在《鄉土文學的盲點》中，[36] 從中國民族主義立場批評了葉石濤的褊狹觀點。不過，鑒於大敵當前——鄉土文學陣營兩派同受國民黨的壓迫和御用文人的圍剿，故這場論戰沒有也不便進一步展開。

在鄉土文學論戰尤其是「美麗島事件」發生後，以陳映眞爲代表的高揚「中國意識」的統派，與葉石濤爲首的弘揚「臺灣意識」的本土派的衝突已不可避免。具體表現在1981年初的「巫永福評論獎」中，陳映眞支援把臺灣文學視爲中國文學一環的《兩種文學心靈》，[37] 而葉石濤卻看中強調臺灣文學特殊性的《八〇年代的臺灣寫實小說》。[38] 表面上看來，這是對兩篇論文的不同評價，其實背後隱藏的是臺灣文學是逃離中國文學還是認同中國文學這兩種不同文學觀的分歧。

由於本土派的文學資源豐厚，他們手中有《臺灣文藝》、《文學界》，而堅持「中國意識」的陳映眞們只有《文季》雙月

刊，且這個刊物只維持了兩年便於1985年4月停刊，這便「象徵了自1970年代以來一直由左翼主導的臺灣文學意識主導權終於轉移到本土派的臺灣文學論者手中」。[39]

在陳映眞、葉石濤論戰前後，大陸學者開始研究臺灣文學，並出版了不少臺灣文學史著作，《文學界》同仁認爲臺灣文學的詮釋權不能落到大陸學者手中，因而感到有必要寫一本闡明臺灣文學在歷史的流動中如何發展了它強烈自主意識的專著，便由他們倡議，然後由葉石濤執筆完成了《臺灣文學史綱》。[40]

這本「史綱」，並不是嚴謹意義上的學術著作。作者重「鄉土」輕「現代」，重「本省」輕「外省」，說明其寫實主義批評尺度和本土立場比較褊狹，書中的作品評論多爲印象式批評，文筆過於鬆散，但從站在臺灣本土立場上寫臺灣文學史的角度看，它是一部符合「臺灣意識」觀念的文學史，作者初步完成了爲本土派建構臺灣文學史觀的使命。

由於當時的政治禁忌，葉石濤沒有把臺灣文學的「獨異性格」強調得太過分，另一方面爲了保護自己，書中還有不少「三民主義文學」的應景文字。即使這樣，仍招來一些原本在國民黨官方文藝團體如「中國文藝協會」、「中國青年寫作協會」、「中華民國青溪新文藝學會」培育出來的作家，或從這些團體主辦的文學刊物成長起來的作家的不滿，他們對葉石濤作了不少冷嘲熱諷的批評。在本土文學陣營內部，也有人不滿葉石濤某些模稜兩可的提法和鈍刀子割肉的文風，攻訐葉石濤寫

的是「老弱文學」。[41]由楊青矗任臺灣筆會會長的1997年，楊以
匿名的方式在《臺灣文藝》第一期罵彭瑞金是御用作家的同
時，攻擊葉石濤在「美麗島事件」發生後，對楊青矗和王拓被
捕這一事件幸災樂禍乃至落井下石。[42]也有人認為，「史綱」
由於資料嚴重不足，導致日據時期的作家作品有重要的遺漏。
對後者的批評，葉石濤一直念念不忘，因而他於1997年出版了
《臺灣文學入門》，內收五十七篇有關臺灣文學的答問，作為
「史綱」的「補遺」，其中有兩篇說及明鄭及清代的沈光文與郁
永河，使「史綱」的上限往前推，彌補了以往未具全史的缺
陷。此外，還補論了1930年代的文學社團、刊物及其文學論
爭，以使讀者掌握整體臺灣文學進程中所建立的「自主性精
神」。對1950年代的「反共文學」，作者過去因持否定態度在
「史綱」中論述嚴重不足，這次也有較多的篇幅討論這一不可忽
視的文學現象。

　　在臺灣的本土派中，有不少人過去是反日親中，而現在卻
媚日反中，葉石濤也是這種「翻筋斗」作家，這主要表現在出
日文版《臺灣文學史綱》時，他把有關臺灣文學性質的論述，
即「臺灣文學是中國的一支流」或是「中國抗戰文學的一部
分」，以及說臺灣文學是「在臺灣的中國文學」，是「在臺灣的
中國人所創造的文學」這類提法統統刪去，其譯者澤井律之說
這是葉石濤跟著1980年代中期後臺灣政治「自主化論」成為主
流而改變的，可見葉氏是如此善於看風使舵。本來，作家修改
自己的著作是正常現象，但這並不是一般的修改，而是一種政

治投機行為，應視為葉石濤臺獨文藝思想的大暴露。

冰凍三尺，非一日之寒。還在1942年，葉石濤追隨「皇民文學」的總管西川滿，在其任社長的《文藝臺灣》做助理編輯工作。西川滿對葉石濤寵愛有加，葉石濤則通過幫其看稿、校對、郵寄的工作報答西川滿的知遇之恩。在葉石濤心目中，為日本效忠的西川滿是指引他行走在文學道路上的一盞明燈，這就難怪葉石濤寫文章為西川滿幫腔，攻擊臺灣愛國主義作家所體現的文學精神是什麼「狗屎現實主義」。[43]這種親日、媚日的傾向，葉石濤一直把它帶到二十一世紀，如2002年6月15日葉石濤在題為《我的臺灣文學六十年》的演講中，開宗明義宣稱：「二十歲以前我是作為一個日本人長大的；……出生便是日本人」。他在接受日本學者山口守的採訪時，也聲明他「父母親有民族的尊嚴，然而卻是錯誤的尊嚴」。這是典型的數典忘祖的言論，這就不難理解他在這次演講中為什麼會作這樣的鼓吹：「『皇民化』就是想使臺灣人『日本人化』；『皇民化』就是使臺灣『現代化』、『近代化』」。把日本人對臺灣的掠奪和破壞視作「現代化」的開端，這是以敵為友、認賊作父的漢奸行為。在1990年代中，「皇民文學」在臺灣文壇中再次沉滓泛起，葉石濤無疑負有重要責任。

陳映真在批判分離主義的文學傾向時，曾稱葉石濤為「文學臺獨論的宗師」。對照葉石濤的言論，陳映真的說法一點也不過分。在1990年出版的《臺灣文學的悲情》中，葉石濤就公然亮出臺灣文學「自主性」的內涵：臺灣文學不是中國文學的一

部分，「大陸作品對臺灣猶如外國文學」。[44]在收進1994年出版的《展望臺灣文學》的一篇文章中，葉石濤借評鍾肇政的小說時宣稱：臺灣人「認同自己是漢人不等於認同是中國人」，「光復時的臺灣人原本有熱烈的意願重新回到『祖國』懷抱的，可惜從中國來的統治者輕視臺灣人，摧毀了臺灣人美好的固有倫理，使臺灣人再淪為『同胞』的奴隸，這動搖了臺灣人原本有的認同感，使得臺灣人離心離德以致於為生存而不得不起義抗暴，『二二八』於焉發生」，於是，「認同感」徹底破滅。[45]這種觀點，和李登輝認為自己是日本人，以及民進黨的臺獨黨綱是完全一致的。葉石濤從文學論述走向政治說教，把自己的立場緊緊向民進黨乃至建國黨靠近，完全取代了文學批評的文化意義，把自己捆綁在政治戰車上，和他自己反對過的1950年代出現的「反共文學」體現出驚人的同質性。

正因為葉石濤所開創的「臺灣意識論」和「本土文學論」，為臺獨派建構自己的臺灣文學史提供了重要的理論支撐，故臺灣有一群評論家緊緊圍繞在葉石濤的周圍（如彭瑞金、高天生等人），有人則乾脆稱之為「南派詮釋集團」[46]，與北派的陳映真、呂正惠、尉天驄等人相對照。

葉石濤最重要的追隨者陳芳明等人認為，葉石濤為戰後本土文學理論尤其是臺灣文學史觀的建構作了奠基性的工作。基於這種理由，南部的成功大學文學院給長期從事小學教育工作的葉石濤頒贈了榮譽文學博士學位，並於2000年受邀到該校臺灣文學研究所任教。此外，1999年5月，高雄市立文化中心還舉

辦了葉石濤文學國際學術研討會，陳芳明等人提供了《葉石濤的臺灣文學史觀之建構》等論文，盛讚其「以開創性的角度重省文學的發展，並為反映人生、訴說苦難的寫實主義吹響號角。從他的身上，後學者體悟到的不僅是鄉土文學的內涵與定位，同時還有文學史多元觀的考察與論述，由此衍生出從文學史的書寫族群意識的形成及其自我定位等重要課題。」[47]這裡講的「族群意識」，即為子虛烏有的「臺灣民族」意識，「自然定位」則為「臺灣文學不屬於中國文學的一部分」的違背歷史事實的定位。正是按照這種定位，彭瑞金寫作了《葉石濤評傳》，[48]另還有鄭炯明編的《點亮臺灣文學的火炬——葉石濤文學國際學術研討會論文集》[49]先後出版。

1990年代的葉石濤還出版過小說和散文集。《西拉雅族的末裔》，[50]以女性視角寫一個西拉雅族女人的故事，在文學創作中首次表現了西拉雅族同胞的生活，是葉石濤的文學創作進入多種族風貌文學思維時期的標誌。《馘首》[51]寫賽更人、漢族人互相尊重，寫客家人、福佬人與西拉雅族人互通生活資源，表現了作者希望臺灣各族群人民不要互相仇視的理想。共收十篇小說的《異族的婚禮》，[52]多數作品以辜安順這個人物貫穿始終，從戰爭時期寫到1990年代，同樣表現了臺灣各族群和睦相處的這一主題。散文集《不完美的旅程》，[53]描述了在異族統治下庶民生活的經驗，摻雜了青春期風流韻事的一些描寫，使葉石濤這位「老朽作家」頓時年輕起來。但他這些創作，成績平平，既比不上李喬、鍾肇政，也比不上他自己的文學論述影響

大。他在臺灣文學史上最重要的影響，是作為獨派「臺灣文學
論」的宗師而贏得眾多追隨者和崇拜者。

走向自戕之途的小說家

在世紀交替之際，某些人在精神上始終無法擺脫從世紀末
傳染來的頹廢情調，致使自殺成為臺灣文壇的一個重要景觀。
邱妙津於1995年在巴黎自殺後，2003年又有自縊身亡的黃國
峻，以及於次年讓生命時鐘關閉的《FHM男人幫》雜誌總編輯
袁哲生。他們提前離開這個令人煩擾的塵世，給文學界帶來巨
大的震動，促使人們重新審視既存的文壇秩序和作家生存的意
義。

抱著對生存目的、意義的懷疑和終極價值的困惑，對自身
發展前途的迷茫，過於頹廢、虛無的小說家們無法抵抗死神的
誘惑，由此走上不歸路。邱妙津這顆新星正是在這種生存虛無
的黑暗底色中隕落的。她生於1969年，1991年畢業於臺灣大學
心理學系，留學巴黎第八大學心理學系臨床組，曾任臺北張老
師心理輔導中心輔導員、《新新聞》雜誌社記者。從大學一年
級開始創作，獲《中央日報》首屆小說獎，以及第四屆《聯合
文學》新人獎中篇小說推薦獎。她生命的二十六年，是精華的
集中展示，著有短篇小說集《鬼的狂歡》、長篇小說集《鱷魚手
記》、《蒙馬特遺書》，中短篇小說集《寂寞的群眾》。

充滿才華的小說家消失後，人們依然思念小說家才華的閃

光。邱妙津寫於大學時代的《鬼的狂歡》,人物充滿了精神以及肉體的困惑:「這些人物各自有各自的難題要打發,卻又因為這些難題的虛無性格誘使他們共同表現了某一世界觀—— 放棄了深情凝視世界的眼光,不瞭解也不妥協。」如《臨界點》的主人翁因生理缺陷產生了極度自卑心理,而有時又將自卑心理轉變為過分的自尊,因而在與人交往時出現了異乎尋常的怪癖舉動。這種人在狂歡與死亡中徘徊,典型地表現了「新人類」極其矛盾的灰色心態。《離心率》則表現了後設小說的敘事特徵:在比喻上常常出奇制勝,其文字的表演性遠重於敘述性。邱妙津寫的不是角色本身,而是借角色表現自己。

陳映真曾批評1980年代後期的臺灣青年奢靡、頹廢、虛無,譴責他們完全背棄了老一輩的理想主義尊嚴。其實,這種頹廢、虛無,在1960年代存在主義風靡臺灣時就出現過,不過,兩者有本質的不同:「1980年代後期開始出現的『新人類』現象與1960年代的蒼白少年最大的不同在於:後者是白色恐怖政制下社會氣氛低凝中,從外面移植進來的莫可奈何;而前者卻實實在在是臺灣社會財富累積沖倒了原有道德格局,不得不然的本土現象。」[54]另一不同之處是「新人類」的作品帶有濃厚的感官色彩,如邱妙津喜愛寫夾帶情色的個人隱私,寫用金錢換來的官能刺激。她尤其喜好描寫同性戀題材,擅長渲染同志愛的悲戀之情。如《鱷魚手記》在表現大學校園和同性酒吧中女男同志結盟時,大膽地展示裸體,流露出對女同志身分的絕望之情,並表現了同性戀與雙性戀的愛恨關係,對異性戀主

義與恐同性戀心理作了眾多的戲謔和嘲諷。穿插全書的鱷魚意象，既代表普通人視同性愛為怪胎、孽種，又代表同志對這些污點的解構，並將其挪用為可愛可親的酷異符號。

邱妙津受酷兒理論的影響，對身分、「暗櫃」與同志戀慾望的處理方式跟紀大偉等人有所不同。《鱷魚手記》寫作為男同志的夢生在舞臺上表演活春宮，充滿挑逗色彩，不似陳雪對這類題材處理得較為輕鬆。《柏拉圖之髮》寫T婆的苦撐與受制，以及權力互動，比別的作者顯得複雜化。邱妙津小說中這種自閉、頹廢與淫邪的傾向，在她開始度過焦黑地帶的年齡後有所改變。她在「自述」中寫到：「我終於知道我要的是什麼了，我要的是創造更多、知道更多、愛更多、會做更多事、懂得更多人生，其他的失去都不重要，其他的占有不了都不重要……我知道我要的是重新開始創作、唱歌，徹底展現我的美，我要的是去愛很多人。」[55] 她開始重視寫作意義和文學價值，試圖分清美與醜的界限，導致她最後一部作品《蒙馬特遺書》中的殉情主題。

在邱妙津的有限生命中，無時不在思索存在，思索時間，思索死亡。這就難怪她的作品不時涉及到死亡，彌漫出一種「先行到死」的憂鬱情緒。如《鬼的狂歡》所寫的特立獨行的青年，便在狂歡與死亡中徘徊。《囚徒》中的總編輯李文，同樣也輕生厭世，甚至幻想跳樓自殺時會遇到一位妙齡女郎，共同勉勵把過去全埋葬在廢墟裡，愉快地「從下一秒鐘活起」。《蒙馬特遺書》對靈與肉、內在與外在問題作了辯證思考，主人翁

「我」爲此想到了自殺——那些一整年來深深埋藏在兩人心底的憤怒的敵意，那些冷漠、自私、傷害、不愛、背叛，「一切都只要投擲進我的死亡裡就好，一切都要結束在我達到死亡之上，一切我對她的恨及對我生命的不諒解，都要在我的死亡裡完全和解，互相諒解，繼續互愛……而我的死亡也是一次徹底向她祈求原諒與懺悔的最後行動，一次幫助她眞正長大的最後努力……」[56]「我」之所以有這些念頭，是因爲這些男性化的女同性戀面臨著終極意義上的虛無與荒誕、苦痛與創傷，而又無法躲開世俗性、功利性、占有性、自私性、侵略性、破壞性、支配性，這時便只好以身殉道，用自己的血肉之軀去證明無法活在自我的眞實生命中。這和作者本人走向自戕之路，不僅是爲了內在的自我完備，也和周圍環境的「迫害」有極大的相似之處。

在輕生厭世的作家觀念中，死亡是現存的一種無可取代的最後可能性。和西方詩人里爾克、荷爾德林一樣，出生於小說世家的黃國峻，從世紀末開始就被死亡的恆久而巨大的陰影所籠罩。他說過一句名言：「時間如此眞實，眞實如此短暫。」他只活了三十四歲，可是留下的作品不少，僅短篇小說集就有三種，分別是《度外》、《盲目地注視》和《麥克風試音》，另還有來不及出版的長篇《水門的洞口》。他的作品風格，黃碧瑞曾將其概括爲「翻譯體」。除人名常與外國人相似外，在用詞造句上也不像其父黃春明那樣本土化。他眼中的「男島」、「女島」中的情慾世界，與中華文明相悖，甚至在英美文化中也難見其

蹤影。有一位臺灣學者為其「尋根」時，只在艾柯的《昨日之島》或《玫瑰的名字》中嗅得一絲雷同。黃氏作品中的洋腔洋調，據說是為了「製造某種『疏離的美學』」，這種美學是臺灣文壇在世紀交替時極富探討價值的一種現象。[57]

　　黃國峻生命之火猝然熄滅時，袁哲生曾寫過悼文《偏遠的哭聲》。[58]想不到過了一年，以外省的第二代之姿挑戰河洛話鄉土書寫的這位優異小說家，不再「留得春光過小年」[59]而接過黃國峻的「棒子」，又用自己的高貴生命去燭照生存的虛無。他的自殺再次昭示了生命的悲涼，同時意味著小說家形象的永遠完成。正因為在有限的時空裡猝逝，所以這幾顆突然隕滅的耀眼之星，留給人們的將是永恆的思念。

註釋：

1 5 6 7 8 梁峻瑾記錄整理，〈在這一塊土地上，建立一座文化花園——李瑞騰專訪臺北市文化局長龍應臺〉，《文訊》，2001年2月。

2 董清峰，〈文化因她闖出一片天〉，《亞洲週刊》，2003年2月17─23日。

3 4 董清峰，〈作家重塑臺北文化景觀〉，《亞洲週刊》，2003年2月17─23日。

9 10 11 林麗如，〈以認真、嚴肅的態度思想與創作——專訪陳映眞先生〉，《文訊》，2002年2月。

12 林燿德，《一九四九以後》（臺北：爾雅出版社，1986年），302頁。

13 16 轉引自應平書，〈八○年代的文學旗手〉，載中國青年寫作協會編：《林燿德與新世代作家文學論》（臺北：行政院文化建設委員會，1997年）。

14 馮青，〈帶著光束飛竄的神童〉，《都市終端機》之「附錄」（臺北：書林出版公司，1998年）

15 齊隆壬，〈臺灣版圖的四重奏與原住民神話的終結〉，《當代》，1991年，第57期。

16 見《中國時報》人間副刊，1996年1月11日。

18 司馬中原，〈火焰人生〉，《聯合報》副刊，1996年1月11日。

19 《民生報》文化新聞版，1996年1月11日。

20 陳芳明語。轉引自傅孟麗，《茉莧的孩子——余光中傳》（臺

北：天下遠見出版公司，1999年）。

21 顏元叔，〈詩壇祭酒余光中〉，《璀璨的五彩筆》（臺北：九歌出版社，1994年）

22 黃維樑，《璀璨的五彩筆・導言》（臺北：九歌出版社，1994年）。

23 古遠清，〈臺灣文學的現狀與走向——在廣州中山大學中文系的演講〉（2002年10月）。另見福州《東南快報》，2003年9月14日，A10版。

24 轉引自徐學，《火中龍吟：余光中評傳》（廣州：花城出版社，2002年）。

25 黃曼君、黃永林主編，《火浴的鳳凰，恒在的繆斯》（湖北：湖北人民出版社，2002年）。

26 《華夏詩報》，1991年5月25日。

27 參看古遠清，〈究竟誰在「捏造誹謗，誣陷他人」？——駁某詩報評論員文章〈真理愈辯愈明〉〉，《台港澳文壇風景線》下冊（北京：國際文化出版公司，1997年）。

28 臺北《世界論壇報・世界詩葉》，1995年2月26日。

29 《一個中學生的來信》，《華夏詩報》，1993年第5期。

30 傅孟麗。《茱萸的孩子——余光中傳》（臺北：天下遠見出版公司，1999年）。

31 32 余光中，〈紫荊與紅梅如何接枝？〉，《香港文學節研討會講稿彙編》（香港：市政局公共圖書館，1997年）。

33 葉石濤，《臺灣的鄉土文學》，《文星》，1965年，總97期。

34 葉石濤，〈臺灣鄉土文學史導論〉，《夏潮》，1977年5月1
日，第14期。

35 葉石濤，〈撰寫臺灣文學史應走的方向〉，《臺灣文學的困境》
（高雄：派色文化出版社，1992年），13-14 頁。

36 陳映眞，〈鄉土文學的盲點〉，《臺灣文藝》，革新第2期，
1977年6月。另見尉天驄編，《鄉土文學討論集》（編者自
印，1978年），93—99頁。

37 詹宏志作，《書評書目》，1981年元月，總93期。

38 彭瑞金作，《臺灣文藝》，1980年12月，革新號第17期。

39 呂正惠，《殖民地的傷痕——臺灣文學問題》（臺北：人間出
版社，2002年），210頁。

40 業石濤，《臺灣文學史綱》（臺北：文學界雜誌社，1987
年）。

41 宋澤萊，〈呼喚臺灣黎明的喇叭手——試介新一代小說家林
雙不並檢討臺灣的老弱文學〉，《臺灣文藝》，1986年1月，第
98期。另見宋澤萊，《誰怕宋澤萊？》（臺北：前衛出版社，
1986年）。

42 參看彭瑞金，《葉石濤評傳》（高雄：春暉出版社，1999
年），223頁。

43 葉石濤，《給世外民的公開書》，《興南新聞》，1943年5月17
日。

44 葉石濤，《臺灣文學的悲情》（高雄：派色文化出版社，1990
年），62頁。

45 葉石濤，〈接續「祖國」臍帶後所目睹的怪現狀〉，《展望臺灣文學》（臺北：九歌出版社，1994年）。

46 游喚，〈八○年代臺灣文學論述之變質〉，《臺灣文學觀察雜誌》，1992年2月，第5期。

47 朱嘉雯，〈葉石濤：挖不盡的文學礦藏〉，載文訊雜誌編印《1999臺灣文學年鑒》（臺北：行政院文化建設委員會，2000年），226頁。

48 彭瑞金，《葉石濤評傳》（高雄：春暉出版社，1990年）。

49 鄭炯明，《點亮臺灣的火炬》（高雄：文學臺灣，1999年版）。

50 葉石濤，《西拉亞族的後裔》（臺北：前衛出版社，1990年5月）。

51 葉石濤，《禍首》（高雄：派色文化出版社，1991年6月）。

52 葉石濤，《異族的婚禮》（臺北：皇冠出版社，1994年）。

53 葉石濤，《不完美的旅程》（臺北：皇冠出版社，1993年8月）。

54 楊照。《文學的原像·新人類的感官世界》（臺北：聯合文學出版社，1995年），120頁。

55 56邱妙津，〈蒙馬特殘簡〉，《聯合文學》，1995年9月號。

57 李奭學，〈疏離的美學——談黃國峻的短篇小說〉，《聯合文學》，2003年8月號。

58 袁哲生，〈偏遠的哭聲〉，《聯合文學》，2003年8月號。

59 袁哲生，〈留得春光遇小年〉，《聯合文學》，2003年7月號。

參考書目

一、英文書目

Flaub, S. *The Flowing Narratiue: Representations of Time in Modern Fiction*（Toronto: Quebec University Press, 1991），pp. 5-8.

二、中文書目

中國青年寫作協會編（1997）。《林燿德與新世代作家文學論》。臺北：行政院文化建設委員會。

文訊雜誌社（1996）。《臺灣文學中的社會》。臺北：《文訊》雜誌社。

文訊雜誌社主編（1994）。《鄉土與文學》。臺北：《文訊》雜誌社。

文訊雜誌社主編（1998）。《臺灣現代小說史綜論》。臺北：聯經出版公司。

文訊雜誌編（1999）。《1998臺灣文學年鑒》。臺北：行政院文化建設委員會。

文訊雜誌編（2000）。《1999臺灣文學年鑒》。臺北：行政院文化建設委員會。

王德威（1993）。〈大有可爲的臺灣政治小說〉，《小說中國》。

臺北：麥田出版公司。

王德威（1993）。《小說中國》。臺北：麥田出版公司。

古遠清（1997）。《台港澳文壇風景線》下冊。北京：國際文化
　　出版公司。

白靈（1996）。〈詩的夢幻隊伍──《八十四年詩選》上場〉。
　　辛郁、白靈主編：《八十四年詩選》。臺北：現代詩社。

石曉楓（2000）。〈解嚴後臺灣女作家散文中的性別書寫〉。
　　《解嚴以來臺灣文學國際學術研討會論文集》。臺北：萬卷
　　樓圖書公司。

向陽（1993）。〈副刊學的理論建構基礎〉。《當代臺灣文學評
　　論大系·文學現象卷》。臺北：正中書局。

朱嘉雯（2000）。〈葉石濤：挖不盡的文學礦藏〉，載文訊雜誌
　　編印《1999臺灣文學年鑒》。臺北：行政院文化建設委員
　　會。

朱雙一（2000）。〈解嚴以來臺灣文學思潮發展的若干觀察〉，
　　《解嚴以來臺灣文學國際學術研討會論文集》。臺北：萬卷
　　樓圖書公司。

余光中等（1997）。《香港文學節研討會講稿彙編》。香港：市
　　政局公共圖書館。

余光中（1994）。〈藍墨水的上游是汨羅江〉，載黃維樑編：
　　《中華文學的現在和未來──兩岸暨港澳文學交流研討會
　　論文集》。香港：鑪峰學會。

余光中（1997）。〈紫荊與紅梅如何接枝？〉。《香港文學節研

討會講稿彙編》。香港：市政局公共圖書館。

吳奔星主編（1988）。《中國新詩鑒賞大辭典》。南京：江蘇文
　　藝出版社。

呂正惠（1988）。《小說與社會》。臺北：聯經出版公司。

呂正惠（1998）。〈「政治小說」三論〉。《小說與社會》。臺
　　北：聯經出版公司。

呂正惠（2002）。《殖民地的傷痕──臺灣文學問題》。臺北：
　　人間出版社。

宋澤萊（1986）。《誰怕宋澤萊？》。臺北：前衛出版社。

李昂（1997）。《北港香爐人人插》。臺北：麥田出版公司。

李喬（1986）。〈歷史素材的運用〉。《小說入門》。臺北：時報
　　文化出版公司。

李喬（1986）。《小說入門》。臺北：時報文化出版公司。

李勤岸（1996）。〈語言政策及臺灣獨立〉，載施正鋒編：《語
　　言政治與政策》。臺北：前衛出版社。

李瑞騰主編（2003）。《中華現代文學大系‧臺灣1989—2003》
　　評論卷（一）。臺北：九歌出版社。

李瑞騰總編輯（1988）。《1997年臺灣文學年鑒‧淡水工商管理
　　學院成立「臺灣文學系」》。臺北：文訊雜誌社編印。

李瑞騰總編輯（1988）。《1997年臺灣文學年鑒》。臺北：文訊
　　雜誌社編印。行政院文化建設委員會。

杜十三總策劃（2002）。《2000年臺灣文學年鑒》。臺北：行政
　　院文化建設委員會。

辛郁、白靈主編（1996）。《八十四年詩選》。臺北：現代詩
　　社。

孟樊（1989）。《後現代併發症——當代臺灣社會文化批判》。
　　臺北：桂冠圖書公司。

林央敏（2002）。〈臺語文學觀察〉。《2000年臺灣文學年鑑》。
　　臺北：行政院文化建設委員會。

林承璜（1994）。《臺灣香港文學評論集》。福建：海峽文藝出
　　版社。

林瑞明（1996）。《臺灣文學的歷史考察》。臺北：允晨文化公
　　司。

林燿德（1986）。《一九四九以後》。臺北：爾雅出版社。

林燿德（1994）。〈小說迷宮中的政治回路〉。《當代臺灣政治
　　文學論》。臺北：時報文化出版公司。

林燿德（1988）。《都市終端機》。臺北：書林出版公司。

林燿德、孟樊主編（1990）。《世紀末偏航》。臺北：時報文化
　　出版公司。

施正鋒編（1996）。《語言政治與政策》。臺北：前衛出版社。

徐學（2002）。《火中龍吟：余光中評傳》。廣州：花城出版
　　社。

浦忠成（1998）。〈臺灣原住民小說寫作狀況的分析〉。《臺灣
　　現代小說史綜論》。臺北：聯經出版公司。

尉天驄編（1978）。《鄉土文學討論集》。編者自印。

張大春（1998）。〈預知毀滅紀事——一則小說的啓示錄〉。

《臺灣現代小說史綜論》。臺北：聯經出版公司。

張子璋（1984）。《人性與「抗議文學」》。臺北：幼獅文化出版公司。

張寶琴、邵玉銘、　弦主編（1995）。《四十年來中國文學》。臺北：聯合文學出版社。

梅家玲編（2000）。《性別論述與臺灣小說》。臺北：麥田出版公司。

莊宜文（1997）。〈張大春：超級大頑童〉。《1996臺灣文學年鑒》。臺北：行政院文化建設委員會。

許南村（2002）。《反對言僞而辯》。臺北：人間出版社。

許素貞（2003）。〈「國立臺灣文學館」暖機起動〉。《2001臺灣文學年鑒》。臺北：行政院文化建設委員會。

陳芳明（1998）。〈戰後臺灣大河小說的起源——以吳濁流自傳性作品爲中心〉。《臺灣現代小說史綜論》。臺北：聯經出版公司。

陳昭瑛（1998）。《臺灣文學與本土化運動》。臺北：正中書局。

陳萬益（1998）。〈講評意見〉。《臺灣現代小說史綜論》。臺北：聯經出版公司。

陳義芝（1997）。〈副刊轉型之思考：以七〇年代末「聯副」與「人間」爲例〉。《世界中文報紙副刊學術研討會論文》。臺北：國家圖書館。

陳義芝主編（1998）。《臺灣現代小說史綜論》。臺北：聯經出

版公司。

陳義芝主編（1999）。《臺灣文學經典研討會論文集》。臺北：
　　聯經出版公司。

傅孟麗（1999）。《茱萸的孩子—— 余光中傳》。臺北：天下遠
　　見出版公司。

彭瑞金（1993）。〈從族群特性看客家文學的發展〉。《臺灣客
　　家文學論》。苗栗：苗栗縣立文化中心。

彭瑞金（1999）。《葉石濤評傳》。高雄：春暉出版社。

彭瑞金（2000）。《歷史迷路，文學引渡》。臺北：富春文化有
　　限公司。

渡也（2003）。〈文學在當代臺灣選舉中的運用〉，載李瑞騰主
　　編：《中華現代文學大系・臺灣1989－2003》評論卷
　　（一）。臺北：九歌出版社。

焦桐（1998）。《臺灣文學的街頭運動——（1977－世紀末）》。
　　臺北：時報文化出版公司。

董清峰（2003）。〈文化因她闖出一片天〉。香港：《亞洲週
　　刊》，2003年2月17－23日。

須文蔚（1997）。〈邁向網路時代的文學副刊：一個文學傳播觀
　　點的初探〉，載　弦、陳義芝編：《世界中文報紙副刊學綜
　　論》。臺北：行政院文化建設委員會。

須文蔚（1999）。〈文學上網的觀察〉。《1998臺灣文學年鑒》。
　　臺北：行政院文化建設委員會。

須文蔚（2000）。〈文學上網的觀察〉。《1999臺灣文學年鑒》。

臺北：行政院文化建設委員會。

馮青（1998）。〈帶著光束飛竄的神童〉。《都市終端機》之
　　「附錄」。臺北：書林出版公司。

黃英哲編、涂翠花譯（1994）。《臺灣文學研究在日本》。臺
　　北：前衛出版社。

黃恆秋（1994）。〈臺灣客家文學的省思與前瞻〉。《臺灣文學
　　與現代詩》。苗栗：苗栗縣立文化中心。

黃恆秋（1994）。《臺灣文學與現代詩》。苗栗：苗栗縣立文化
　　中心。

黃恆秋（1998）。《臺灣客家文學史概論》。高雄：愛華出版
　　社。

黃恆秋編（1993）。《臺灣客家文學論》。苗栗：苗栗縣立文化
　　中心。

黃曼君、黃永林主編（2002）。《火浴的鳳凰，恆在的繆斯》。
　　武漢：湖北人民出版社。

黃維樑編（1994）。《璀璨的五采筆》。臺北：九歌出版社。

黃維樑編（1994）。《中華文學的現在和未來——兩岸暨港澳文
　　學交流研討會論文集》。香港：鑪峰學會。

楊照（1995）。〈歷史大河中的悲情——論臺灣的「大河小
　　說」〉。《四十年來的中國文學》。臺北：聯合文學出版社。

楊照（1995）。《文學的原像‧新人類的感官世界》。臺北：聯
　　合文學出版社。

葉石濤（1982）。《文學回憶錄》。臺北：遠景出版公司。

葉石濤（1990）。《臺灣文學的悲情》。高雄：派色文化出版社。

葉石濤（1991）。《臺灣文學史綱》。高雄：春暉出版社。

葉石濤（1992）。〈撰寫臺灣文學史應走的方向〉。《臺灣文學的困境》。高雄：派色文化出版社。

葉石濤（1992）。《臺灣文學的困境》。高雄：派色文化出版社。

葉石濤（1994）。〈接續「祖國」臍帶後所目睹的怪現狀〉。《展望臺灣文學》。臺北：九歌出版社。

葉石濤（1994）。《展望臺灣文學》。臺北：九歌出版社。

臺灣師範大學國文系主編（2000）。《解嚴以來臺灣文學國際學術研討會論文集》。臺北：萬卷樓圖書公司。

趙遐秋、曾慶瑞（2001）。《「文學臺獨」面面觀》。臺北：九洲出版社。

劉亮雅（2000）。〈邊緣發聲：解嚴以來的臺灣同志小說〉。《解嚴以來臺灣文學國際學術研討會論文集》。臺北：萬卷樓圖書公司。

劉登翰等主編（1993）。《臺灣文學史》下卷。福州：海峽文藝出版社。

鄭明娳（1992）。〈當代臺灣文藝政策現象〉。《現代散文現象論》。臺北：大安出版社。

鄭明娳主編（1994）。《當代臺灣政治文學論》。臺北：時報文化出版公司。

鄭明娳主編（1995）。《當代臺灣都市文學論》。臺北：時報文化出版公司。

靜宜大學（2003）。《2001臺灣文學年鑑》。臺北：行政院文化建設委員會。

應平書（1997）。〈八○年代的文學旗手〉。中國青年寫作協會編：《林燿德與新世代作家文學論》。臺北：行政院文化建設委員會。

顏元叔（1994）。〈詩壇祭酒餘光中〉。《璀璨的五采筆》。臺北：九歌出版社。

羅青（1988）。《詩人之燈》。臺北：光復書局。

羅青（1989）。《什麼是後現代主義》。臺北：五四書店。

鍾肇政（2000）。《臺灣文學十講》。臺北：前衛出版社。

弦、陳義芝編（1997）。《世界中文報紙副刊學綜論》。臺北：行政院文化建設委員會。

《聯合文學》編輯部（1997）。〈諾亞的方舟不要再來〉。《聯合文學》，1994年7月號。

大荒（1995）。〈獎為何設？〉。《臺灣詩學季刊》，總第13期。

小黑吉（1996）。〈印象已深，最好換招牌〉。《臺灣詩學季刊》，總第14期，封三。

尤七（1996）。〈時間歷史與空間歷史的矛盾──大陸學者如何定位臺灣現代詩〉。《臺灣詩學季刊》，總第14期。

文曉村（1998）。〈欲蓋彌彰司馬「心」〉。《葡萄園》，1998年夏季號，總第138期。

王宗法（2001）。〈談當代臺灣文學中的鄉愁詩 —— 兼評焦桐的《大陸的臺灣現代詩評論》〉。南京《世界華文文學論壇》，2001年第4期。

王緋（2002）。〈另一種戴著鐐烤的生命舞蹈〉。《香港文學》，2002年5月號。

丘秀芷（1999）。〈誰來領引〉。《文訊》，1999年1月號。

古遠清（1993）。〈兩岸文學交流不應存在「敵意」—— 兼評向明先生的《不朦朧，也朦朧》〉。《臺灣詩學季刊》，1993年3月。

古遠清（2002）。〈臺灣文學的現狀與走向 —— 在廣州中山大學中文系的演講〉。

司馬新（1998）。〈打開天窗說真話 —— 對1997年詩壇某些現象之檢驗與省思〉。《創世紀》，1998年春季號，總第114期。

向明（1992）。〈不朦朧，也朦朧 —— 評古遠清的《台港朦朧詩賞析》〉。《臺灣詩學季刊》，1992年12月。

向明（1997）。〈小談詩社詩選〉。《臺灣詩學季刊》，1997年9月。

向明（2002）。〈詩人也要靠行嗎？〉。《臺灣詩學季刊》，2002年12月。

向陽（1992）。〈對當前臺灣副刊走向的一個思考〉。《文訊》，1992年8月，革新第43期。

向陽（2003）。〈海上的波浪 —— 小論文學獎與文學發展的關聯〉。《文訊》，2003年12月。

朱嘉雯（1998）。〈開創女性書寫新紀元——「女性書寫新方向」研討會側記〉。《文訊》，1998年。

紀騅（1993）。〈一個中學生的來信〉。廣州：《華夏詩報》，1993年第5期。

魏可風整理（1996）。〈張大春V.S楊照談＜撒謊的信徒＞〉。《聯合文學》，1996年5月號。

駱桑（1999）。〈都是「經典」惹的禍〉。《純文學》月刊，1999年4月號。

游勝冠（2001）〈展望新世紀的台灣文學研究〉。《文訊》，2001年1月號。

吳德偉（2003）。〈地方文學聲聲響——對地方文學獎的幾點觀察〉。《文訊》，2003年12月。

呂正惠（1993）。〈「大陸的臺灣詩學」討論會〉。《臺灣詩學季刊》，總第2期。

呂政達（2003）。〈一個評審學派的誕生〉。《文訊》，2003年12月。

宋澤萊（1986）。〈呼喚臺灣黎明的喇叭手——試介新一代小說家林雙不並檢討臺灣的老弱文學〉。《臺灣文藝》，第98期。

李敏勇（1996）。〈臺灣的心〉。《笠》，第196期。

李瑞騰（1988）。〈當前大陸文學‧編輯報告〉。《文訊》，1988年7月版。

李瑞騰（1990）。〈編輯室報告〉。《臺灣文學觀察雜誌》，1990

年9月，總第2期。

李瑞騰（1992）。〈大陸的臺灣詩學再檢驗‧前言〉。《臺灣詩
　　學季刊》，總第1期。

李瑞騰（1993）。〈文學雜誌的困境及可能的出路〉。《臺灣文
　　學觀察雜誌》，1993年9月，總第8期。

李奭學（2003）。〈疏離的美學 —— 談黃國峻的短篇小說〉，
　　《聯合文學》，2003年8月號。

周金波（1997）。〈談我的文學〉。《文學臺灣》，總23期。

周增祥（1994）。〈建議與批評〉。《文訊》，1994年3月。

孟樊（1996）。〈主流詩學的盲點〉。《臺灣詩學季刊》，總第14
　　期。

孟樊（1998年4月27日）。〈頹廢已經征服了臺北〉。《聯合文
　　學》，1991年第3期。

明哲（1994）。〈上帝啊，你在哪裡？〉。《臺灣詩學季刊》，
　　1994年9月。

林於弘（2001）。〈神殿的起造與傾頹 —— 從《《年度詩選》看
　　八〇年代前期的新詩版圖爭霸〉。《臺灣詩學季刊》，總第
　　34期。

林積萍（2000）。〈文化界票選成風〉。《文訊》，2000年12月。

林積萍（2000）。〈同志、酷兒、怪胎書寫的新風潮〉。《文
　　訊》，2000年12月。

林麗如（2002）。〈以認真、嚴肅的態度思想與創作 —— 專訪陳
　　映眞先生〉。《文訊》，2002年2月。

邱妙津（1995）。〈蒙馬特殘簡〉。《聯合文學》，1995年9月
　　號。

姜穆（1999）。〈資料典藏應以運用為主〉。《文訊》，1999年1
　　月號。

封德屏（1994）。〈九○年代前期臺灣詩事票選〉。《文訊》，
　　1994年6月號。

柏楊（2004）。〈民主麻疹〉。香港《明報月刊》，2004年5月
　　號。

唐翼明（1999）。〈看「20世紀中文小說一百強排行榜」有
　　感〉。《文訊》，1999年12月。

高信疆（1979）。〈一個概念（副刊編輯）的兩面觀〉。《愛書
　　人》雜誌，1979年12月1日。

康來新（1998）。〈知情更淫 —— 小說史觀下的女性情慾閱
　　讀〉。《文訊》，1998年3月。

張大春（1996）。〈輕蔑我這個時代〉，轉引自裴元領：《撒謊
　　之鞭》。《聯合文學》，1996年6月號。

張良澤（1979）。〈苦悶的臺灣文學 —— 蘊涵「三腳仔」心聲的
　　譜系·濃鬱地反映迂迴曲折的歷史〉。日本《朝日夕刊》，
　　1979年4月5日。

張素貞（2002）。〈臺灣文學研究的幾點補充意見〉。《文訊》，
　　2002年11月。

張淑麗（1998）。〈「閨怨」美學的挑戰 —— 當代臺灣女性書寫
　　的異／移位〉。《文訊》，1998年3月。

張默（1999）。〈誰是最適任的館長？〉。《文訊》，1999年1月號。

梁峻瑾記錄整理（2001）。〈在這一塊土地上，建立一座文化花園——李瑞騰專訪臺北市文化局長龍應臺〉。《文訊》，2001年2月。

梅家玲（1998）。〈以小搏大——對戰後臺灣小說史中女性／性別論述的若干觀察〉。《文訊》，1998年8月。

莊宜文（1998）。〈文學新秀的舞臺——聯合文學小說新人獎〉。《文訊》，1998年1、2月，43頁。

荻宜（1992）。〈變革的副刊〉。《文訊》，1992年8月，革新第43期。

許俊雅（1997）。〈1996年現代文學的評論與研究〉。《文訊》，1997年5月。

陳大為（1999）。〈一個最起碼的亞洲視野〉。《文訊》，1999年1月號。

陳去非（1995）。〈一片晦暗的九十年代臺灣現代詩壇——一個年輕人的觀察報告〉。《臺灣詩學季刊》，總第12期。

陳玉玲（1996）。〈臺灣女性主義思潮的發展〉。《文訊》，1996年5月。

陳信元（1992）。〈北京中國現代文學館〉。《文訊》，1992年9月號。

陳昭瑛（1995）。〈論臺灣的本土化運動〉。《中外文學》，1995年2月號。

陳映眞（1984）。〈西川滿與臺灣文學〉。《文季》，第一卷第6期。

陳映眞（1995）。〈臺獨批判的若干理論問題──對陳昭英「論臺灣的本土化運動」之回應〉。《海峽評論》，1995年第4期。

陳萬益（2002）。〈臺灣文學成爲一門學科以後〉。《文訊》，2002年6月。

陳器文（2002）。〈期待「原住民圖像」的出現〉。《文訊》，2002年11月。

彭瑞金（1992）。〈當前臺灣文學的本土化與多元化〉。《文學臺灣》，1992年9月。

彭瑞金（1980）。《臺灣文藝》，革新號第17期。

曾健民（1999）。〈一個日本「自虐史觀批判」者的皇民文學論〉。《人間思想與創作叢刊》，1999年秋季號。

曾健民（1998）。〈反鄉土派的嫡傳──七批陳芳明的〈歷史的歧見與回歸的歧路〉〉。《人間思想與創作叢刊》，1998年。

渡也（1984）。〈淺論《1982年臺灣詩選》〉。《文訊》，1984年6月。

湯芝萱（1997）。〈文學界對「現代文學資料館」的建言與期待〉。《文訊》別冊，1997年10月號。

黃子堯（黃恆秋）（1994）。〈臺灣客家文學及其客籍作家「身分」〉。《鄉土與文學》。《文訊》雜誌編。

黃石輝（1930）。〈怎樣不提倡鄉土文學〉。《伍人報》，9─11

期。

黃碧瑞（1993）。〈用什麼「交流」〉。《文訊》，1993年1月。

楊平（1996）。〈批判之外——關於「大陸的臺灣詩學再檢驗」〉。《臺灣詩學季刊》，總第14期。

楊宗翰（2001）。〈文學史的未來/未來的文學史？〉。《文訊》，2001年1月號。

楊錦郁記錄（1989）。〈少年夜遊，摘一顆永恆的星？——「吳祖光劇作與王藍小說比較」會談〉。《文訊》，總第43期。

葉石濤（1944）。〈給世氏的公開書〉。《文藝臺灣》，終刊號。

葉石濤（1965）。《臺灣的鄉土文學》。《文星》，總第97期。

董清峰（2003）。〈作家重塑臺北文化景觀〉。香港《亞洲週刊》，2003年2月17至23日。

詹宏志作（1981）。《書評書目》，總第93期。

游喚（1992）。〈八○年代臺灣文學論述之變質〉，《臺灣文學觀察雜誌》，第5期。

廖毓文（1931）。〈給黃石輝先生——鄉土文學的吟味〉。日本《昭和新報》，1931年8月1日。

林克夫（1931）。〈鄉土文學的檢討〉。《臺灣新民報》，377號。

廖輝英（1998）。〈女作家們寫些什麼？〉。《文訊》，1998年第3期。

廖咸浩（1989）。〈「臺語文學」的商榷——其理論的盲點與囿限〉。《淡江大學「第三屆文學與美學學術研討會」論

文》。

趙天儀（1988）。〈論臺灣新詩的獨立性〉。《笠》，1988年11月。

齊隆壬（1991）。〈臺灣版圖的四重奏與原住民神話的終結〉。《當代》，第57期

黎活仁（1995）。〈關於臺灣新詩選集的討論——《臺灣詩學季刊》第6期讀後〉。《臺灣詩學季刊》，總第11期，第183—184頁。

應鳳凰（2001）。〈臺灣文學「作為一門學科」〉。《文訊》，2001年1月。

應鳳凰（2001）。〈從《臺灣文學評論》創刊號說起〉。《文訊》，2001年9月。

應鳳凰（2002）。〈臺灣文學你我他〉。《文訊》，2002年9月。

隱地（1992）。〈副刊兩題〉。《文訊》，革新第43期，1992年8月。

龔鵬程（1997）。〈「現代文學資料館」的工作與定位〉。《文訊》別冊，1997年10月號。

龔鵬程（2002）。〈老驥伏櫪，期再壯志千里〉。《文訊》，2002年第6期。

葉石濤（1943年5月17日）。《給世外民的公開書》。《興南新聞》。

陳映眞（1981年2月22日）。〈思想的荒蕪——讀「苦悶的臺灣文學」敬質於張良澤先生〉。《中國時報》，人間副刊。

王藍（1989年3月23日）。〈王藍隔海開炮，質疑吳祖光〉。《民
　　生報》。

渡邊（1992年12月9日）。〈選舉文學〉。《中國時報》。

陳健一（1994年11月10日）。〈筆耕土地，文描自然──臺灣自
　　然寫作的譜系〉。《中國時報》。

葉石濤（1995年8月12日）。〈戰後臺灣文學的自由意識〉。《臺
　　灣新聞報》「西子灣」副刊。

司馬中原（1996年1月11日）。〈火焰人生〉。《聯合報》副刊。

葉石濤（1996年3月18日）。〈八○年代的母語文學〉。《臺灣新
　　聞報》「西子灣」副刊。

彭瑞金（1997年4月20日）。〈臺灣文學館要獨立〉。《臺灣日
　　報》。

賀圓（1997年8月10日）。〈「北港香爐」的風波〉。《文匯報》。

梅淩雲（1997年11月1日）。〈《北港香爐人人插》引發舌戰〉。
　　《香港作家報》。

張良澤（1998年2月10日）。〈正視台灣文學史上的難題──關
　　於臺灣《皇民文學作品拾遺》〉。《聯合報》副刊。

葉石濤（1998年4月15日）。〈皇民文學的另類思考〉。《民眾日
　　報》。

彭歌（1998年4月23日）。〈醒悟吧──回應陳映真「精神的荒
　　廢」一文〉。《聯合報》。

馬森（1998年4月27日）。〈愛國乎？愛族乎？──「皇民文學」
　　作者的自我撕裂〉。《聯合報》。

陳曼玲報導（1999年3月20日）。〈臺灣文學經典公布三十件作品〉。《中央日報》。

曾意芳報導（1999年3月22日）。〈經典研討會中本土文學界另類觀點〉。《中央日報》。

畫餅樓主（1999年4月17日）。〈從毒螃蟹和美人魚談起〉。《世界論壇報》，第2版。

鍾肇政（1999年12月9日）。〈尊重與理解〉。轉引自馬森：《關於臺灣文學的定位——請教鍾肇政先生》。《聯合報》副刊。

陳映真（2000年4月10日）。〈文學的世界已經變了——談新世代的文學〉。《聯合報》。

國家圖書館出版品預行編目資料

世紀末臺灣文學地圖／古遠清著. -- 初版. --
臺北市：揚智文化，2005〔民94〕
面：　公分

ISBN 957-818-727-0（平裝）

1. 臺灣文學—歷史

850.329　　　　　　　　　　　　94004531

世紀末台灣文學地圖

Cultural Map 23

著　　　者／古遠清
出　版　者／揚智文化事業股份有限公司
發　行　人／葉忠賢
總　編　輯／林新倫
執行編輯／姚奉綺
登　記　證／局版北市業字第1117號
地　　　址／台北市新生南路三段88號5樓之6
電　　　話／(02)2366-0309
傳　　　真／(02)2366-0310
郵撥帳號／19735365　葉忠賢
網　　　址╱http://www.ycrc.com.tw
E - mail　╱service@ycrc.com.tw
印　　　刷／偉勵印刷事業股份有限公司
法律顧問／北辰著作權事務所　蕭雄淋律師
I S B N ╱957-818-727-0
初版一刷／2005年4月
定　　　價／新台幣300元